# عمارة
## المدن الميتة
نحو قراءة جديدة للتاريخ السوري

# عمارة المدن الميتة

## نحو قراءة جديدة للتاريخ السوري

ناصر الربّاط

دار جامعة حمد بن خليفة للنشر
HAMAD BIN KHALIFA UNIVERSITY PRESS

الطبعة العربية الأولى عام ٢٠١٨

دار جامعة حمد بن خليفة للنشر
صندوق بريد ٥٨٢٥
الدوحة، دولة قطر

www.hbkupress.com

عمارة المدن الميتة

نحو قراءة جديدة للتاريخ السوري

حقوق النشر © ناصر الربَّاط، ٢٠١٨
الحقوق الفكرية للمؤلف محفوظة

الأشكال من رسم فرانشيسكا ليوني Francesca Liuni
معهد ماساتشوستس للتكنولوجيا (MIT)

جميع الحقوق محفوظة.
لا يجوز استخدام أو إعادة طباعة أي جزء من هذا الكتاب بأي طريقة بدون الحصول على الموافقة الخطية من الناشر باستثناء في حالة الاقتباسات المختصرة التي تتجسد في الدراسات النقدية أو المراجعات.

الترقيم الدولي: ٩٧٨٩٩٢٧١٢٩١٤٨

---

**مكتبة قطر الوطنية بيانات الفهرسة– أثناء– النشر (فان)**

الرباط ، ناصر ، مؤلف.

عمارة المدن الميتة: نحو قراءة جديدة للتاريخ السوري / تأليف ناصر الرباط. – الطبعة العربية الأولى. – الدوحة : دار جامعة حمد بن خليفة للنشر ، 2018

صفحة ؛ سم

تدمك : 978-9927-129-14-8

1. المدن المندثرة -- سورية. 2. العمارة – تاريخ. 3. سورية – الآثار المندثرة. ج. العنوان.

DS94.5 R333 2018

939.43– dc23

201827044361

**الإهداء**

إلى روح أبي الذي عاش ومات وهو يحلم بسورية أفضل

# المحتويات

هذا الكتاب ........................................ 9

1 - مقدِّمة: سورية الكلاسيكية وتاريخها ........................ 15

2 - المدن الميِّتة في الأدبيَّات الحديثة ........................ 23

3 - المدن الميِّتة هي قرى منسيَّة ........................ 29

4 - لمحة معمارية عن أهمِّ القرى المنسيَّة ........................ 45

5 - ازدهار وانحطاط القرى المنسيَّة ........................ 67

6 - هويَّة القرى المنسيَّة واسقاطاتها الأيديولوجية ........................ 79

7 - استمرارية عمارة القرى المنسيَّة في القرون الوسطى ........................ 95

8 - مخطَّط مبدئي لتطوير القرى المنسيَّة ........................ 115

المراجع المستخدمة ........................ 130

## هذا الكتاب

سورية اليوم بلد يُنازِع ببطء سادي. بلد تتناهشُه وحشيَّة محاربين درَّبتهم إراداتٌ فاشية إقصائية، مقابل آخرين نبعوا خلسةً من أرضه، أو أتوه من كلِّ فجٍّ عميق، لتحقيق كوابيس الخلاص المريضة. بلدٌ تتنازعه خساسة حكَّامٍ، بعضهم أراد الخلود في حكمه، وبعضهم يحلم بالانطلاق منه نحو إمبراطورية دموية متزمِّتة، تغمر العالم برؤاها المتغطرسة المهلوسة. بلد حلَّ عليه سخط دولٍ إقليمية وعظمى وعصابات وتيَّارات دينية مختلفة ومتخالفة، وتقاطعت في ربوعه مصالحهم وأهواؤهم ورغباتهم السوداء بتصفية حسابات ثأرية، بعضها يعود لأكثر من ألف عام، حتَّى لم يبق فيه مدينة أو قرية أو موقع أثري إلَّا وأصابه دمار حرب تخريبية عبثية مستمرَّة منذ سنوات، من دون أيِّ ضوء في نهاية النفق.

مئات آلاف القتلى تحوَّلوا إلى مآسٍ حيَّة لعائلاتهم وأحبابهم، وسُطروا أسماء وأرقامًا وصورًا في تقارير منظَّمات أهلية وعالمية، إضافة إلى مئات آلاف المعتقلين والمخفيين الذين لا يعرف مصيرَهم سوى جلَّاديهم وآسريهم، والذين تقطَّعت حيواتهم ومصائرهم في انتظار فرجٍ ما، لعلَّه لن يأتي أبدًا.

ملايين الجرحى والمشوَّهين والمشرَّدين في الداخل والخارج القريب والبعيد، يعيشون من دون كبير أمل بمستقبل أفضل، والذين تعب منهم مؤيِّدوهم ومساعدوهم في دول الجوار إلَّا ما ندر، ولاجئون يائسون عابرون للبحار أو غارقون فيها بألوفهم، وآخرون مختبئون في قاطرات مظلمة، يموت بعضهم فيها اختناقًا، أو إنهاكًا عند بوابات عبور الحدود إلى مأوى مرتجى، ومصدر عيش مأمول، في دول متقدِّمة تدَّعي تقدِّيس حقوق الإنسان، وتحاول التخلُّص من تبعات هذه الحقوق في الآن نفسه.

صورة قاتمة حقًّا، يصحُّ اعتبارها واحدةً من أكثر لحظات هذا البلد الصغير الطاعن في التاريخ ظلاميَّة وظُلمًا، وواحدة من أكثر مآسي قرننا الواحد والعشرين اليافع عنفًا ودموية.

في هذه الأجواء الكارثية والمحبِطة والمؤلمة، قد يبدو الحديث عن تاريخ سورية ترفًا لا مكان له، يحمل في طيَّاته الكثير من السذاجة والتعلُّق بحقباتٍ ولَّت، وتركت ذكريات عطرة، أو أنَّنا نظنُّها اليوم كذلك، بعد طَفو عفن الحاضر إلى سطح وعينا. كما قد يبدو تاريخ سورية برمَّته سرابًا، عندما نراه من خلال عدسات هذا الحاضر المكسورة والمهزوزة والمغطَّاة بالرماد والدموع والدم. ولكن، ربّما كان التفكُّر ببعض مناحي هذا التاريخ، وبآثاره على الأرض السورية، مدخلًا لتصوُّر يقظة مأمولة بغدٍ أفضل، ومفتاحًا لتصحيح مفاهيم مغلوطة ومسيَّسة، تراكمت على مرِّ السنين، وحجبت بعضًا من حقائق تاريخ هذا البلد، وشوَّهت بعضها الآخر، ممَّا نرى آثاره في صراعات اليوم الألفية.

وربَّما كان في هذه العودة إلى التاريخ بلسمٌ وسند لأولئك الذين لا يزالون يتمسَّكون بسورية متعدِّدة الثقافات والأعراق والديانات، سورية المواطن أوَّلًا، بغضِّ النظر عن أصله ودينه وأرومته وعرقه. من هنا نبعت رغبتي بالعودة إلى كتابٍ صغيرٍ نشرتُه قبل بدء الثورة السورية، التي اغتصبتها عنجهية نظام الأسد من جهة، وعدمية أعدائه الإسلامويين الجهاديين من جهة أخرى، فراجعته على ضوء الوقائع الجديدة فوق الأرض السورية، وقرَّرت إعادة نشره، بعد أن اختفت طبعتُه الأولى من الأسواق، ومن موقع الناشر الأوَّل على الانترنت.

اليوم، أعود إلى هذا الكتاب عن «المدن الميِّتة» في سورية من المنطلَقين التاريخيين اللَّذين أشرت إليهما: إعادة الإعمار وإعادة إعمال الفكر في تاريخ سورية، وأجد فيه أداة فريدة لمقاربتهما من خلال منظور هذه البقعة الرائعة، ولكن المجهولة نسبيًا والمُهمَلة، من أرض سورية التاريخية. وأجد فيه أيضًا الفرصة المثلى لإعادة التركيز على نقطة قضيتُ في طرحها وشرحها والدفاع عنها سنوات من عملي الأكاديمي: سورية، على الرغم ممَّا أصابها في السنوات الأخيرة، نموذج رائع للتلاقح الثقافي بين حضارات وثقافات متعدِّدة وأحيانًا متباينة، احتوت أرضها على آثار هذا التلاقح منذ عشرات القرون، وعلينا أن نحمل إرثها هذا في أعناقنا كتميمة، حتَّى تأتي لحظة إعادة الإعمار للبلد ولأرضه وتاريخه وناسه وتنوُّعه الثقافي والعرقي والديني، الذي لا يمكن أن تكون سورية المستقبل سوريَّةً من دونه.

فسورية تتمتَّع بتراث ثقافي متميِّز، نهل من منابع حضارية مختلطة، امتزجت فيها «الأصولُ الشرقية» من كنعانية وآرامية وفينيقية وغيرها، «بالوافد الغربي» من هيلينيستي وروماني وبيزنطي أو «الشرقي الفارسي»، الذي تسلَّل لها عبر الثقافة الرومانية، أو اقتحمها عبر تغلغل البارثيين وبعدهم الساسانيين في سورية الرومانية ثمَّ البيزنطية، مرَّات عدَّة بين القرنين الثاني والسابع للميلاد.

وقد استمرَّ هذا التلاقح الثقافي، وتكثَّف كمؤثِّر فعَّال في الحضارة الإسلامية، التي وصلت البلاد في منتصف القرن السابع، وترعرعت في قلب المنطقة التي أصبحت عربية، بشكل خاصٍّ في بلاد الشام والعراق ومصر، ليصير ركيزة أساسية من ركائز فهم تاريخ المنطقة ككلٍّ، ومكوِّنًا مهمًّا من مكوِّنات هويَّاتها العرقية والدينية، وانتاجها الثقافي والفنِّي والمعماري حتَّى الوقت الحاضر.

يظهر هذا التلاقح الثقافي أكثر ما يظهر في «**العمارةِ**»، كتابِ التعبير الأوَّل والأزلي للحضارات، حيث تتعايش التأثيرات الشرقية والغربية والجنوبية في تناغم تامٍّ، وصار علامةً على عمارة المنطقة وهويَّتها الثقافية، ودلالةً واضحة على تنوُّع مصادر إلهامها، وتطوُّر شخصيَّتها الفنِّية والمعمارية المركَّبة والمتنوِّعة.

واحد من أكثر النماذج وضوحًا على هذا التلاقح الثقافي المعماري، وأقلِّها شهرة، هي المجموعة العمرانية الريفية في شمال سورية، بين حلب وأنطاكية وحماة، التي أُطلق عليها اسم «المدن الميِّتة»، وهي في الحقيقة ليست مدنًا بل قرى، وليست ميِّتة تمامًا، وإن كانت قد قبعت منسيَّة لقرون عدَّة، قبل إعادة اكتشافها في القرن الثامن عشر.

هذه المجموعة المكوَّنة من أكثر من ثمانمائة قرية وموقع، منتشرةٌ على مساحة من الهضاب والتلال الجيرية، تقارب الألفي كيلومتر مربع في محافظات حلب وإدلب وحماة، بالإضافة إلى هضاب إسكندرونة أو هاتاي التركية اليوم. وهي تحوي قرى ودساكر وكنائس وأديرة ومعابد ومدافن ومعاصر زيت وفنادق وبيوتًا سكنية، تعود في معظمها للفترة بين بداية القرن الثالث ونهاية القرن السادس، وإن كان أقدمها يعود لبداية القرن الثاني الميلادي وأحدثها لنهاية القرن الثامن الميلادي (مع بعض من الاستمرار في أهمِّها وأكبرها امتدَّ حتَّى القرن الثاني عشر) وهي بذلك تُغطِّي الفترة الرومانية الإمبراطورية والمسيحية البيزنطية والإسلامية الأموية، ما يجعل هويَّتها سوريَّةً أكثر منها رومانية أو مسيحية أو إسلامية مبكرة، وإن كان فيها من العنصرين الأوَّلين الكثير.

استطاع بنَّاؤو هذه المجموعة العمرانية -وهنا لبُّ هذا الكتاب- هضم ودمج وتفعيل العديد من المؤثِّرات المختلفة الأصول والمنابع والاتجاهات، وصياغتها بأشكال معمارية جديدة، ولكن مألوفة ومنفتحة وقابلة للتفاعل والنموِّ والتغيُّر. وأنتجوا بذلك عمارة خاصَّة متجانسة، على الرغم من اختلاف مؤثِّراتها، تمثَّل في أشكالها وزخرفاتها وإتقان نحت الحجر فيها إرهاصاتِ عماراتٍ لاحقة في سورية وحوض البحر الأبيض المتوسِّط الاسلامي والمسيحي، تُنسب عادةً

لثقافات أخرى، بعيدة كلَّ البُعد عن ثقافة شمالي سورية الريفية، كعمارة الرومانسك في أوروبا، وعمارة السلاجقة والزنكيين والأيُّوبيين في بلاد الشام والأناضول.

وعليه، يسعى هذا الكتاب لتقديم تاريخٍ معماري متعدِّد الجذور ومتنوِّعها باقتدار، تاريخٍ يختزل في أشكاله ومبانيه وقراه ودساكره ومدنه قرون تفاعل وتلاقح ثقافيين متطاولة، وسمت المنطقة بميسمها، واستقت من تركيبتها السكَّانية وتقاطعاتها الحضارية وخصائصها البيئية صفاتها وأشكالها، تاريخ ينطلق من هذه المنطقة المتميِّزة في سورية ليقدِّم قراءة جديدة لتاريخ سورية البلد والوطن والأرض، قراءة مختلفة عمَّا اعتدناه في مناهج الدراسة وشعارات الحزب الحاكم الصلفة والعمياء، ومؤخَّرًا هلوسات السلفيين الإسلاميين الطهوريين، الذين لا يرون من التاريخ سوى لحظة بداية متخيَّلة، تلغي ما قبلها وتمسح عمَّا بعدها كلَّ تطوُّر أو تغيير. وهو كذلك تاريخ يستحثُّ القارئ على إعادة النظر بمفهومه لعلاقات الثقافات وتقسيمها المعتمد إلى شرقية وغربية، مسيحية ومسلمة، خلَّاقة وناقلة، محافظة ومتطوِّرة، وما إلى ذلك من ثنائيات التعارض الحدِّي، التي وسمت مفاهيمنا للثقافات والأمم والحضارات بميسمها مخلِّفةً فجوات معرفية وأيديولوجية واسعة، ساهمت مساهمة كبيرة في طغيان التفاضل على التكامل في علاقات الشعوب والثقافات وسيطرة الاختلاف والتغاير على نظرة مجموعات الناس، التي تشاركت في التاريخ والجغرافيا، كما في حالة شعوب البحر الأبيض المتوسِّط، لبعضها البعض.

لكن هذا الكتاب لا يتوقَّف عند إعادة النظر بتاريخ المدن الميِّتة، وربط هذا التاريخ بسياقاته الحضارية والثقافية والسياسية والأيديولوجية، كما تطوَّرت خصوصًا في القرن الماضي، قرن صعود وتراجع الهويَّات الوطنية في بلاد الشام، منذ نهاية الدولة العثمانية وحتَّى تفكُّك دولتي البعث العراقي والسوري في أيامنا هذه، بل هو يطمح أيضًا لتقديم مخطَّط مبدئي لمشروع عمراني وتنموي مستقبلي، في هذه المنطقة التي عانت من إهمال كبير في الماضي، وازدادت معاناتها، وما زالت في سنوات الحرب الطويلة، والتي ربما فقدت الكثير من أوابدها ومعالمها، ممَّا لم يُحصَ حتَّى الآن، لصعوبة الوصول إلى أغلب مواقعها، التي تحوَّلت ساحات كرٍّ وفرٍّ بين فصائل متقاتلة، تغيِّر تحالفاتها باستمرار، ولا تقيم وزنًا للمحيط التاريخي، الذي تتحارب فيه ولأجل السيطرة عليه. هذا المخطَّط المقترح ينطلق من اعتبار ما تحتاجه منطقة القرى المنسيَّة لكي تستفيد أتمَّ الاستفادة ممَّا حباه بها تاريخها، من دون أن تستهلك هذا التاريخ، أو تصبح شاهد زور عليه وذا صبغة محض تجارية. وهو لذلك يقترح الاعتماد على الزراعة والصناعة الزراعية والسياحة الثقافية في آن واحد، لأنَّ منطقةً كهذه بحاجة إلى اقتصاد مرن متعدِّد النوافذ

والنشاطات، تسند قواعده بعضها البعض وتكملها. وبالتالي، يقدِّم الكتابُ أوَّلًا وقبل أيِّ فكرة، مشروعًا استثماريًا على الأرض، هو دعوة لإحياء المنطقة والحفاظ على خصائصها العمرانية والمعمارية المتميِّزة، أو المتبقِّي منها بكلِّ أسف، وتطويرها مادِّيًا وخدماتيًا وزراعيًا، بل وتعليميًا ومعرفيًا، لكي تعتمد على أكثر من أساس اقتصادي، ولا ترتهن كلُّ مشاريع التطوير فيها لجذب السائح النموذجي الأوروبي والأمريكي، المتأهِّب معنويًا وفكريًا وعاطفيًا للإعجاب بها، بل والتماهي معها وتمثُّلها، كما كان التفكير الاستثماري ينحو قبل الثورة السورية. هدفي في النهاية هو تجاوز الفكر الرأسمالي الطغياني والفاسد، الذي نبتت مخالبه وأنيابه في ظلِّ النظام الاستبدادي والاستحواذي لعهدي الأسد الأب وخصوصًا الابن، وأُهمل المواطن البسيط والمحلي لصالح الطبقة المتنفِّذة والمسيطرة تمويليًا وسياسيًا، والتي نمت بتغوُّلٍ وشراسة، وسعت الثورة في بداياتها البريئة لمحاسبتها والتخلُّص من قيدها، قبل أن تسقط في وحل التعصُّب والإقصاء، وتتشرذم إلى عصابات مسلَّحة، ذات فكر منغلق ومتوحِّش، تتقاتل فيما بينها، أكثر من صراعها مع الطاغية الأصلي، على حين تراجع أبرياء الثوَّار المدنيين أو اختفوا في زنازين النظام والعدميين الجهاديين على حدٍّ سواء.

بدأ هذا الكتاب بعد رحلة إلى المدن الميِّتة في الشمال الشرقي من سورية، وتحديدًا في محافظات حماة وإدلب وحلب، قمتُ بها مع أصدقاء أعزَّاء، صيف سنة 1985، عندما كنتُ في زيارة مطوَّلة لسورية لاستكشاف عمارة طالما سمعنا عنها. وقد عدتُ منذ ذلك الوقت لزيارات متكرِّرة لهذه المنطقة الرائعة التي خلبتني بآثارها وطبيعتها وعمارتها الحجرية المتقنة وتاريخها الفريد، أجول وحدي أو مع أصدقاء مختلفين في قُراها، أصوِّر أوابدها وأدرس مبانيها وأفكِّر فيما يمكن فعله للحفاظ على روعتها وتكامل تراثها المعماري الفذِّ مع استغلالها الاستغلال السياحي والثقافي الصحيح. وقد قمت في هذا السياق بتقديم محاضرة عن المدن الميِّتة عام 2002 في دمشق، أتبعتُها بمحاضرة أخرى في حلب عن الموضوع نفسه عام 2005. وقد أثارت المحاضرتان لغطًا كبيرًا حول توجُّهي التاريخي ونوعية الأسئلة التي أطرحها، وتساؤلات كثيرة أخرى عن منهجي وخطابي الذي يركِّز على التعدُّدية الثقافية في الماضي والحاضر، بعضها ينمُّ عن تزمُّت عريق يرفض أن يرى التاريخ ككلٍّ، ويجتزأ منه ما يلائم توجُّهه العقائدي الآني، ما دفعني للعودة إلى موضوع المدن الميِّتة ومكانتها في التراث السوري، فكان هذا الكتاب الذي نشرت دار الأوس بدمشق طبعته الأولى سنة 2010، والتي أصبحت اليوم غير متوافرة بعد انقطاع اتصالي بالدار، وإزالة كلِّ إشارة إلى هذه الطبعة من موقع الدار على الإنترنت. ثم جاءت الثورة عام 2011، التي بدأت خارقة في جرأتها وواعدة في أهدافها، ولكنَّها تمزَّقت تحت ضربات

النظام الشرس المتمسِّك بوحدانيته التسلُّطية وامتيازاته وهذيانات مقارعيه الجهاديين، الذين نبعوا من سيل طغيانه، والذين يريدون إعادة عقارب الساعة إلى الوراء خمسة عشر قرنًا. تمزَّق الوطنُ مع اغتصاب الثورة، وانقطعتُ عن سورية، ولكنَّني لم أنقطع عن همومها وآلامها وآمالها. واليوم أجدني أعود إلى كتابي هذا لأعيد صياغته ولأوسِّعه وأعيد النظر في بعض طروحاته التي تجاوزَتها مذبحة الثورة المهيضة من جهة، والحلم بإعادة بناء قادمة من جهة أخرى، ولو بعد حين. وأنا هنا أقدِّمه في حلَّته الجديدة المزيدة والموسَّعة والمنقَّحة وتوجُّهه التحليلي والنقدي المعمَّق وعنوانه الجديد، الذي يعكس اختلافه عن طبعته الأولى، مع الكثير من الجزع على سورية والأمل بمستقبل أفضل لها. وقد زوَّدت هذه الطبعة الجديدة بأشكال معمارية ثلاثية الأبعاد ومرسومة بدقَّة على الكومبيوتر لأهمِّ الأوابد التي يدرسها الكتاب. قامت بعمل هذه الرسوم، بدرجة عالية من الحرفية والحساسية، طالبتي في MIT المعمارية الإيطالية، فرانشسكا ليوني (Francesca Liuni)، وأنا لها أكثر من ممتنٍّ. وأودُّ أيضًا أن أتقدَّم بجزيل الشكر لبرنامج «أن ماري شيمل للدراسات المملوكية» في جامعة بون في ألمانيا، (Annemarie Schimmel Kolleg) الذي أتاح لي التفرُّغ لإعادة كتابة هذا الكتاب في صيف 2015. وأنا أيضًا جدُّ شاكر للصديق حازم صاغية على اقتراحه إعادةَ نشر هذا الكتاب بعد أن قرأه، ونصح بإعادة تقديمه بصيغة أوفى، مع الأخذ بعين الاعتبار أوضاع سورية الحالية المؤلمة والأمل بسورية المستقبل، التي لا بدَّ من أن تستعيد يومًا بعضًا من صفاتها المتعدِّدة الثقافات والأعراق والجذور، المغزولة مع تاريخها، والذي تمثِّله تمثيلًا رائعًا مدنُها الميِّتة.

# 1
## مقدِّمة: سورية الكلاسيكية وتاريخها

تعدَّدت الآراء عن أصل اسم سورية، ولم يخل الكثير منها من أهواء قومية أو مذهبية أو عرقية، حاولَت الربط بين أصل الاسم والهويَّة الوطنية أو القومية السورية المعاصرة. فهناك من يقترح الربط بين سورية وبين الكلمة السنسكريتية سوريا، التي تعني الشمس، ويفتِّش عن وسيلة تاريخية لتبرير وصول متكلِّمي السنسكريتية من الهند إلى سورية وتعبيد الطرق الممكنة لذلك. وهناك من يرى أنَّ الاسم مشتقٌّ من اسم ملك آرامي يُدعى سيروس، حكم المنطقة وأعطاها اسمه في الألف الثاني قبل الميلاد. وهناك من ربط بين الاسم وبين مدينة صور الفينيقية، وأرجع أصل الاسم إلى الفترة الفينيقية، بناءً على وثائق مصرية قديمة عمَّمت اسم المدينة على كلِّ أرض فينيقيا وآرام. وهناك أيضًا من يُعيد أصل الاسم إلى التسمية المصرية القديمة للحوريين، الذين توطَّنوا في جنوب الأناضول وشمال سورية الحالية، واصطدموا مع المصريين مرَّات في القرن الرابع عشر قبل الميلاد. وهناك من ينسب الاسم سورية للغة العربية، ويربط بينه وبين كلمات سري وسرت وسراة، أي السيِّد والسيِّدة والسادة في بعض اللغات الساميَّة، نافيًا أيَّ تأثير خارجي أو غير عربي عن التسمية. ولكنَّ الاسم على الأغلب ظهر في اللغة الإغريقية أوَّلًا حوالي القرن الثاني عشر قبل الميلاد، كتخفيف لاسم آشور أو آشوريا، الدولة القويَّة التي حكمت شمال بلاد الرافدين وسورية الحالية لعدَّة قرون، وتوسَّعت في شمال بلاد الرافدين وجنوب الأناضول وسورية الحالية، حتَّى أنَّها حكمت مصر لفترة في القرنين العاشر والتاسع قبل الميلاد.

تغيَّرت دلالة الاسم الجغرافية بعدما ضمَّ الإسكندر المقدوني آشورا، التي صارت مقاطعة فارسية (إخمينية) في القرن السادس قبل الميلاد، لإمبراطوريته المترامية الأطراف حوالي 333 قبل الميلاد. فقد تصارع جنرالات الإسكندر على إمبراطوريته بعد موته، وأصبحت بابل (أي مركز ما بين النهرين) من نصيب الجنرال سلوقس، الذي تمكَّن بعد مؤامرات وحروب شتَّى

من توسيع رقعة ممتلكاته، لكي تضمَّ إيران كلَّها حتَّى حدود السند في الهند وآشورا الفارسية وبعضًا من الأناضول وشمال سورية الحالية.

أسَّس سلوقس، الذي اتَّخذ لنفسه لقب نيكاتور أي المنصور، (Seleukos I Nikator)، مدنًا جديدة في إمبراطوريته المتنامية، أهمَّها سلوقيا على دجلة في العراق اليوم، التي كانت عاصمة مُلكه أوَّلًا، ثمَّ أنطاكية التي أسماها على اسم أبيه أنطيوخوس (الاسم الذي سيعطيه لابنه) واللاذقية التي سُمِّيت على اسم أمِّه لأوديسة (Laodicea)، وأفاميا على اسم محظيَّته ثمَّ زوجته أپاما (Apama)، الأميرة الفارسية وسلوقية بيرية (سامان داغ التركية أو السويدية العربية) على شاطئ البحر المتوسِّط التي اتَّخذها عاصمة جديدة لملكه، مع طموحه بالامتداد غربًا لضمِّ باقي أجزاء إمبراطورية الإسكندر في الأناضول واليونان ومقدونيا لملكه. ولكنَّه مات قبل أن يتمكَّن من ذلك. حاول ابن سلوقس الأوَّل وخليفته أنطيوخوس الأوَّل سوتير (أي المخلِّص، Antiochos I Soter) المحافظة على ممتلكات أبيه الشاسعة، ونجح في ذلك بعض الشيء، ولكنَّ الدولة السلوقية بعده خسرت تباعًا ممتلكاتها الشرقية في الهند وإيران وما بين النهرين لصالح ممالك محلِّية صاعدة، وإن تمكَّنت في النهاية من انتزاع جنوب سورية وفلسطين من البطالمة، الذين ورثوا مصر عن الاسكندر مع نهاية القرن الثالث قبل الميلاد، لكي يمتدَّ نفوذها على كامل ما عرفه العرب لاحقًا ببلاد الشام مع عاصمتها في انطاكية. هذه هي سورية الكبرى الممتدَّة من جبال طوروس شمالًا، وحتَّى حدود سيناء جنوبًا، ومن الفرات شرقًا، إلى البحر المتوسِّط غربًا، كما عرفها الهلينستيون الإغريق، والتي تغنَّى بها القوميون السوريون، وحاولوا جاهدين استعادتها بعد أن تغيَّرت الأزمنة والناس.

استمرَّت سورية هذه لمدَّة ألف عام، بين فتح الاسكندر المقدوني وقدوم العرب المسلمين عام 634 بعد الميلاد، كجزء من عالم متوسِّطي كلاسيكي، هيلينستي سلوقي بدءًا، وروماني لاحقًا، ومسيحي بيزنطي نهايةً. تناوبت عليها الغزوات والمحن والنكبات الهائلة، مثل سلسلة زلازل ضربتها بين سنتي 526 و551 للميلاد، ودمَّرت العديد من مدنها، التي أعاد الملوك اللاحقون بناءها، ولكنَّها استمرَّت في الانتماء للمحيط الثقافي الكلاسيكي تلك الفترة كلَّها. وقد أصبحت أرض سورية مسرحًا للصراع الروماني الفارسي بحكم وقوعها على تخوم الإمبراطورية الرومانية والبيزنطية لاحقًا، كما حصل عندما هُزم الإمبراطور الروماني فاليريان في معركة أوديسا (أورفة)، وأخذه الشاه الپارثي شابور الأوَّل أسيرًا عام 260 للميلاد، ومات في الأسر، ما سبَّب أزمة عميقة في الإمبراطورية الرومانية.

حاولت زنُّوبيا ملكة تدمر وزوجة الملك أذينة، الذي حارب مع فاليريان وقُتل بعده بقليل، الاستقلال بالمملكة التي ورثتها عن زوجها وتوسيعها، بانية بذلك دولة عربية قويَّة هلينستية الثقافة، تشمل سورية كلَّها ومصر، ثم هزمها الرومان ودمَّروا عاصمتها تدمر بقيادة الإمبراطور أورليان عام 273 للميلاد، وأخذوها أسيرة إلى روما.

ازدادت حدَّة الصراع الفارسي الروماني بعد تحوُّل الإمبراطورية الرومانية الشرقية (أي بيزنطة) إلى المسيحية في القرن الرابع، كما حصل بين عامي 540 و542 م، عندما احتلَّ خسرو الأوَّل الساساني معظم مدن سورية وهدمها انتقامًا، قبل أن يُعيد الإمبراطور جوستينيان بناءها، أو في الحرب الطاحنة في بدايات القرن السابع، احتلَّ خلالها خسرو الثاني سورية، وأخذ من القدس الصليبَ الذي استعاده هرقل البيزنطي عام 629 م قبيل الفتح الإسلامي. وقد انداح هذا الفتح شمال جزيرة العرب خلال خلافة أبي بكر الصدِّيق عام 633 و634، ليأخذ سورية من البيزنطيين والعراق وفارس من الساسانيين، قبل أن يقضي على دولتهم تمامًا إثر معركة نهاوند عام 642 م.

ومع أنَّ سورية كانت مُنهَكة بعد الحروب البيزنطية الفارسية (602-628) إلَّا أنَّها بدت لفاتحيها العرب المسلمين فاتنة بمدنها ودساكرها وجنائنها وكنائسها وأديرتها الغنية، وتجارتها المنتعشة، وسكَّانها المتعدِّدي الثقافات واللغات. ولم تكن مصادفة أن يختارها الأمويون لاحقًا كمركز لدولتهم، بدلًا من الحجاز، وينقلوا عاصمة الخلافة من الكوفة إلى دمشق. ولا أظنُّ أنَّ السبب هو الصراع الأهلي بين الأمويين والعلويين كما يُقال غالبًا، بل هي الثقافة والثراء والرخاء التي جذبتهم إلى سورية. وقد أعطى الأمويون سورية على قدر ما أعطتهم. جعلوها مركز الدنيا، كما غنَّت فيروز مرارًا خلال إطلالتها السنوية في معرض دمشق الدولي من قصائد لسعيد عقل غالبًا، وبنوا في أرجائها جوامع وقصورًا وخاناتٍ وقلاعًا، وزخرفوا كلَّ عمائرها بلغة فنِّية كلاسيكية مطعَّمة ببعض التأثيرات الشرقية والأذواق العربية، على نمط ما كان سائدًا في سورية البيزنطية تحت سلطة الأمراء العرب المسيحيين، مثل الغساسنة، وإن كان بأبَّهة أكبر، تناسب عظمة إمبراطورية الأمويين واتِّساع رقعتها وثرائها. ما زالت هذه الأوابد شواهد على عظمة عمران الأمويين، على الرغم من التدمير الذي لحق بأكثرها، عندما ثار العبَّاسيون عليهم، وجهدوا لمحو آثارهم، بل وإزالة ذكرهم من التاريخ، بتمويل كتب أخبار تغضُّ عنهم وتقلِّل من شأنهم، ومحو كتاباتهم من مبانيهم، كما فعل المأمون، عندما نزَّل اسمه مكان اسم عبد الملك في فسيفساء قبَّة الصخرة في القدس، ولكنَّه نسي تغيير التاريخ 72 للهجرة (691 للميلاد)، أي 98 سنة قبل ولادة المأمون نفسه، ما فضح فعلته!

لم تكن القرون بين الثامن والحادي عشر الميلادية كريمة مع سورية، حيث عانت من تعنُّت العبَّاسيين والفاطميين بعدهم، الذين أهملوا عمرانها عمومًا، إلَّا فيما ندر من خلفائهم. وما زاد الطين بلَّة غزوات البدو لمدنها، وإقامتهم لدويلات صغيرة وضعيفة، في تنظيمها ميل إلى عشوائية البداوة، ما أضعف الاقتصاد والعمران. ثمَّ جاءها الأتراك المغامرون، الذين انداحوا في أرضها إثر تمدُّد السلاجقة في أراضي الدولتين العبَّاسية والبيزنطية، واستحوذوا على معظم مدن بلاد الشام، وأسَّسوا فيها دويلات مختلفة، دارت في مدار دولَتي دمشق وحلب السلجوقيتين، وتقاتلت فيما بينها. ثمَّ أتاها الصليبيون في نهاية القرن الحادي عشر، واحتلُّوا سواحلها وعاثوا فسادًا في المدن والقرى الواقعة على طريقهم إلى بيت المقدس، بما فيها معظم المواقع المأهولة في المدن الميِّتة.

وقد عانى العمران في سورية كثيرًا خلال هذه الفترة، بحيث أنَّنا لا نجد اليوم أيَّ مبنى مهمٍّ يؤرِّخها، باستثناء القليل، مثل الرقَّة في الفترة العبَّاسية الأولى، حين أصبح ربض المدينة المعروف باسم الرافقة العاصمة الصيفية لخلفاء بني العبَّاس، ودمشق وحلب بشكل متقطِّع في الربع الأخير من القرن الحادي عشر وبداية القرن الثاني عشر، حين حكم المدينتين مجموعةٌ من الأمراء المنتمين للعائلة السلجوقية الكبرى، رغم أنَّ الغزو الصليبي من جهة والصراع بين أمراء السلاجقة وأتابكتهم من جهة أخرى، لم يؤمِّنا الاستقرار اللازم لدوام ازدهار العمران.

لم تنهض سورية ثانية إلَّا مع الملك العادل نور الدين محمود بن زنكي (1118–1174)، الأمير المجاهد والمعروف بالشهيد، الذي وحَّد البلاد في مواجهة الغزو الصليبي وأعاد لها ألقها، بما رعى بناءه فيها من قلاع ومساجد ومدارس، كما بنى في دمشق أوَّل دار للعدل في التاريخ. وقد تبعه الأيُّوبيون في ذلك، بحيث أنَّ دمشق وحلب وحماة وبعلبك وبصرى اليوم ما زالت تزخر بمبانيهم الدينية، على الرغم من تدمير الكثير منها خلال غزوة هولاكو المغولية، التي عاثت في سورية فسادًا، قبل أن يوقف المماليك زحفَه في معركة عين جالوت في فلسطين عام 1260.

تزخر العمارة الزنكية والأيُّوبية بإحالات واضحة على عمارة المدن الميِّتة الكلاسيكية، وبشكل خاصٍّ اعتمادها على الحجر النحيت، وتقشُّفها، وزخارفها الشريطية بل إنَّ البنَّائين الذين وقَّعوا على مباني نور الدين وبعض الأمراء الأيُّوبيين، خصوصًا في حلب وحماة، حملوا أنسابًا تصلهم بمنطقة المدن الميِّتة. هذا ما حدا ببعض الباحثين المعاصرين إلى اعتبار هذه العمارة عمارة إحياء كلاسيكي، على حين اعتبرها بعضهم الآخر عمارة استمرار كلاسيكي، بدا وكأنَّه انقطع خلال فترة الركود بين العبَّاسيين ونور الدين، ولم يكن يلزمه سوى رعاية أمير كبير لنهضة

عمرانية ومعمارية شاملة، لتظهر معالمه. ومهما كان الأمر، ما يهمُّنا هنا هو مغزى وجود عمارة كلاسيكية الطابع أو «مُكلسكة» في سورية القروسطية، واقتباس بعض من تفاصيلها في عمارة سورية ومصر المملوكية لاحقًا، ما يؤشِّر بقوَّة إلى ضرورة إعادة النظر في التقسيم التاريخي المعتاد، الذي ينفي استمرارية الحضارة الكلاسيكية في الحضارة الإسلامية بعد الفترة الأموية المؤسِّسة، ويباعد بالتالي بين تراث الكلاسيكية في العالم الإسلامي المتوسِّطي وتراثها في العالم المسيحي المتوسِّطي.

فإذا اعتبرنا هذا التاريخ الطويل لسورية في حضن الثقافة الكلاسيكية، بأوجهها المتتابعة، على الرغم من تتالي الدول والإمبراطوريات عليها، لأمكننا ملاحظة أنَّ تراث هذا التاريخ المبنيِّ ما زال يضيء في أرجاء البلاد على شكل آثار رائعة، بقيت حتَّى بداية الثورة السورية في حالة جيِّدة، بل وممتازة في العديد من المواقع. هذه الآثار تقدِّم النموذج القائم والمرئي والمتمادي في العراقة للجذور الحضارية الكلاسيكية من هلينستية ورومانية، التي احتكرها الغرب لنفسه، وعاد ليفتِّش عنها في الشرق. وهي أيضًا تقدِّم الصورة الأوضح لما كانت المسيحية المبكرة عليه من بساطة ونقاء وتواصل مع الكلاسيكية السابقة عليها، أي أنَّها تمثِّل الجذر الحيَّ لما احتكره الغرب لنفسه أيضًا، اعتبارًا من الحروب الصليبية، الديانة المسيحية نفسها، على الرغم من أصولها ومظهرها وطقوسها ولغاتها الشرقية. وبذلك، فسورية تضارع فلسطين وروما والأناضول، بل وربما تفوقها بتنوُّع مواقعها المهمَّة، كلاسيكيًا ومسيحيًا وتاريخيًا، والتي ما زال العديد منها بمنأى عن الاستغلال البشع الذي تعرَّضت له المواقع الفلسطينية على أيدي السلطات الإسرائيلية، خصوصًا بعد حرب 1967، واحتلال اسرائيل لمدن المسيحية الأولى، كالقدس وبيت لحم، أو المواقع الرومانية في تركيا التي تخضع أيضًا لدرجة شديدة من الاستغلال السياحي على أيدي الشركات السياحية الكبيرة والسلطات المحلِّية، لتلبية رغبات السائحين الذين يتكاثرون بسرعة هائلة، مع تزايد الثروة في أيدي قطاعات واسعة من الشعوب الغربية، وازدياد معدَّلات الثقافة بين أفرادها، ونموِّ الرغبة في الانفاق على السفر والترفيه، خصوصًا في السنوات الأخيرة، على الرغم من المشاكل الاقتصادية والاحترازات الأمنية المتزايدة.

والأهمُّ من هذا، في هذه الفترة المؤلمة والعنيفة من تاريخ سورية المعاصر، هو أنَّ هذه الآثار بتنوُّعها وتواضعها وجمالها وعمرها المديد، تُذكِّرنا بالتعدُّد الثقافي في سورية وبالتعايش الذي كان قائمًا فيها بين الديانات والطوائف العديدة المتجذِّرة في أرضها منذ مئات السنين، بغضِّ النظر عن بعض التجاوزات، بحيث أنَّ تراث هذه الثقافات المختلفة راسخ في ذاكرتها

وحيٌّ في وجدانها وفي حياة مواطنيها اليومية والمعاشة حتَّى اليوم، على الرغم من الطائفية المقنَّعة لنظام الحكم القائم، وللصعود المشكوك بأمره لأصولية استئصالية طارئة، تجابهه في حرب طال أمدها، وتطاول شرُّها على البشر والحجر.

ومع أنَّ البلد يتمتَّع بعدد هائل من الأبنية التاريخية المهمَّة، التي تنتمي للديانات والطوائف التوحيدية المختلفة، التي نمت في أرضه ثمَّ بادت، لا يوجد بناء من هذه الأبنية (ما عدا تلك التي تعود لديانات اختفت أصلًا من أرجاء المعمورة) لا ينتمي إلى مجتمع سوري صغير أو كبير ما زال قائمًا اليوم، ينتسب إلى الثقافة والعبادة التي أنتجت هذا المبنى، وما زال يمارس عبادته تلك في مبانيه الدينية نفسها وعلى أرضه وبين أبنائه وبناته. بل إنَّ بعض الطوائف الدينية، مثل العلويين والدروز واليزيديين والسريان، لا توجد سوى في سورية، مع بعض الامتدادات في دول الجوار، سببها التقسيم الاستعماري للدول الحديثة. وقد استمرَّت هذه الطوائف الصغيرة العدد في العيش على هذه الأرض، مع مخالفتها لدين الأكثرية ودين حكَّام البلد من الدول المتعاقبة منذ بداية الإسلام وحتَّى العصر الحديث، حتَّى وإن إضطُهِدت في بعض الأزمنة وبعض الظروف وعلى يد بعض الحكَّام الغاشمين. وهذا بحدِّ ذاته دليل على انفتاح ثقافي تاريخي قلَّ نظيره، لأنَّ بلادًا وثقافاتٍ أخرى بترت الهويَّة الثقافية للآخر، المُساكن لها، وأحيانًا أزالته من الوجود. بل إنِّي أدَّعي هنا أنَّ بقاء جزء لا يستهان به من سكَّان البلاد الأصليين على ديانتهم المسيحية، بعد خمسة عشر قرنًا من دخول الإسلام، واستمرار الطوائف التي انشقَّت عن إسلام الأغلبية في العصور الوسطى، بممارسة عباداتها المغايرة لعبادات الأكثرية اليوم، دليلٌ على تجذُّر قبول الآخر والتعايش معه في الأرض السورية، ما سيثبت على المدى الطويل أنَّه أقوى من إرهاصات الإقصاء والنفي والبتر التي نجدها عالية الصوت في محنتنا الحاضرة.

هذا التنوُّع المذهبي والطائفي والاستمرار الثقافي انعكس على جغرافية سورية وآثارها وصورتها التي شوَّهتها الحرب في سورية، والذي لا بدَّ من استعادته لنهوض سورية من رماد فينيقها، وإن بعد حين. كما لا بدَّ لنا من استعادة تقليد التعايش والاحترام المتبادل وتمكينه من التعبير عن نفسه، من خلال المحافظة على المباني الدينية والثقافية للحضارات والديانات التي تتابعت على أرض سورية كافة، ومن خلال إعادة تفعيل العادات الجميلة التي حافظت على إقامة الشعائر الدينية الأصيلة للطوائف المختلفة، المكوِّنة للفسيفساء السوري في أبنيتها التاريخية نفسها، كرمز للتواصل مع التراث الحيِّ ودليل على التعايش الذي كان قائمًا، وإن بهنَّات وهفوات. هذا التواصل أصبح اليوم هدفًا يُرتجى، كواحد من أنجع الوسائل في مقاومة التعصُّب

والتطرُّف ونبذ الآخر، وفي إعادة بناء وطن حقيقي لكلِّ السوريين. فقد أنهك الانقسامُ والتقاتل الأرضَ والناس وفكرة الوطن المشترك نفسها، بالإضافة إلى تدميره للعديد من الأوابد التاريخية والدينية المهمَّة أو إهمالها، ما قد يتسبَّب في نسيان دروسها، وأجَّج في النفوس مشاعر سوداء لا بدَّ لنا من مقاومتها وإعادة تأهيلها، مستخدمين في ذلك تراثنا المركَّب والمتعدِّد والمتعايش ضمن جملة أساليب وأدوات أخرى.

وعليه، فهذه اللحظة التاريخية المظلمة تحتِّم علينا العودة لاستقراء ماضي سورية، واسترجاع بعض ما جعل هذا البلد متميِّزًا بتعدُّد ثقافاته الفريد وتجاورها، بل وأحيانًا تقاسمها بعضًا من الفضاء المبني، كما كان الحال في بدايات الإسلام في سورية، عندما بنى العرب المسلمون الفاتحون مساجدهم قرب أو بإزاء أو في باحة الكنائس القائمة، وأحيانًا في مباني معموديَّتها المجاورة، ومع ذلك استمرَّت هذه الكنائس بأداء شعائرها مع أداء المسلمين لشعائرهم في الفراغ المجاور، في وقت كان فيه الفاتحون عمومًا يتَّجهون لإزالة أي أثر لمخالفيهم في العقيدة وإجبارهم على اعتناق عقيدتهم الغالبة. يجب علينا العودة إلى هذا التاريخ المختلف عمَّا يطرح اليوم من قراءة مغايرة، ومحاولة جلاء بعض من فتراته التي طمسها تعصُّب أو شوفينية أو عقائدية أو قصر نظر، ساهم فيها الكثير من سياسيينا وقادتنا الدينيين ومثقَّفينا. فهذا التاريخ هو المعوَّل عليه في إنتاج خطاب مغاير للخطاب الاحترابي والإقصائي الذي تعاني سورية، والعالم العربي عمومًا، منه حاليًا. شواهدُ هذا التاريخ أدلَّةٌ قويَّة على روعة الخلق الفنِّي الذي استقى روافده من التراكم الحضاري على أرض سورية. وفي التمسُّك بهذا التراث وجلاء أوابده وإبرازها والمحافظة عليها، نوع من المقاومة للتقوقع والعودة إلى ماضٍ طهوري متخيَّل ما طغى على صورة سورية اليوم. وهو أيضًا نوع من الإمساك بزمام تاريخنا الذي امتلكت ناصيته أوروبا لفترات طويلة، والذي قدَّمته لنا على أنَّه منفصل عن التراث الكلاسيكي من جهة، وعن التطوُّر العالمي المستمرِّ منذ اللحظة الكلاسيكية من جهة أخرى. تراث سورية الكلاسيكي هو في الحقيقة خير مثال لما صرَّح به المؤرِّخ غارث فودن (Garth Fowden) عندما قال: «هناك دروب بدأت من الكلاسيكية القديمة ولكنَّها لم تنته إلى النهضة أي (الرنيسانس الأوروبية)»، أي أنَّ احتكار أوروبا للتراث الكلاسيكي وإقصاءه عن التراث العربي والإسلامي لا يتطابق والوقائع المعمارية على الأرض السورية.

هناك إذن ضرورات هويَّاتية وحضارية وسياسية وثقافية تحتِّم علينا الالتفات إلى مواقع سورية الأثرية والتاريخية، للتعلُّم منها عن تجارب الأوَّلين في العيش المشترك والانفتاح الثقافي

وتجنُّب أخطائهم، ولتقديم روائعها المعمارية والعمرانية التاريخية هذه بأبهى حللها للعالم، مع المحافظة على عمارة أوابدها ومواقعها، بالإضافة إلى خصوصيَّتها الاقتصادية والسكَّانية والثقافية، بل وتنميتها اجتماعيًا وتعليميًا واقتصاديًا. هذا هو بالحقيقة الهدف الأساسي من هذا الكتاب، الذي يطمح إلى أن يكون مقدِّمة لأبحاث أخرى تُسهم في تعزيز مكانة المدن الميِّتة (كلِّ المدن الميِّتة من كلِّ العصور التاريخية السورية، وليس المنطقة المسمَّاة بالمدن الميِّتة التي يركِّز عليها هذا الكتاب) في المخيِّلة السورية المعاصرة، كأساس أوَّلًا لضمِّها إلى التراث الإنساني الثقافي المشترك، خصوصًا وأنَّها تمثِّل واحدًا من أروع نماذج التلاقح والاستمرار الثقافي على حوض البحر الأبيض المتوسِّط، الذي يربط ما بين الفترات الكلاسيكية والمسيحية المبكرة والإسلامية في سلسلة متواصلة من الإبداع المعماري والعمراني والاجتماعي، التي لم تتأثَّر بتغيُّر الثقافة السائدة إلا بعد أن فقدت ركيزتها الاقتصادية، وكمقدِّمة لربطها بعجلة الاقتصاد المنفتح الآتي بعد نهوض سورية من كبوتها، من خلال إعادة إحياء تلك الركيزة الاقتصادية المفقودة، وتطويرها بما يتلاءم مع معطيات العصر ورفاه السكَّان.

في سيرة المدن الميِّتة، التي سنستعرضها فيما يلي، عبرةٌ لنا اليوم، ونحن نُراجع هويَّاتنا المتعثِّرة، ونحاول استعادة تضامننا الوطني وتكاملنا الثقافي والعرقي، ونقيِّم أسباب نهضتنا القادمة والمرجوَّة، ونتلهَّف لانفتاحنا على العالم بعد طول ركود في عقود الاستبداد وسنوات التحارب. وفيها أيضًا دلالات على ما يجب تأمينه، كأرضيَّة اقتصادية وتنموية اجتماعية، لإعادة انعاش المناطق الأثرية المهجورة أو غير المستغلَّة بطريقة مناسبة وعادلة، في كافَّة أرجاء سورية الآتية.

# 2

## المدن الميِّتة في الأدبيَّات الحديثة

كثيرة هي المواقع السورية المسيحية أو الكلاسيكية التي تحمل أسماء تلهب المخيِّلة، والتي ألهمت العديد من الفنَّانين والباحثين والدارسين، منذ بدء حركة العودة إلى الجذور في عصر التنوير الأوروبي في القرن الثامن عشر، فبدأوا بزيارة البلاد وعبور الدروب الصحراوية والجبلية المحفوفة بالأخطار لاستكشافها ووصفها ودراسة أوابدها ومواقعها والتغنِّي بأمجادها الغابرة: پالميرا (تدمر)، بصرى، أفاميا، أنطاكية (اليوم في تركيا)، دوراأوروپوس، فيليپوپوليس (شهبا)، سرجيوپوليس (رصافة)، حلب، قنسرين، حمص أو إيميسا، سيروس (قورش أو النبي حوري)، معلولا، صيدنايا، ودمشق، وغيرها الكثير. ولكنَّ الموقع، أو بالأحرى مجموعة المواقع، التي تتمثَّل فيها فعلًا خصائص الكلاسيكية المتأخِّرة والمسيحية المبكرة، وتتقاطعان لتشكِّلا كلًّا متفرِّدًا ومتميِّزًا ومعبِّرًا هي في الحقيقة مجهولة الاسم، أو على أقلِّ تقدير مهملة الاسم حتَّى بالنسبة للأخصَّائيين اليوم. وقد غلبت عليها تسمية رومانسية متأخِّرة ذات طابع أپوكاليپتي مغرق في السوداوية: المدن الميِّتة عبارة تعود لمنتصف القرن التاسع عشر، أطلقها السائح والباحث الفرنسي الشهير شارل جان ميلشيور دو ڤوخيه (Charles-Jean-Melchior de Vogüé) الذي كان أوَّل أوروپي محدث يزور المنطقة عام 1861 ويكتب عن عمارتها كتابًا في جزأين عنوانه: Syrie centrale, Architecture civile et religieuse du Ier au VIIe siècle (1865-1877) أي: «سوريا الوسطى، العمارة المدنية والدينية من القرن الأوَّل إلى السابع الميلادي».

ثم جاء بعده الباحث والمعماري ومؤرِّخ الفنِّ الأميركي الجوَّال، هوارد كروسبي بتلر (Howard C. Butler)، الذي قاد بعثة جامعة پرنستون إلى سورية في بداية القرن العشرين (1899-1900، 1904-1905، 1909) في أوَّل محاولة علمية جادَّة ودؤوبة ومنظَّمة للكشف عن

الخطوات المعمارية الأولى في خروج عمارة مسيحية من العمارة الكلاسيكية في شرق البحر الأبيض المتوسِّط، والتي أسفرت عن كتاب موسوعي ضخم نُشر في عدَّة مجلَّدات متتابعة، من قبل عدَّة دور نشر، آخرها إعادة نشر بعنوان: Early Churches in Syria, 4th to 7th Centuries (Amsterdam, 1969). أي «الكنائس الأولى في سورية، من القرن الرابع إلى السابع الميلادي».

وقد عاصر بتلر الباحثَ السويسري الألمعي المتخصِّص بالنميات (علم دراسة النقود) والكتابات الإسلامية، ماكس فان برشم (Max van Berchem)، الذي نشر مع زميله إدمون فاتيو (Edmond Fatio) كتاب رحلات قيِّمًا عنوانه Voyage en Syrie Cairo, 1914 أي «رحلة في سورية - 1914»، تطرَّقا فيه إلى وصف مفصَّل للعديد من هذه المدن الميِّتة مع بعض الملاحظات القيِّمة عن عمارتها وطرازها، كما شاهداها خلال زيارتهما المطوَّلة عام 1895. وكذلك فعلت الرحَّالة المغامرة الإنجليزية جرترود بل (Gertrude Bell) التي زارت المنطقة عام 1905، وخصَّصت للحديث عنها فصلًا مشوِّقًا في كتابها الممتع «الصحراء والمفلوح من الأرض» The Desert and the Sown (London, 1907).

ولكنَّ الباحث المعماري الأكثر أهمِّية وتعمُّقًا في دراسة هذه المواقع وولعًا بها، الذي أعطاها من عمره السنين الطوال، هو الروسي اللبناني جورج تشالنكو (Georges Tchalenko) (1905-1987) الذي قضى سنين عديدة خلال فترة الانتداب الفرنسي وبعده في دراسة هذه المواقع والتنقيب فيها، أحيانًا بالتعاون مع غيره من الباحثين الذين نشروا في الموضوع نفسه، مثل چان لاسوس (Jean Lassus) والأب جوزيف ماترن (Joseph Mattern)، قبل أن ينشر كتابه الموسوعي عنها في ثلاثة مجلَّدات تحت العنوان المباشر والمتواضع والأكثر دقَّة من عناوين سابقيه: «القرى القديمة في شمال سورية»، Villages antiques de la Syrie du nord, (Paris, 1953-58)

ولم يكتف تشالنكو بكتابه، بل استمرَّ حتَّى آخر عمره بالكتابة عن هذه المواقع الرائعة والمحيِّرة والغامضة، بتكليف من المعهد الفرنسي لأركيولوجيا الشرق الأدنى (IFAPO) في بيروت، الذي ما زال يدعم ويموِّل دراسات آثار وأركيولوجيا سورية المسيحية، بعد تحوُّله إلى معهد واسع يضمُّ المراكز البحثية الفرنسية الثلاثة في بيروت ودمشق وعمَّان باسم (IFPO). ثم تبع تشالنكو باحثٌ فرنسي مدعوم أيضًا من (IFAPO) و(IFPO)، وهو عميد دارسي المدن الميِّتة وسورية البيزنطية بشكل عامٍّ، جورج تات (Georges Tate)، الذي ابتدأ حياته البحثية في سبعينيات القرن العشرين بالتنقيب مع مجموعة من الباحثين الفرنسيين في قرى سورية الشمالية من الفترة البيزنطية.

وقد ركَّز تات عندما بدأ العمل على رأس فريقه بشكل خاص على موقع مهمٍّ آخر، هو سرجيللا في جبل الزاوية، ليستعمله كأساس لنظريَّاته وتفسيراته عن ظاهرة المدن الميِّتة ونموِّها الاقتصادي والسكَّاني والمعماري، وبعد ذلك «موتها» في العصور الوسطى في دراسات ما زالت تُنشر تباعًا، كان أوَّلها كتابه الأركيولوجي التأسيسي المهمُّ:

Les campagnes de la Syrie du nord du IIe au VIIIe siècle (Paris, 1992)، أي: «أرياف شمال سورية من القرن الثاني إلى الثامن». وهو كان يعمل في سرجيللا وجوارها حتَّى وفاته عام 2009، وقد تمكَّن مع فريقه من توثيق وتحديد هويَّة وتاريخ بناء غالبيَّة مباني البلدة المهمَّة من بيوت وكنائس ومعاصر زيتون، ومن المحافظة عليها معماريًا، لكي تصبح من أهمِّ المواقع السياحية في المنطقة، التي تستقطب السائحين خصِّيصًا لرؤيتها. وكان للأستاذ تات مشروع لنشر مجموعة من الكتب عن المدن الميِّتة، ترتكز بشكل أساسي على نتائج أبحاثه في سرجيللا، على الرغم من انغماسه في البحث في مجالات مختلفة، مثل تاريخ الحملات الصليبية وتاريخ اليونان القديمة، اللتين ألَّف عن كلٍّ منهما كتابًا، ولكنَّ الموت وافاه عام 2009 قبل أن يكمل المشروع. ويمكننا أن نذكر أعمال الباحث الفرنسي جان بيير سوديني (Jean-Pierre Sodini) الذي نشر مع جورج تات وأيضًا وحده مقالات قيِّمة عن تنقيباته ودراساته في المدن الميِّتة، خاصة قرية دهيش التي عمل عليها في السبعينيات من القرن العشرين.

وهناك أيضًا الباحث الإسباني والأب الفرنسيسكاني، إينياثيو پينيا (Ignacio Peña)، الذي نشر منذ سبعينات القرن الماضي، بالتعاون أوَّلًا مع زميليه الأبوين الفرنسيسكيين الباحثين المجدَّين، المرحوم باسكال كاستللانا (Pascal Castellana) وروموالدو فرنانديز (Romaldo Fernãndez) مجموعة كبيرة ومتنوِّعة من الأبحاث عن تاريخ وعمارة وكتابات ونقوش سورية المسيحية والبيزنطية والتاريخ الكنسي والرهباني، كان لعمارة المدن الميِّتة وتاريخها نصيب الأسد منها. نشر هؤلاء الآباء الثلاثة أربعةَ أبحاث كبيرة في مجلَّة كنيستهم (Studium Biblicum Franciscanum) جرَّدوا فيها كلَّ المواقع الأثريَّة في أربع مناطق هي جبل باريشا (1978) وجبل العلا (1990) وجبل الوسطاني (1999) وأخيرًا جبل الدويلي (2003) ووثَّقوا أهمَّ مبانيها بالوصف والصورة، وأحيانًا بالمخطَّطات المعمارية وخرائط المستويات الطوبوغرافية. وهم الذين توصَّلوا إلى أنَّ العدد النهائي لمواقع المدن الميِّتة يتجاوز الثمانمائة. وقد توَّج پينيا أبحاثه بكتاب عن سورية المسيحية، عنوانه بالعربية: «الفنُّ المسيحي لسورية البيزنطية»، وهو نُشر أوَّلًا بالإسبانية عام 1995، وتُرجم إلى الإنكليزية تحت عنوان: The Christian Art of Byzantine

Syria (London, 1997). على حين أصدر زميلاه كاستللانا وفرنانديز كتابًا بعنوان «على خُطى مار مارون»، بمناسبة مرور 1600 عام على وفاة مار مارون، أهدياه إلى روح زميلهما الأب پينيا، الذي توفِّي عام 2010، تناولا فيه حياة مار مارون في المدن الميِّتة بين تنسُّكه في قرية كالوتا ودفنه في قرية براد.

بالإضافة إلى هؤلاء العلماء المعروفين، هناك العديد من الباحثين الأوروپيين والأميركيين الذين بحثوا جانبًا أو آخر من تاريخ وعمارة وأركيولوجيا المدن الميِّتة في مقالات وكتب متنوِّعة لا ترقى إلى مستوى الدراسات المتكاملة، ولكنَّها تضيف إلى مستوى معرفتنا قدرًا لا يُستهان به من المعلومات. اثنان من هذه الكتب يستحقَّان انتباهنا لشمول نظرتهما، وهما كتابا وليام دارلمپيل (William Darlymple) وكريس ويكهام (Chris Wickham).

كتاب دارلمپيل بعنوان: From the Holy Mountain: A Journey among the Christians of the Middle East، أي: «من الجبل المقدَّس: رحلة بين مسيحيي الشرق الأوسط»، وهو عبارة عن استطلاع لأحوال المسيحيين في شرق المتوسِّط اليوم.

أما كتاب ويكهام، Framing the Early Middle Ages: Europe and the Mediterranean 400-800، أي: «تأطير أوائل العصور الوسطى: أوروبا والبحر الأبيض التوسّط 400-800»، فهو عبارة عن إعادة نظر في العلاقة ما بين أوروپا وشرق المتوسِّط في العصور الوسطى. ولا يجب أن نهمل الكتاب الحديث والقيِّم باللغة الألمانية، الذي نشرته كريستين شتروبه (Christine Strube) عام 2000 بعنوان: Die “Toten Städte”: Stadt und Land in Nordsyrien während der Spätantike، أي «المدن الميِّتة: المدينة والبلاد في شمال سورية خلال العصور القديمة».

أمَّا من الجانب العربي، فلا يوجد للأسف الكثير من الدراسات الأركيولوجية أو الآثارية المتكاملة أو المهمَّة من الناحية التنظيرية، مع أنَّ الفاتحة كانت مبشِّرة جدًّا بفضل كتاب أحمد وصفي زكريا الرائد، «جولة أثرية في بعض البلاد الشامية» (دمشق، 1934 وطبعة ثانية عام 1984) الذي أسهب فيه بوصف العديد من المواقع البيزنطية والمسيحية السورية حول حلب وإدلب وأنطاكية، التي زارها مرَّات خلال عمله كمفتِّش لأراضي سورية الزراعية في نهاية العهد العثماني وبداية عهد الانتداب الفرنسي. ولكنَّه، على طريقة المؤرِّخين المسلمين القروسطيين، اعتمد على الوصف المسهب والمدقِّق، ولم يستعمل أيَّ شكل أو صورة لتوضيح ما يصفه.

لم تكن هناك أيُّ مساهمة تُذكر عن تاريخ المدن الميِّتة باللغة العربية حتَّى العقد الفائت، لولا الدراسات التاريخية والكنسية التي قام بها عدد لا يُستهان به من آباء الكنيستين السريانية

والكاثوليكية الملكية في القرن العشرين، مثل اسحق أرملة ويوسف نصر الله (الذي كتب غالبًا بالفرنسية) ومؤخَّرًا متري هاجي أثاناسيو، بكتابه الكبير «موسوعة بطريركية أنطاكية التاريخية والأثرية» (6 مجلَّدات، دمشق وجونيه، 1997)، ومن الآباء العرب أو المستعربين اليسوعيين (Jesuites)، مثل المرحومين هنري لامنس ولويس شيخو اللذين كانا أستاذين بجامعة القدِّيس يوسف في بيروت (واللذين كتبا بالعربية والفرنسية)، وبعض الحلبيين الغيورين على منطقتهم كالمرحوم صبحي الصوَّاف، مستشار جمعية العاديات الحلبية السابق، وعبد الله حجَّار، مستشارها لاحقًا، صاحب كتاب «كنيسة القدِّيس سمعان العمودي وآثار جبلي سمعان والحلقة»، الذي صاحب الآباء الفرنسيسكان سنين عدَّة وترجم بعض أعمالهم إلى العربية.

وفي العقد الثاني من ألفيَّتنا الثالثة هذه، قام الدكتور مأمون عبد الكريم، الذي كان مديرًا عامًّا للآثار والمتاحف في سورية، خلال سنوات الثورة وحتَّى بداية 2017، بنشر عدد من المقالات العلمية في الدوريات السورية الأثرية المتخصِّصة عن التنقيبات في بعض المدن الميِّتة، مثل سرجيللا والرويحة، وعن استيطان المدن الميِّتة، ترافق نشرها مع إصدار كتابه التوثيقي «القرى الأثرية في الكتلة الكلسية شمال سورية»، عن المعهد الفرنسي لدراسات الشرق الأدنى في بيروت عام 2011، قدَّم فيه خلاصة لدراساته عن المنطقة ولأعمال من سبقه من المؤرِّخين والأركيولوجيين الأوروپيين. عام 2014، وفي خضمِّ الحرب المريعة في سورية، نشرت الباحثة السورية عفاف ليلا، أطروحتها «زخرفة السواكف في جنوبي الكتلة الكلسية في شمالي سورية خلال العصر البيزنطي»، التي كانت قد قدَّمتها في جامعة دمشق، والتي للأسف لم يُتح لي الاطِّلاع عليها.

ولكن، على الرغم من هذه النشرات القليلة، ما زال وضع التعريف بالمدن الميِّتة للقرَّاء العرب مخزيًا. فمعظم المواقع الأثرية المهمَّة في سورية تفتقر إلى مراجع عربية متخصِّصة، تنير سبيل دراستها وفهمها للقارئ العربي المتعمِّق، بل إنَّها تفتقر إلى كتب عامَّة للسائح العربي المهتمِّ، تجلو بعضًا من غوامضها التاريخية والمعمارية، وتزوِّده بذكريات فوتوغرافية ومعلوماتية عن مكوِّناتها وتفاصيلها، كما هي الحال في كافَّة المواقع الأثرية في العالم. ولكنَّ المدن الميِّتة بشكل خاصٍّ، تعاني من انعدام أيِّ نشرة بالعربية، مهما تكن صغيرة أو مختصرة، يمكن للزائر اقتناؤها قبل زيارته، أو في الموقع نفسه، مع أنَّ النشرات عنها باللغات الأوروبية، تحديدًا الفرنسية، عديدة ومتوافرة، كما لاحظتُ أنا شخصيًا من زياراتي المتعدِّدة لمواقع المنطقة المهمَّة، وبشكل خاصٍّ مجموعة القدِّيس سمعان العمودي (954-930) أمِّ المدن الميِّتة، والموقع

الأكثر جذبًا للسائحين اليوم. وقد شهدتُ بعيني أسرةً عربية من إحدى دول الخليج، دفع ربُّها ثمن تذاكر الزيارة عند مدخل دير سمعان، وسأل الموظَّف عن دليل تاريخي أو سياحي للموقع باللغة العربية، فردَّ الموظَّف سلبًا، واقترح على الرجل الخليجي أن يستأجر دليلًا سياحيًا من الذين لا تتجاوز معلومات معظمهم القصص المحكيَّة والأساطير المطعَّمة ببعض الإحصائيات الخاطئة، التي تروم أن تُبهر، لا أن تزيد المعرفة بتاريخ الأثر أو أهمِّيته لتراثنا السوري خصوصًا والعربي بشكل عام، كما سأحاول أن أبيِّن فيما يلي من هذا الكتاب.

## 3

## المدن الميِّتة هي قرى منسيَّة

اختلفت الآراء في الفترة الأخيرة على تسمية المدن الميِّتة، التي ورثناها مع أوَّل وصف علمي لهذه المواقع من الكونت الفرنسي دو ڤوخيه. فقد وجد السوريون المعاصرون في الاسم إجحافًا من جهة، عندما بدأوا باكتشاف روعة هذه المواقع، وبدأ بعضهم باستيطانها من جديد، ولمسوا فيه شؤمًا من جهة أخرى، لعلَّ أحداث الحرب الأهلية الحالية قد أتت للأسف لتثبت نجاعته. فقد وردت تقارير كثيرة في السنوات الأخيرة (بين 2012 و2016) عن التدمير الذي حلَّ بغالبية المواقع المهمَّة في المدن الميِّتة، كان أكثره بسبب القصف الكثيف والعشوائي لطيران النظام السوري عليها، غالبه انتقامًا وتشفِّيًا من سكَّانها الذين أيَّدوا الثورة وساهم شبابهم فيها، وبعضه بسبب مهاجمة مواقع الكتائب الإسلامية الثائرة، التي اتَّخذت من هذه القرى مراكز تجمُّع واختباء، كما بيَّنت الكاتبة والناشطة السورية سمر يزبك في كتابها «بوَّابات أرض العدم»، الذي تسترجع فيه زياراتها للمنطقة ولثوَّارها بين 2011 و2014. وقد قامت هذه الكتائب الإسلامية، التي لا يعتبر معظمها تراثَ المدن الميِّتة تراثًا لها، بحصَّتها من التخريب، عبر البناء الحديث داخل المواقع، وتكسير الحجارة التاريخية لإعادة استخدامها، والهدم الصريح، واتِّخاذ بعض الأوابد مساكن ومخازن. وقد نشر بعض المعلِّقين على الانترنت وفي الصحافة مقالاتٍ وصورًا تُظهر التدمير العشوائي الذي حلَّ ببعضٍ من أهمِّ هذه المواقع، مثل الرويحة وقلعة سمعان والبارة وقلب لوزة والرفادة والقاطورة، وهو إن بدا محدودًا، فإنَّه مستمرٌّ ومتعاظم بطريقة تجعل اسم المدن الميِّتة يعود بقوَّة وأسى لينطبق على الواقع.

ولكن، وبغضِّ النظر عن آثار التخريب المعاصر، فإن اسم المدن الميِّتة بحاجة لإعادة نظر. فهذه المواقع بالحقيقة لم تكن مدنًا على الإطلاق، ولا هي كانت ميِّتة تمامًا عندما دخلت دائرة اهتمام المؤرِّخين الغربيين في القرن التاسع عشر، كما حاول كلُّ الباحثين المهمِّين في القرن

العشرين، وأوَّلهم جورج تشالنكو، أن يبيّنوا، وإن لصقت التسمية بها حتَّى يومنا هذا. هذه المدن الميّتة عبارة عن مجموعات متراصَّة من القرى والدساكر (مفردها باليونانية Kômai, Kôme) المهجورة والمنسيَّة (وهما الصفتان الأكثر دقَّة) بأغلبها، تنتشر في منطقة جبل البلعاس (Belus Massif) الجيري، ذي الاسم الاغريقي الأصل، في قلب سورية الهلينستية وحول العاصمة السلوقية/ المسيحية للبلاد، أنطاكية، التي أصبحت، عسفًا وزورًا، تركيَّة في نهاية ثلاثينات القرن الماضي، ورسَّخ تركيَّتها تخلِّي نظام الأسد الابن عن المطالبة بها في بداية القرن الواحد والعشرين، في صفقة لم تُفده كثيرًا بعد اشتعال شرارة الثورة السورية وانقلاب حكَّام تركية الإسلاميين الجدد على نظام الأسد، ودعمهم المتواصل لمجموعات مناوئة له من الإسلاميين السلفيين والجهاديين.

## طبوغرافية المدن الميّتة

تنتشر القرى المنسيَّة على المحاور المؤدِّية من العاصمة القديمة أنطاكية إلى بيرويا أو حلب (Beroia) وقنسرين (Chalcis) التاريخية والنبي حوري (Cyrrhus) التاريخية، شرقًا وشمالًا، وإدلب وأفاميا (Apamea) ومعرَّة النعمان جنوبًا وغربًا. وتتوزَّع هذه القرى، الواقعة بمعظمها في محافظتي حلب وإدلب اليوم، بشكل رئيسي على ثلاث مجموعات هضابية متوسِّطة الارتفاع، في هذه الكتلة التي يطلق عليها تجاوزًا اسم جبال الكتلة الكلسية (Massif Calcaire) تمتدُّ بشكل وتري باتجاه شمال-شرق إلى جنوب-غرب، بين نهر عفرين في الشمال ونهر العاصي في الغرب والجنوب، على امتداد حوالي 140 كيلومترًا وبعرض يتراوح بين 20 و40 كيلومترًا. (**الشكل 1**) هذه الجبال هي جبل سمعان، أو جبل الشيخ بركات، وجبل حلقة في الشمال الشرقي فجبل العلا وجبل باريشا ويليهما جبلا الدويلي والوسطاني في الوسط، ثم جبل ريحا، أو جبل الزاوية في الجنوب الغربي، على امتداد سهل الغاب.

يحدُّ المدن الميّتة من الغرب سهل الغاب ووادي العاصي، من الشمال الحدود التركية الأصلية، وتلك المنتزعة انتزاعًا من سورية، ومن الجنوب طريق خان شيخون-أفاميا، ومن الشرق طريق حلب-معرَّة النعمان-خان شيخون. تحتوي هذه المناطق الثلاث فيما بينها على ما لا يقلُّ عن 780 (أو 820 حسب تعداد إينياثيو پينيا ورفاقه الباحثين الفرنسيسكان) موقعًا مهجورًا أو أعيد سكنه، وسط أرض صخرية جيرية بيضاء فيها تربة قليلة، ولكنَّها غنيَّة وبُنِّية داكنة، تُنتج بعض زراعات الحبوب والكثير من الزيتون والعنب، ومؤخَّرًا العديد من الفواكه الأخرى كالكرز والفستق واللوز والتين والتفَّاح. (**الشكل 2**)

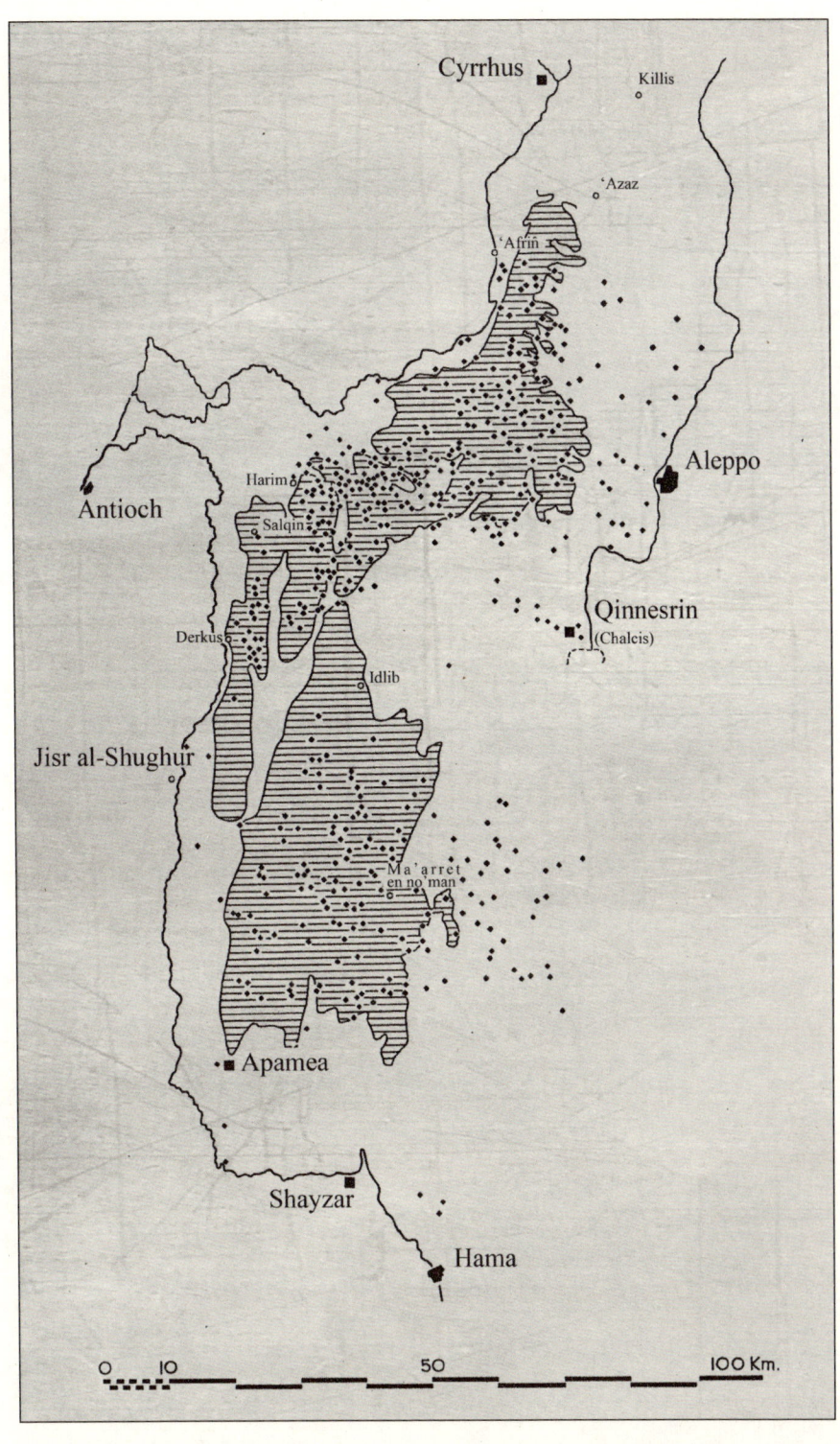

الشكل 1: مواقع المدن المیّتة.

**الشكل 2: طوبوغرافية المدن الميِّتة، موقع دير سمعان.**

يعود بناء هذه المواقع في معظمها للفترة الواقعة بين القرنين الرابع والسابع الميلادي، أي إلى العهد البيزنطي المسيحي في سورية، مع بعض المواقع الرومانية الأقدم التي تعود للقرنين الثاني والثالث، وربما يرقى بعضها الآخر إلى فترات ساميَّة أقدم. وقد استمرَّت السُكنى فيها حتَّى العصر العبَّاسي الأوَّل على الأقلِّ (أي حوالي منتصف القرن التاسع الميلادي). ويبدو في القليل منها أنَّ السُكنى استمرَّت حتَّى العهد الأيُّوبي في القرن الثاني عشر، وفي بعضها الآخر حتَّى الفترة المملوكية في القرن الرابع عشر، وإن كنَّا لا نعرف تمامًا إذا كانت هذه إعادة سُكنى أم استمرارًا للحياة في تلك القُرى لأسباب عسكرية استراتيجية أو اقتصادية، أو لكونها واقعة على عقدة مواصلات لم تفقد أهمِّيتها بتغيُّر الطرق والوجهات في ذلك العصر. ثمَّ عادت الحياة إلى بعضها الآخر في النصف الثاني من القرن التاسع عشر، مع مدِّ سكَّة الحديد العثمانية إلى حلب. وتسارعت عمليَّة إعادة احتلال مساكن عدد آخر منها بطرق غير قانونية، وبناء أرباض جديدة حولها، أو حتَّى في حرم آثارها أحيانًا، في الربع الأخير من القرن العشرين، قبل أن تحلَّ عليها لعنة الحرب التي أصبحت أهلية ثم دولية في سورية بنهاية العام 2011، والتي تسبَّبت حتَّى الآن بقتل وجرح وتهجير عدد كبير من سكَّانها، وبتدمير عشوائي في أغلبها.

نعرف من أسماء المدن الميِّتة الأصلية أكثر قليلًا من 200 اسم. وما زال الباحثون يكتشفون أسماء أخرى بين الحين والآخر. أهمُّ هذه القرى اليوم هي براد، برج حيدر، خراب شمس، كفر نابو، دير سمعان، المشبك، قصر البنات، وشيخ سليمان في جبل سمعان وجبل حلقة؛ وبابسقا،

قلب لوزة، باريشا، باعودا، بنقوسا، داحس، باموقا، باقرحا، دير سيتا، ودارقيتا في جبل باريشا وجبل الأعلى، والرويحة، سرجيللا، جرادة، البارة، باعودة، ودانا الجنوبية في جبل الزاوية. وكما يبدو من هذه المجموعة من الأسماء فإنَّ غالبيتها ما زالت تحتفظ بأصولها الآرامية/ السريانية أو بتحريف طفيف لأسمائها اليونانية، وإن كان بعضها قد اكتسب أسماء عربية لعلَّها دلالات على استمرار سُكّناها في العصور العربية، أو انعكاس لظروف الإقامة فيها في العصور الحديثة، حين احتلَّتها مجموعات بشرية مهاجرة من مناطق أخرى كما يبدو على سبيل المثال من أسماء مواقع مثل برج حيدر، القرية الكردية حاليًا، التي عُرفت في الزمن الكلاسيكي بكاپروكيرا (Kaprokera)، وشيخ سليمان وخراب شمس اللتين لا بدَّ من أنَّهما اكتسبتا أسميهما العربيين في فترة لاحقة على بنائهما، واللتين ما زلنا لا نعرف اسميهما الأصليين.

لا نعرف الكثير عن معظم هذه المواقع غير أسمائها وأثارها الحجرية الرائعة، التي ما زالت ماثلة للعيان بين أشجار الزيتون واللوز والتين، بعد أكثر من 1200 سنة على توقُّف العمران فيها. وهي تحكي لنا بلغة معبِّرة وجميلة قصص ساكنيها من المزارعين الكادحين والأتقياء والمنغلقين على أنفسهم ومنطقتهم وثقافتهم ومذاهبهم الدينية، وإن وشت عمارتهم بين الحين والآخر بمؤثِّرات خارجية، مدينية وكلاسيكية، لا بدَّ من أنَّ تأثيرها امتدَّ ليشمل ما هو أكثر من العمارة والزخرفة والتوزيع العمراني، كأساليب الحياة والمعتقدات الدينية والسلوكيات والميول الفنِّية والأدبية، وربما التنظيم الاجتماعي الذي يبدو أنَّه استوعب الهيكلية الكنسية مبكرًا، ثم دمغها

بطابع تنسُّكي متقشِّف اشتهرت المنطقة به فيما بعد، وأصبحت مقصدًا للمؤمنين الحجَّاج من أنحاء سورية والأناضول البيزنطيتين، وربما أبعد.

تلتحف غالبية هذه القرى سفوح الهضاب، ربَّما لأسباب دفاعية أو اقتصادية، تاركة السهول الواطئة أو المسطَّحات الجبلية الصغيرة المساحة للزراعة والرعي. على هذا الأساس، اتَّبعت هذه القرى في تنظيمها التضاريس الجبلية المتغايرة، لتنتج مخطَّطات عشوائية المظهر، ولو أنَّها متوافقة مع وظيفتها السكنية-الاقتصادية، ومع بيئتها الوعرة التضاريس، بل ومسايرة لخطوط المناسيب التي حدَّدت معالمها. ولم يكن بإمكان هذه القرى بحال أن تطبِّق المبدأ الهيلينستي الأساسي في تخطيط المدن، الذي يتطلَّب أساسًا أرضًا منبسطة ومستوية: أي التخطيط الرقعي الشطرنجي، الذي سمَّاه الإغريق القدامى بالهيبودامي، نسبة للمعماري الأناضولي هيپوداموس (Hippodamos) من مدينة ميليتوس (Miletus)، الذي يُشاع عنه أنَّه أوَّل من وضع التخطيط المتعامد الشطرنجي. فهذه المدن الميِّتة أو القرى المتواضعة، لم تكن في الحقيقة بحاجة إلى هذا النوع من التخطيط الصارم، الذي يعكس سلطة مدنية قوية واعتمادًا أساسيًا على وسائط النقل بالعربات. فهي قد كانت، في كلِّ الأحوال، قرى صغيرة لا تحتاج للتنظيم العمراني الذي تحتاجه المدن، بتعقيداتها الوظيفية والمدنية وصورة الأبَّهة التي تتطلَّبها السلطة الحاكمة فيها. الاستثناء الوحيد الذي أمكن ملاحظته حتَّى الآن هو بلدة ماعز في جبل باريشا، والتي تعود بأصولها إلى الفترة الرومانية في القرن الثاني الميلادي، والتي يمكن أن تكون قد اتَّبعت في عمرانها مخطَّطًا متعامدًا، على رأي عالم الحفريات الأسترالي، وارويك بال (Warwick Ball)، صاحب كتاب «روما في الشرق: تحوُّلات إمبراطورية»، Rome in the East: The Transformation of an Empire.

## عمران وعمارة المدن الميِّتة

بالإضافة لذلك، لم يكن بناء المدن الميِّتة يبدأ عادةً بموقع كامل ومحدَّد، أو مسوَّر أحيانًا، كما في حال المدن المؤسَّسة في العهد الروماني، بل كانت هذه المواقع القروية تنشأ عبر بناء مجموعة من البيوت المتقاربة لأفراد أسرة واحدة، وتنمو بنموِّ سكَّانها واستقطاعهم مزيدًا من الأراضي لإيواء عائلاتهم الجديدة، المتفرِّعة عن العائلة الأصلية، أو تلك التي جذبها الموقع أو النشاط القائم فيه لحطِّ عصا الترحال هناك.

كانت هذه القرى عمومًا تتبع في نموِّها شكل الأرض، وتوافر المسطَّحات المناسبة للبناء فيها، وتتلافى العوائق الطبيعية من صخر وميل شديد وأشجار مغروسة، بل وربما استخدمت

هذه العوائق الطبيعية كعلامات في تخطيطها. وكانت المباني تتجمَّع حول مصادر المياه، من جداول وآبار وخزانات منحوتة تحت الأرض (**الشكل 3**)، اعتمدت عليها في حياتها وعملها بشكل أساسي.

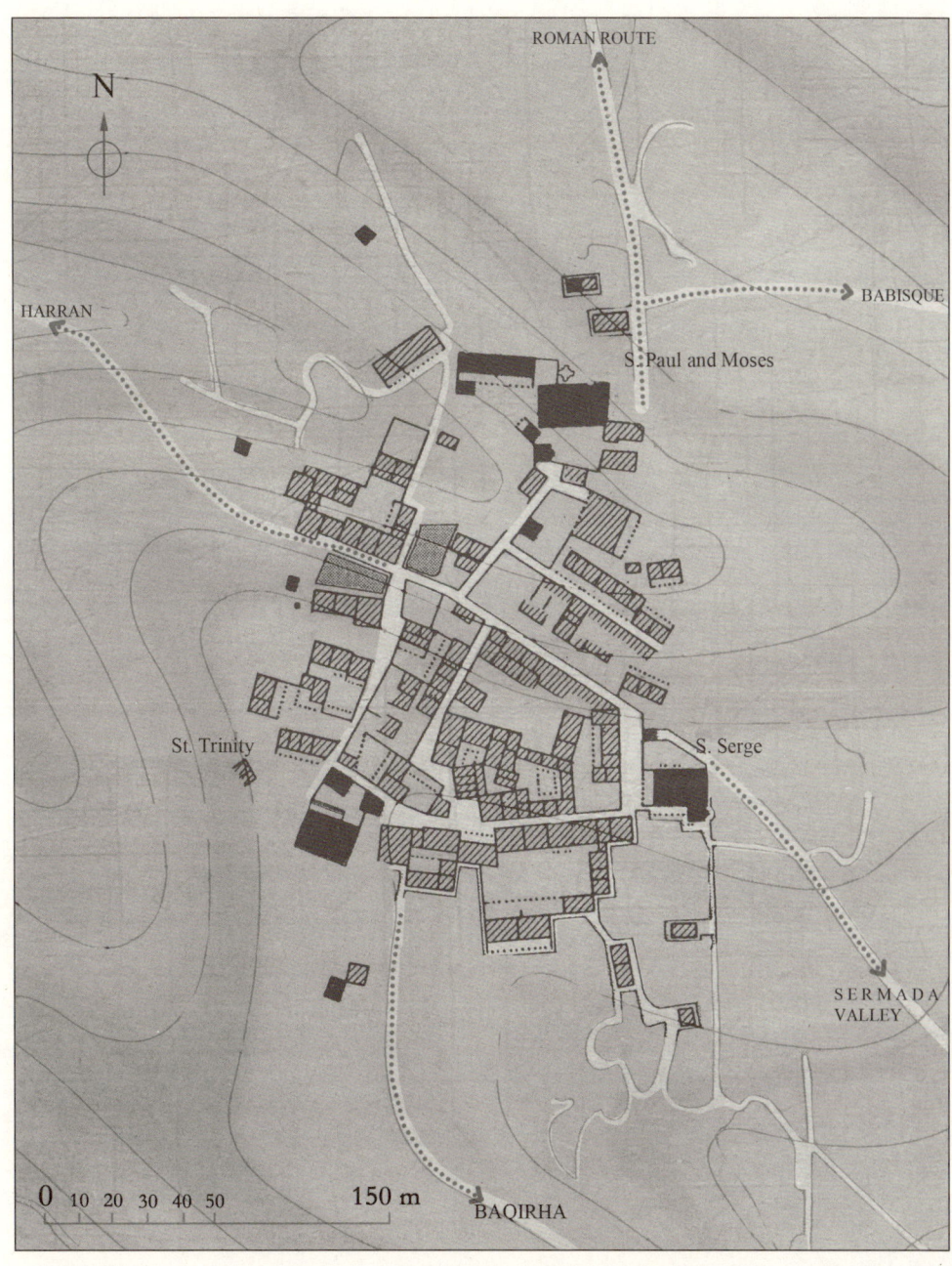

**الشكل 3**: مخطَّط قرية دار قيطا وتناسبه مع طوبوغرافية الموقع.

ولا يقتصر اختلاف هذه القرى المنسيَّة عن النموذج العمراني الهيلينستي، والروماني اللاحق عليه، على مخطَّطاتها العامَّة، بل يتعدَّاه إلى نوعية المباني الموجودة فيها وعمارتها وزخرفها ومدلولاتها الاجتماعية والثقافية والسياسية، وإلى علاقة الحيِّز الخاصِّ بالعامِّ فيها، وتراتبية هذه العلاقة، الأمر الذي يعطيها خصوصية عمرانية واضحة وإيحاءً بتواضع سكَّانها الاجتماعي وربما بقلَّة الفروق الطبقية بينهم، أو على أقلِّ تقدير بتواصل مجتمعاتهم بين الفقير والغنيِّ منهم، بما أنَّهم كانوا عمومًا من خلفيَّات اجتماعية ومهن متقاربة. بالإضافة لذلك، باستثناء دير القدِّيس سمعان العمودي المشهور وكنيسة قلب لوزة وقلَّة قليلة أخرى من المباني الدينية، لا يوجد في أيٍّ من هذه القرى آبدة عظيمة تمثِّل تمويلًا إمبراطوريًا أو رعاية أميرية. بل إنَّ معظمها يفتقر إلى أيِّ مبنى عامٍّ ذي صفة رسمية أو إمبراطورية أو حتَّى كنسيَّة عُليا. ولا يوجد لأيٍّ منها سور دفاعي -فيما عدا دير القدِّيس سمعان العمودي الذي أُضيف سوره في القرن العاشر الميلادي إبَّان الاحتلال البيزنطي لسورية الشمالية، وربَّما بقايا سور في بلدة سرجيللا لم يُحدَّد تاريخ بنائه- كما كانت العادة في العالم القديم، ما يوحي بضعف أهمِّيتها الاستراتيجية وبقلَّة سكَّانها عمومًا، أو بانتشار الأمان فيها ما يُغني عن الأسوار الدفاعية المكلفة.

كانت غالبية هذه القرى مكوَّنة فقط من مجموعات من المساكن الحجرية النحيتة المبنية من دون أيِّ مؤونة لاصقة، مع دقَّة فائقة في قصِّ وصقل وترتيب الحجر، لا يعادلها في دقَّتها وجمال صنعتها إلَّا المعابد الرومانية في حواضر الإمبراطورية، كما لاحظ الباحث الفرنسي جورج تات، مع تشدُّد في استخدام الزخارف الحجرية المنقوشة لإجلاء عناصرها المهمَّة من أبواب ونوافذ، عن طريق تأطيرها بأقواس زخرفية منحوتة في الحجر ومستمرَّة. هذه المساكن مكوَّنة عادةً من طابقٍ أو طابقين مبنيين من الحجر النحيت، وباحةٍ في القسم الأمامي، مع رواق ذي أعمدة يحيط ببعض أو بكلِّ جدرانها الخارجية أحيانًا، ربما اقتبسه مصمِّموها من البيت الروماني التقليدي ذي الرواق (Peristylium)، ولو أنَّ الفرق بين الرواق الداخلي والخارجي كبير. أما سقوفها، التي فُقدت كلُّها، فقد كانت على الغالب من الجَمَلونات الخشبية، كما يبدو من بقايا العوارض المصفوفة على أعلاها، أو من الثقوب في الحجر على المستوى العلوي نفسه التي تُبيِّن مكان دكِّ العوارض الحاملة للسقوف. كانت غُرفُها قليلة العدد، ويبدو أنَّ غالبها اعتمد التقسيم الفلَّاحي المعروف حتَّى اليوم: الطابق الأوَّل للتخزين والحيوانات مع حوض ماء للسقاية، والطابق العلوي لسكن الأسرة. (**الشكل 4**) وفي أحيانٍ أخرى، يلحق بالمسكن مبنى بُرجي ذي ثلاث أو أربع طبقات، ربَّما استعمل للحماية في فترات الهجوم الخارجي (من الرعيان الرحَّل في الغالب) أو كمستودع للأسر الساكنة في المبنى، أو، كما يبدو من النتوءات

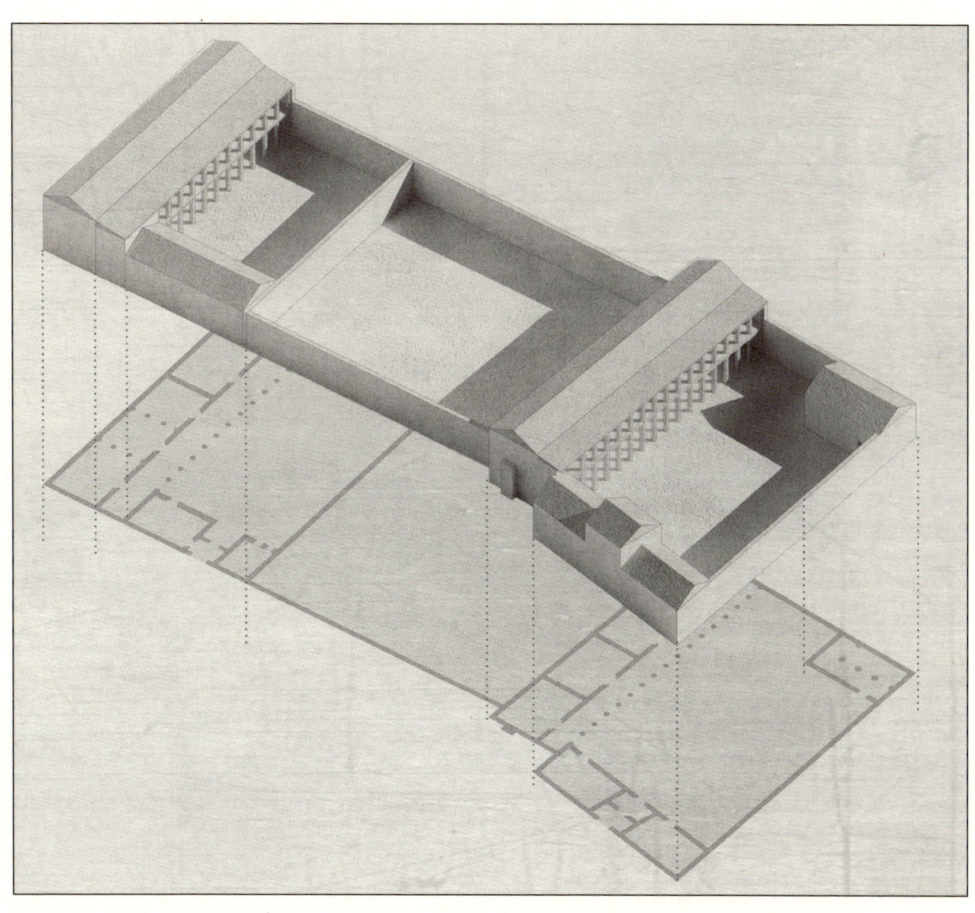

**الشكل 4: مخطَّط منزلين في قرية الرويحة.**

الحجرية البارزة من بعض زوايا هذه الأبراج، كمرحاض في الهواء الطلق، كما اقترح بعض الباحثين. (**الشكل 5**)

تتوزَّع المساكن في ترتيب عضوي وفقًا لتضاريس الموقع وعلاقات ساكنيها ببعضهم البعض، بشكل متداخل مع الأرض المزروعة حولها، ما يمنحها الانطباع بأنَّها مساكن وسط مزارع، فيها مصدر رزق سكَّانها ومكان عيشهم وعملهم أيضًا.

كان في كلِّ موقع في القرى المنسيَّة مهما صغر، مع بعض الاستثناءات القليلة، كنيسة أو أكثر، مما يؤكِّد أهمِّية الدين في حياة سكَّان هذه القرى البيزنطية. تميَّزت هذه الكنائس في أغلب الأحوال بعمارتها البازيليكية المتقنة (أي ذات المماشي الثلاثة، الأعرض في الوسط وممشيين أدقّ، متساويين في العرض على أطرافهما) وأرضيات الفسيفساء (الموزاييك) الرائعة

الشكل 5: بقايا برج سكني في قرية الشيخ سليمان.

المكوَّنة من زخارف هندسية ملوَّنة وصورًا مركَّبة لحيوانات أو نباتات أو مبانٍ أو أشخاص يمارسون حياتهم اليومية، أو مناظر أسطورية تمثِّل رموزًا دينية مسيحية ذات أصول رومانية في معظم الأحيان. وقد فُقد معظم هذه اللوحات للأسف في القرن الماضي، نتيجة السرقة والجشع والإهمال والمحسوبية من قبل كبار رجالات الحكم وأفراد أسرهم المتنفِّذة في المنطقة، قبل التدمير الأعظم الحاصل بسبب الثورة والحرب في سورية الآن. ولولا جهود بعض العاملين في الآثار في نهايات القرن العشرين، من أمثال الراحل كامل شحادة، أمين متحف الفسيفساء في معرَّة النعمان سابقًا، الذي أنقذ وحده أكثر من عشرين فرشة موازييك من ريف حماة وحدها-والذي تعرَّض لتدمير كبير طال بعض لوحات الفسيفساء النفيسة فيه عندما هاجمته مروحيات النظام السوري ببراميلها المتفجِّرة في الخامس عشر من حزيران 2015، وفقًا لتقرير جمعية حماية الآثار السورية (APSA)-لما كان لدينا الكثير من الأدلَّة عن ازدهار فنِّ الفسيفساء في هذه المنطقة الريفية، ازدهارًا يُضارع ازدهاره في الحواضر الكبرى من أمثال أفاميا وأنطاكية، واستمراره بالزخم نفسه حتَّى منتصف العصر الأمويِّ، وطغيان حركة معاداة الأيقونات Iconoclasm البيزنطية، التي قد تكون أوقفت اندفاعه نوعًا ما، على ما يبدو وفقاً للسجلِّ التاريخي المتوافر لدينا، وإن كانت لم تقضِ عليه تمامًا، كما يظهر من فرشات الفسيفساء المتأخِّرة التي ظهرت في الكنائس والأديرة المهمَّة، إبَّان إعادة احتلال بعض نواحي المنطقة، من قِبل البيزنطيين في القرن العاشر. (الشكل 6)

بالإضافة إلى الكنائس الصغيرة الخاصَّة بالقرى والدساكر، هناك أحيانًا مواقع متميِّزة تحوي ديرًا أو صومعة أو مجموعة صوامع للنسَّاك الذين ازدهروا في الفترة نفسها على حافَّة القرى الزراعية، وبمنأى عن مركز الحياة فيها والذين أسَّسوا مع مرور الوقت مراكز دينية مهمَّة في المنطقة، أصبحت مزارات للحجَّاج، يأتونها من كلِّ فجٍّ عميق. وقد كان أشهر هؤلاء النسَّاك مار مارون، أبو الكنيسة المارونية، الذي كان ناسكًا متقشِّفًا اعتزل الحياة الكنسية في البلدة التي عاش فيها، المعروفة بكفار نبو، وكرَّس معبدًا وثنيًّا قديمًا ككنيسةٍ مارس الدعوة فيها، في مكان عُرف على الغالب بقلعة كالوتا، ولو أنَّه عاش شخصيًا في العراء زهدًا وتنسُّكًا. وقد توفِّي مار مارون عام 410 للميلاد، ودُفن في كنيسة مهيبة، ما زالت أجزاء من حنياتها قائمة حتَّى اليوم

الشكل 6: جزء من فرشة موزاييك لكنيسة من القرن الخامس، متحف معرَّة النعمان للفسيفساء.

في بلدة براد في جبل سمعان، حيث تمكَّن أهل هذه البلدة الكبيرة والمهمَّة من التغلُّب على احتجاجات أهل كفار نبو الأصغر والأقلِّ أهمِّية، الذين أرادوا دفن قدِّيسهم في أرضهم. وهناك

أيضًا القدِّيس سمعان العمودي، الذي ذاع صيته في أرجاء البحر الأبيض المتوسِّط خلال حياته، والذي عاش بين حوالي 388 و459 للميلاد، وقضى آخر 37 سنة منها قائمًا على عمود، متعبِّدًا ومتقشِّفًا في الموقع الذي عُرف فيما بعد باسمه، وبُنيت فيه بعد وفاته، وعلى مدى عدَّة قرون، كاتدرائية هائلة رباعية البازيليكا حول موقع العمود في المركز، ثمَّ سوِّرت بسور حجري، وأصبحت مركزًا للزيارة والحجِّ حتَّى بعد مجيء الإسلام، على الرغم من أنَّ رفات القدِّيس نفسه قد أُخذت إلى القسطنطينية، ودُفنت في الكاتدرائية الإمبراطورية آيا صوفيا.

وقد احتوت بعض القرى الأكبر مساحة أحيانًا على بيوت للاجتماع، تُدعى الأندرون (Andron) وهي كلمة إغريقية تعني بيت اجتماع الرجال، ولا تختلف معماريًا كثيرًا عن البيوت الكبيرة بباحاتها الخارجية ورواقها وغُرفها المطلَّة على الرواق، ولو أنَّها حازت على قدر أكبر من الزخرفة والاعتناء بمظهرها الخارجي من البيوت العادية. (**الشكل 7**).

وقد انتشرت أيضًا الفنادق، خصوصًا في القرى التي أصبحت مزارات للحجيج الذين يقصدون النسَّاك العموديين أو المارونيين أو غيرهم ممَّن ذاع صيتهم في البلاد، والتي اتَّبعت في عمارتها أيضًا أُسس عمارة البيوت الحجرية بغرف أصغر وأكبر عددًا. وهناك في بعض هذه القرى حمَّامات عامَّة كاملة الترتيب بأقسامها الثلاثة، البارد والفاتر والحارّ، وفق المخطَّط الروماني التقليدي، كما في سرجيلا وبراد وبابسقا التي احتوت على حمَّامين، وليس واحدًا، ما يدلُّ على اهتمام أكثر من المعتاد بالنظافة الشخصية، يبدو أنَّه تدهور في مواقع بيزنطية مدنية أخرى. وهناك أيضًا معاصر الزيت والعنب المبنية بالحجر هي أيضًا، والتي انتشرت وسط البيوت السكنية في غالبية هذه القرى، مؤكِّدة على طغيان النشاط الزراعي على اقتصادها، وعلى اندماج هذا النشاط في الحياة اليومية للسكَّان، الذين كانوا فلَّاحين أو رعاةً بعمومهم.

ازدانت الدُور السكنية وبيوت الاجتماع والفنادق وسواكف الكنائس بالزخارف والنقوش النباتية والهندسية البديعة، كما كسيت الأرضيات بالفسيفساء الرائعة بأشكال هندسية متناسقة، أو بمشاهد معروفة من الملاحم الرومانية الشهيرة، كقصَّة روموس وروميلوس، اللذين أرضعتهما الذئبة، أو قصَّة الشاعر أورفيوس الذي سحر حيوانات الغابة بغنائه وموسيقاه، أو مغامرات هرقل، البطل الجبَّار والنصف-إله. ثمَّ بعد ذلك، طغت في الفترة المسيحية على صور الملاحم تشكيلاتٌ هندسية وتركيبات نباتية وحيوانات أليفة ومفترسة، كانت تُستخدم كرموز لحياة السيِّد المسيح أو لمفاهيم الخير والشرّ (نماذج من معظم هذه المواضيع كانت موجودة في متحف معرَّة النعمان للفسيفساء، خان مراد باشا سابقًا، ومتحف أفاميا للفسيفساء، الذي كان

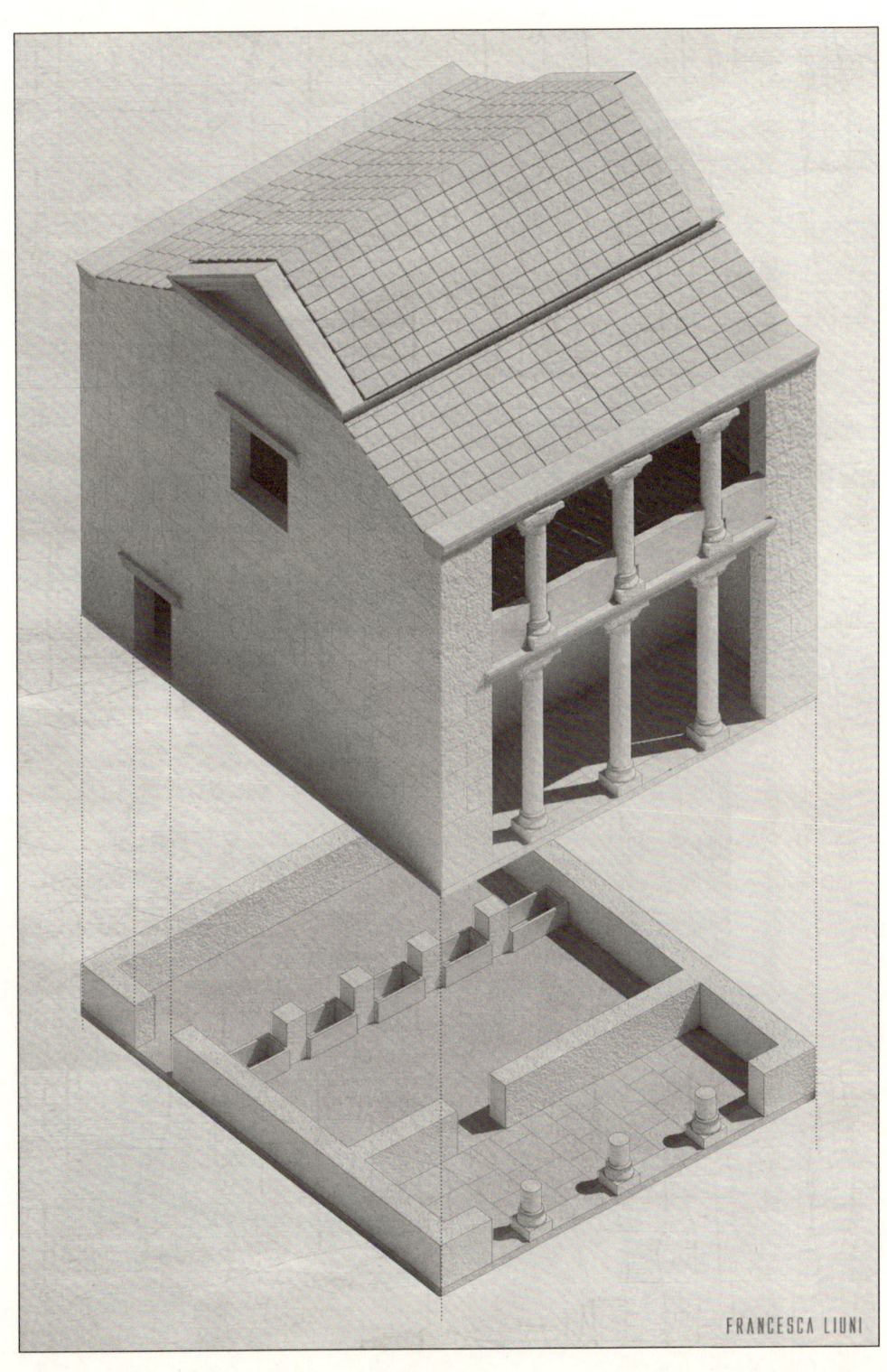

الشكل 7: الأندرون في قرية سرجيللا.

خانًا عثمانيًا للحجَّاج سابقًا أيضًا، واللذين يحتويان على أرضيَّات فسيفسائية عديدة استنقذت من المدن الميِّتة).

وفوق هذا وذاك، تحتوي بعض القرى على برج أو أكثر، استُعمل لأغراض دفاعية أو تنسُّكية ترهُّبية، أو الاثنين معًا (أعلاها وأهمُّها برج قرية جرادة في جبل الزاوية، الذي يرتفع لحوالي عشرين مترًا، ويحوي على ستَّة طوابق)، ومخازن للحبوب ومساكب للحيوانات، وبعض الأضرحة والقبور المبنية داخل الكنائس وعلى حواف القرى أو المنحوتة في سفوح الجبال (**الشكل 8**). وفي بعضها أضرحة ما قبل مسيحية، رومانية على الأغلب، كما في قريَتي المغارة وقاطورة التي تحتوي على أضرحة منحوتة على وجه الصخر، مع حوالي عشرين شخصيَّة مهيبة ملفوفة بالتوغا الرومانية، وجالسة فيما يبدو أنَّها أوضاع جنائزية. وهنالك عدد من المواقع تبدو تنسُّكيةً دينيةً بالمقام الأوَّل، إذ تتركَّز فيها مباني خدمات حول كنيسة رئيسة أُقيمت تخليدًا لذكرى شهيد أو قدِّيس أو ناسك، ودير محصَّن في أغلب الأحيان للدفاع ضدَّ الطامعين بمخازن الدير من الرحَّل أو المخالفين للرهبان دينيًا أو السلطات أحيانًا. وهناك أيضًا بعض الأبراج والمواقع العسكرية المعزولة، والتي تعود لفترات القلاقل والاضطرابات بين الدولتين الرومانية وسليلتها البيزنطية والدولة الساسانية في العراق وفارس.

أمَّا أقلُّ أنماط الأبنية عددًا في منطقة المدن الميِّتة فهي المعابد الوثنية المقامة في رؤوس الجبال، والتي تعود بشكلها الحالي للعصر الروماني، كما في حالة جبل الشيخ بركات (المسمَّى

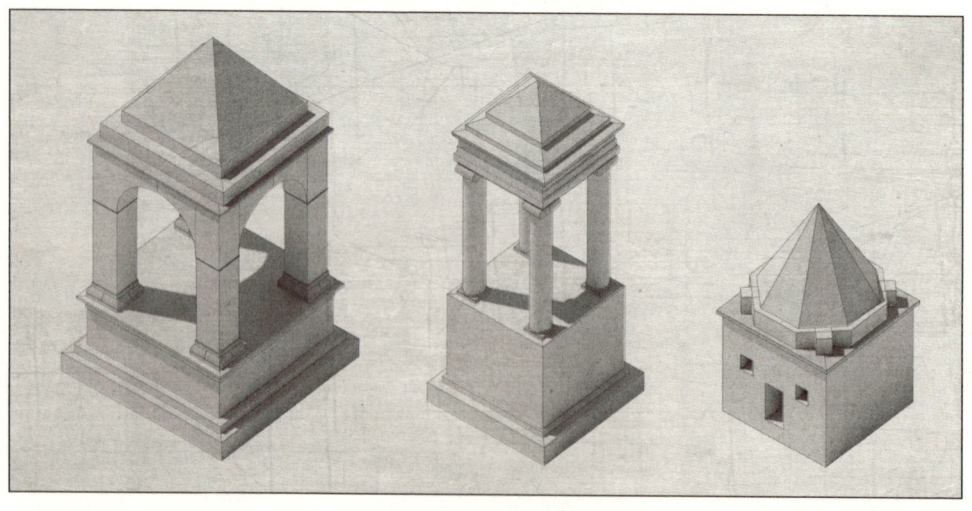

**الشكل 8: ثلاثة نماذج للمدافن في المدن الميِّتة.**

كوريفة، Koryphe باليونانية أو القمَّة) حيث اكتشفت على قمَّة الهضبة بقايا لمعبد روماني كبير لإلهين: زيوس مادباخوس وسيلامانس، Zeus Madbachos & Selamanes، وهما إلهين ساميَّين مترومنين (أي مقتبسين رومانيًا) الأوَّل معناه زيوس المذبح (الكلمة الساميَّة نفسها في الآرامية والعربية) أو زيوس الصخرة، والثاني مجهول الأصل مع إمكانية أن يكون اسمه جاء من جذر «السلام». وهناك أيضًا بقايا معبد كلاسيكي في المشيرفة، على قمَّة جبل الوسطاني (وهو أكثر هذه المعابد اكتمالًا) وفي باقرحا وماعز وبابسقا وكفر نبو وغيرها، وإن كانت أصول غالبيتها آرامية، وهي لا تُشكِّل سوى نسبة ضئيلة من مجموع مواقع القرى المنسيَّة التي تعود بغالبيتها العظمى للفترة المسيحية بعد القرن الرابع. ويوجد في بعض المواقع القليلة المرتفعة آثار من المواقع المقدَّسة التي عُرفت في الفترات الآرامية في كلٍّ بلاد الشام، والتي لم تُبنَ فوقها معابد رومانية. وهي تتكوَّن عادةً إمَّا من فسحة مسوَّرة مع مذبح، أو من مغارات محفورة، أو أحواض مع قنوات يسيل فيها الماء المقدَّس. وقد سجِّلت نماذج منها في كلٍّ من قرى أم طاقة وكفار دريان وبراد ومغارة الملعب. ولا يزال موقع كفار دريان يعرف حتَّى اليوم بعشتارات، ربما كتحريف لاسم الآلهة عشتار، ربَّة الحبِّ والجمال والخصب والجنس عند غالبية شعوب بلاد الرافدين والشام الساميين.

اعتمد سكَّان القرى المنسيَّة في جبل البلعاس على زراعة الحبوب في السهول والوديان وزراعة الزيتون والكرمة ورعي المواشي من أغنام وماعز، بالإضافة إلى صناعة الزيت والنبيذ والاتجار بهما لمسافات بعيدة، وصلت على ما يظهر إلى القسطنطينية، عاصمة الإمبراطورية، وربَّما إلى المدن المطلَّة على البحر الأدرياتيكي. وقد طوَّر السكَّان أيضًا صناعة البناء، وخصوصًا البناء والنقش بالحجر، التي ازدهرت منذ القرن الثاني الميلادي وحتَّى اليوم. وعرفت أسماء عدَّة مهندسين ومعلِّمي عمار من أهمِّهم المعماري الكاهن مرقيانوس كيروس، الذي بنى عدَّة كنائس في بابسقا وباقرحا ودارقيتا وسواها في القرن الخامس للميلاد، ما زالت الكتابات التي تحمل اسمه وتاريخ البناء شاخصة فيها. ثمَّ عرفنا أسماء بعض المعماريين الحجَّارين من المنطقة نفسها، الذين عملوا في مباني حلب ودمشق وغيرهما من المدن السورية في الفترات السلجوقية والأيُّوبية والمملوكية، بين القرنين الحادي عشر والثالث عشر الميلاديين. هذه الأمثلة وغيرها مما يفتقر لتعريف بُناته، تدلُّ بشكل واضح على استمرار الاهتمام بالعمارة الحجرية المتقنة لقرون طويلة في منطقة المدن الميِّتة، وعلى بقائها مهنة ترفد مداخيل سكَّان المنطقة بعد الفتح الإسلامي للبلاد، وحتَّى اليوم أيضًا، كما نلاحظ من وجود نسبة لا يستهان بها من حجَّاري القرى المنسيَّة، الذين كانوا يعملون في حلب والمصايف السورية في جبال العلويِّين،

التي انتعشت كثيرًا في السنين العشرين السابقة للحرب الراهنة، وحتَّى في إعادة إعمار وسط بيروت في تسعينيات القرن الماضي. ولعلَّ في هذه المهنة التقليدية، إن طُوِّرت ونُظِّمت، مدخلًا لإعادة البناء المرجوَّة في المنطقة، عندما تتوقَّف الحرب العدمية في سورية، ورافدًا من روافد الاقتصاد الذي سيُستعاد ويتحسَّن بعودة أهل المنطقة إلى ديارهم.

## 4

## لمحة معمارية عن أهمِّ القرى المنسيَّة

كما أسلفنا، هناك أكثر من 800 موقع أثري في منطقة القرى المنسيَّة في محافظتي حلب وإدلب، بالإضافة إلى عدد غير مسجَّل في لواء اسكندرونة (هاتاي التركية) حول مدينة أنطاكية وعدد أقل في محافظتي حماة واللاذقية. بعضها لا يتجاوز كونه خرائب رومانية أو بيزنطية، ترجع إلى القرنين الثاني والثالث، أو القرنين الخامس والسادس الميلادي، وبعضها الآخر عبارة عن مجموعات سكنية صغيرة مبثوثة في حقول الزيتون والتين واللوز وغيرها، وأخرى طغت عليها المساكن الحديثة التي زحفت على المنطقة مع الاستيطان الحديث العائد في أغلبه للنصف الثاني من القرن الماضي. ويبقى هناك أكثر قليلًا من مئتي موقع معروفة ما زالت بجلالها وبهائها وثرائها المعماري، محافظة على غالب أوابدها المهمَّة بشكل يسمح بتخيُّل أصلها، مع خرائب للمباني الأقلِّ أهمِّية محيطةٍ بها، وبعض البناء الحديث على أطرافها. معظم عمارة هذه القرى المنسيَّة عبارة عن دور للسكن وأخرى للعبادة، مع حمَّامات وفنادق أحيانًا ومعاصر حجرية وآبار وخزَّانات مياه، ومقابر منحوتة في الصخر، أو مبنية على شكل هرمي يميِّز العمارة الجنائزية في المنطقة. وقد أُجريت عمليات ترميم في بعض هذه المدن في السنوات الأخيرة قبل الثورة السورية، ووصلت الطرق المعبَّدة إلى غالبيتها، ما سهَّل حركة السياحة، خصوصًا الدينية منها، التي تنشد في هذه المواقع المسيحية المبكرة ذكريات قدِّيسين عظام أثَّروا على تطوُّر المسيحية، كواحدة من أعظم الأديان في العالم. وهناك بعثات تنقيب كانت تتابع أبحاثها في الكثير من هذه القرى المنسيَّة حتَّى العام 2011، أغلبها فرنسية أو فرنسية-سورية مشتركة، وإضافة إلى بعثات ألمانية ويابانية وأمريكية عملت في بعض المواقع، وما زالت نتائج بحوثها تظهر تباعًا، وتُثري معرفتنا بتاريخ هذه البقعة الرائعة من أرض سورية، وبعلاقتها بالمحيط الإمبراطوري حولها خلال فترة ازدهارها، وتبيان أسباب هجرانها وانحطاطها في العصور الوسطى.

## سرجيللا

تعتبر سرجيللا واحدة من أهمٍّ وأكبر قرى جبل الزاوية المنسيَّة، وأكثرها جذبًا للسائحين. تقع جنوب غرب مدينة إدلب وتبعد عنها 36 كم. **(الشكل 9)**

كانت القرية لمدَّة ثمانية عشر عامًا هدفًا لدراسات معمارية وعمرانية ووثائقية وتاريخية وأركيولوجية معمَّقة من قبل مجموعة كبيرة من الباحثين الفرنسيين والسوريين، وعلى رأسهم جورج تات وجان بيير سوديني، اللذين خصَّ كلاهما القرية بكتاب وعدَّة مقالات في مجموعات أبحاث ومجلَّات أبحاث سيَّارة. وقد رمَّمت البعثات التنقيبية المتلاحقة الكثير من مبانيها ترميمًا ممتازًا وموثَّقًا، ما جعلها الأشهر بين القرى المنسيَّة. في بدايات القرن الواحد والعشرين، كان

**الشكل 9:** مخطَّط قرية سرجيللا.

يزورها يوميًا عدد لا يُستهان به من الباصات السياحية، تحمل سائحين أوروبيين والكثير من السائحين الدينيين، خصوصًا من الموارنة اللبنانيين، الذين كانوا يظنُّون أنَّ مار مارون مدفون في واحدة من نواويسها الحجرية (وهو ظنٌّ خاطئ) ما يشكِّل عبئًا على آثارها الهشَّة، التي لم تكن مُعدَّة للزيارات المستمرَّة واللحوحة.

يوجد في سرجيللا أيضًا بيوت ومعاصر (أمكن تحديد اثنتين منها) ومقابر وفندق وحمَّام كبير وكنيسة وجامع، ولكنَّ الكتابات التي عُثر عليها في آثارها، والتي تؤرِّخ لبعض مبانيها، لا تسمح لنا بتحديد تاريخ بناء القرية وازدهارها بشكل دقيق، سوى أنَّه تمَّ بين القرنين الخامس والسابع، كما يظهر من طُرُز العمارة فيها. وهي مؤلَّفة من أكثر من خمسين منزلًا كبيرًا، بعضها مقسَّم إلى عشر غرف، مشيَّدة كلُّها بالحجارة الصلبة ذات اللون الرمادي اللامع، والمستخرجة من مقالع على مقربة من القرية. كان كلٌّ من هذه المنازل الكبيرة يضمُّ عائلة واحدة، كلَّما كبرت تفرُّعاتها وزاد عدد أفرادها أضافوا غرفًا جديدة إلى البيت الكبير لإيواء الوحدات العائلية الصغيرة الجديدة تحت سقف واحد وسيادة ربِّ عائلة واحد، وهذه عادة استمرَّت في المدن السورية حتَّى بداية العصر الحديث وظهور العائلات المستقلَّة.

عثرت البعثات الفرنسية-السورية في القرية أيضًا على كنيسة في مركز القرية أُلحق بها على ما يبدو جامعٌ يعود تاريخه إلى القرن السابع الميلادي، وقد استُعمل المعبدان معًا في الوقت نفسه، ما يدلُّ على استمرار الحياة في القرية بعد الفتح الإسلامي، وعلى وجود نوع من التعايش الديني المسيحي - المسلم المشترك في بدايات العصر الإسلامي، عندما كانت الحياة الطبيعية ما تزال مستمرَّة في القرى المنسيَّة، على الرغم من تغيُّر الحاكم والديانة السائدة. (**الشكل 10**).

**الشكل 10: الكنيسة في مركز قرية سرجيللا.**

نموذج التعايش الديني هذا-وإن كان فيه طبعًا بعض الغبن بحقٍّ أصحاب الكنائس الأصليين، الذين اضطروا للمشاركة في كنائسهم بسبب من امتيازات الفتح، لا يقتصر على كنيسة سرجيلا، بل إنَّه كان منتشرًا في سائر أرجاء بلاد الشام في الفترة الأموية، عندما كانت غالبية السكَّان المحلِّيين مسيحيين، وعندما أخذ الفاتحون المسلمون من رعاياهم المسيحيين جدران بعض كنائسهم الخارجية، أو مباني العمادة الملحقة بها، واستخدموها كمساجد، من دون الاعتداء مباشرة على الكنائس الأصلية التي بقيت تؤدِّي شعائرها بحرية نسبية، على الأقل حتَّى بدايات العهد العباسي، كما بيَّنت الأبحاث الأخيرة للباحث الإيطالي ماتيا غويديتي (Mattia Guidetti) صاحب كتاب In the Shadow of the Church: The Building of Mosques in Early Medieval Syria أي: «في ظلال الكنيسة: بناء المساجد في سورية القروسطية المبكرة».

وقد اعتمد بعض نشاط سرجيلا الاقتصادي على عصر الزيتون لإنتاج الزيت، وعصر الكرمة من أجل إنتاج النبيذ، إذ اكتشف الباحثون في أرجاء القرية معاصر للزيتون والعنب، أجرانها منحوتة في الصخر، وبعض تلك المعاصر مبنية داخل صرح البيت الواحد، وهناك معصرة واحدة كبيرة مبنية في وسط القرية، وكأنَّ كلَّ أفراد القرية كانوا يستعملونها. وفي سرجيلا أيضًا خزانات ضخمة للمياه، محفورة في الصخر، ومطليَّة جدرانها بمادة عازلة من المؤونة المستخرجة من الصلصال وكسر الحجر الجيري ورماد الحمَّامات، وهي المادة العازلة نفسها التي استخدمت في العمارة الرومانية والعمارة الإسلامية الوسيطة. لكلٍّ من بيوت القرية خزَّانه الكبير الخاصُّ، أكبرها موجود في ساحة القرية، ويزيد عمقه على خمسة أمتار، ولا يزال أهالي المنطقة يستعملونه. وكانت مياه هذا الخزَّان تُستعمل أيضًا في الحمَّام العامِّ القائم في مركز القرية، والذي أرَّخته كتابةٌ وُجدت فيه بعام 473 للميلاد، وهو تاريخ متأخِّر بالنسبة لبناء حمَّامات عامَّة في الدولة البيزنطية المسيحية التي طرحت الرفاه الروماني بكلِّ مظاهره جانبًا. يتميَّز هذا الحمَّام الفخم نسبيًا بوحداته الثلاث المتتالية بعد المخلع، الغرفة الباردة (Apodyterium) فالغرفة الفاترة (Tepidarium) فالغرفة الحارَّة (Caldarium)، على نسق الحمَّامات الرومانية المتأخِّرة التي عرفتها بلاد الشام في الفترة المسيحية المبكرة، ثمَّ في بداية الفترة الإسلامية مع انقطاعٍ لعدَّة قرون في الوسط. تتَّسع كلٌّ من غرف الحمَّام الثلاث لأكثر من عشرة أشخاص وتتوسَّط كلًّا منها بركةُ مياه. وفي وسط حمَّام سرجيلا قاعة كبيرة تتَّسع لعشرات الأشخاص، وبسبب المقاعد المبنية على أطرافها فهي تشبه قاعات الاجتماع أو الأندرون. وقد اكتشفت البعثة الأثرية لجامعة برنستون عام 1899 لوحة فسيفساء كبيرة وسط قاعة هذا الحمَّام لم تسجِّل

موضوعها، ولكنَّ اللوحة اختفت عندما عادت البعثة بعد ستِّ سنوات، كما اختفت آثار الرسوم التي زيَّنت جدرانه كما سجَّل أعضاء البعثة أيضًا.

تقع قرب الحمَّام أطلال فندق سرجيللا القديم، وهو مبنى يرتفع إلى ثلاث طبقات مقسَّم إلى عدَّة غرف صغيرة، بعضها متَّصل ببعضه. وفي أطراف القرية نوعان من المقابر، غرف محفورة بالصخر، ونواويس ضخمة منحوتة بحجارة المنطقة ومتناثرة حول القرية. وقد اكتشف الباحثون منها سبعة، ولكنَّهم لم يتمكَّنوا من تحديد تاريخها بدقَّة، وإن تمكَّنوا من حلِّ لغز طريقة قصِّها ونحتها ونقلها من المقالع المحلِّية، ومن أنَّ كلَّ ناووس كان خاصًّا بأفراد عائلة كاملة لا بفرد واحد. ولكنَّ لصوص المقابر في عصور سابقة سبقوا الباحثين المعاصرين، وسرقوا الرفات وما لفَّها وما كان مدفونًا معها، بحيث أنَّ أيَّ استنتاجات أكثر دقَّة عن معتقدات سكَّان القرى المنسيَّة فيما يتعلَّق بالموت والدفن والبعث ما زالت غير ممكنة ضمن المعطيات المتوفِّرة حاليًا.

**البارة**

قرية البارة من أكبر القرى المنسيَّة، بل لعلَّها اعتُبرت بلدة أو مدينة صغيرة في فترة ازدهارها في القرن السادس، وحتَّى فيما بعد، حيث أنَّها كانت مركزًا لأبرشية سريانية تابعة لأنطاكية، ثمَّ أصبحت مركزًا لأسقفية لاتينية إثر احتلال الصليبيين لها عام 1098. تقع البارة في قلب جبل الزاوية، على بُعد 33 كم إلى الجنوب من مدينة إدلب. كانت البارة عقدة مواصلات مهمَّة على الطريق بين أنطاكية وأفاميا في الفترتين الرومانية والبيزنطية، ما جذب إليها العديد من المستوطنين الذين حوَّلوها إلى واحدة من أهمِّ المراكز السكَّانية في المنطقة منذ مطلع العصر الروماني من حيث الكثافة السكَّانية والأهمِّية الاقتصادية، بل ربما الأكبر والأوسع مساحة. وقد تغيَّر اسمها من كفر نبطا في القرن الثاني الميلادي إلى كاپروپيرا Capropera في الفترة الرومانية الكلاسيكية، حيث وُجِد الاسم منقوشًا على حجر عليه كتابة يونانية فيما كان يعرف بالدير، ثم كفر البارة، ثمَّ البارة بعد الفتح الإسلامي، وهو الاسم المستعمل حتَّى اليوم. وقد استمرَّت السُكنى فيها في العصر الإسلامي، ثمَّ نشأت قربها وإلى الشرق منها في العصور الحديثة قرية جديدة تحمل الاسم نفسه، اعتدت على بعض مبانيها الأثرية واستخدمت حجارتها مواد بناء.

تضمُّ البلدة واحدة من أكبر المجموعات الأثرية في القرى المنسيَّة التي تنتشر على مساحة واسعة بطول 4 كم وعرض 3 كم. وفيها ثماني كنائس تتوزَّع على أحياء البلدة، خمسة منها ما زالت قائمة، أهمُّها كاتدرائية كنيسة الحصن الكبيرة (50 × 35 مترًا) والمزخرفة بأفاريز نباتية

وزهرية كلاسيكية بديعة، وآثار إسلامية منها قلعة صغيرة إلى الشمال الشرقي منها، تُعرف بقلعة أبي سفيان، يظهر أنَّ المسلمين الأوائل بنوها شمال-شرق البلدة إثر الفتح الإسلامي مستخدمين في ذلك حجارة مبانٍ بيزنطية، ثمَّ وسَّعها الصليبيون بعد احتلالهم للبلدة عام 1098، ومسجد جامع وسط المدينة يعود إلى عام 497هـ/ 1103م، كما تدلُّ كتابةٌ كوفية ما زالت على ساكفة فيه، ويعرف باسم جامع خراب عنكور، ما يدلُّ على أنَّ المسلمين سكنوا المنطقة حتَّى عهد متأخِّر، وحتَّى خلال الحروب الصليبية. (**الشكل 11**) بل إنَّ كتابة عربية بخطٍّ كوفي بدائي عُثر عليها في جدار دار فيها بعد البسملة عبارة «الملك لله وحده»، كتبها سلطان معد رجب في سنة 770 هـ/ 1370 م، تشي باستمرار السُكنى في البارة حتَّى الفترة المملوكية على الأقل. وقد كتب عنها ياقوت الحموي في معجم البلدان، في نهاية القرن الثاني عشر: «بليدة وكورة من نواحي حلب، وبها حصن (ربما يقصد قلعة أبو سفيان)، وهي ذات بساتين ويسمُّونها زاوية البارة».

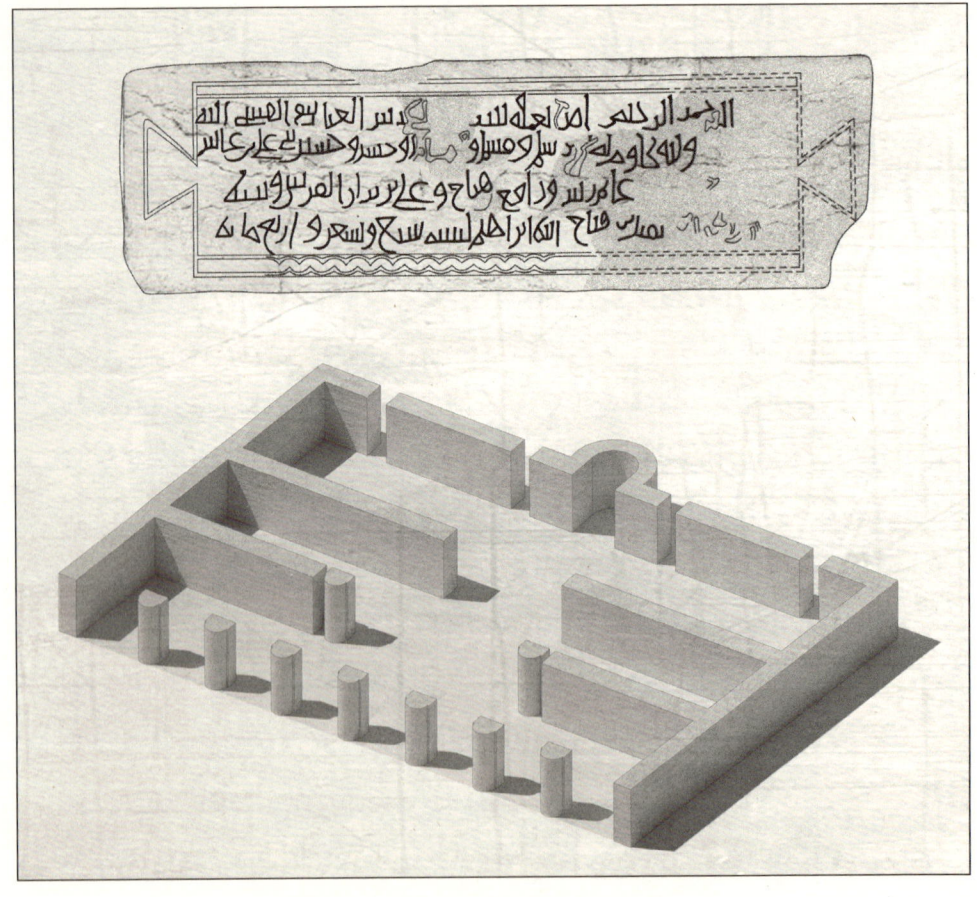

الشكل 11: منظور جامع خراب عنكور في قرية البارة والكتابة المنقوشة على ساكفة فيه.

بالإضافة إلى المسجد الجامع، يوجد في البارة أربعة جوامع صغيرة أخرى تشهد على ازدهار البلدة في العصر الإسلامي الأوّل والوسيط وإقامة العديد من المسلمين العرب فيها. كما يُوجد فيها عدَّة أديرة كبيرة من أهمِّها دير الرهبان، حصن البريج، ودير سوباط الذي يعود إلى القرن السادس، والذي ما زال بحالة حفظ جيِّدة، على عكس الديرين الآخرين. وهناك أيضًا عشرات المنازل السكنيَّة التي تتألَّف كالعادة من طابقين، مع أروقة أمامهما تحملها أعمدة بتيجان، غالبيَّتها كورنثية، وتطلُّ على الباحة الأمامية، وقد زيِّنت مداخلها بالرموز الدينية من صلبان وغيرها مع أفاريز متشعِّبة، تؤطِّر المداخل والنوافذ والبوَّابات المقنطرة، بالإضافة إلى وجود عدد من الحمَّامات العامَّة الصغيرة. وقد اكتشف في بيوت البارة ما لا يقلُّ عن عشرين كتابة باليونانية والعربية، تعود لعهود مختلفة، ممَّا قبل المسيحية إلى المسيحية فإلى العهد الإسلامي، بعضها عبارة عن صلوات وأدعية، وبعضها الآخر يؤرِّخ لمبان مختلفة أو يعطينا أسماءها الأصلية.

كما يوجد في البارة عدد كبير من المعاصر المحفورة في الصخر، والتي كانت تستخدم لعصر الزيتون والعنب، حيث اشتهرت البلدة بنبيذها الذي كان يُصدَّر إلى أنطاكية وأفاميا وحتَّى القسطنطينية. ويشهد على شهرة خمرها بيتان شعريَّان باللاتينية (وهي لغة قليلة الاستعمال في سورية حيث سادت اليونانية كلغة الثقافة في العصر الروماني) محفوران على حجر أعلى معصرة النبيذ، تحت مظلَّة حجرية من ثلاث قطع ناتئة يقولان:

«أمامك العصار الكوثري عطيَّة باخوس
وليد الكرمة وصنيعة الشمس الدافئة».

إضافة إلى ذلك، هناك في البلدة بئران مهمَّتان، هما جبُّ علوان في شرق البلدة، وهي ما زالت مستعملة حتَّى اليوم، وجبُّ المكيبرة، مع عدَّة صهاريج لتجميع مياه المطر، منقورة في الصخر، ممَّا دعم صناعة عصر الزيتون والكرمة وإنتاج الزيت والدبس والخمر. وإلى الشمال الشرقي من البارة تقع قلعة أبو سفيان كحصن ذي موقع استراتيجي، يحمي البلدة التي تعرَّضت لعدَّة غزوات في العهود الإسلامية والصليبية، حيث تناوبتها الجيوش الإسلامية لحكَّام حلب والجيوش الصليبية لحكَّام انطاكية عدَّة مرَّات، إلى أن استعادها نور الدين بن زنكي من الصليبيين في التاسع والعشرين من حزيران من عام 1149، مع المناطق المجاورة لها، وضمَّها نهائيًا لمملكته بعد معركة عين معراتة، المعروفة أيضًا بمعركة عناب أو أرض الحطيم Fons Maratus، التي قُتل فيها أمير أنطاكية، ريمون دي پواتييه، والتي رسَّخت سمعة نور الدين كقائد

حروب الاسترجاع من الصليبيين. ولكنَّ ازدهار البلدة تضعضع بعد هذه السلسلة من الغزوات والغزوات المضادَّة وانقطاع طرق التجارة. ثمَّ جاء زلزال عام 1157 المعروف بزلزال حماة، ليدمِّر ما بقي من مبانيها الكلاسيكية. انكمشت المدينة بعد ذلك، ولعلَّها هُجرت لقرون عديدة بعد الفترة المملوكية، قبل عودة العمران إلى أطرافها في بداية القرن العشرين.

أهمُّ ما يميِّز البارة اليوم هو المدافن الهرمية التي تتميَّز بسقوفها الهرمية المنحوتة من حجارة كبيرة الحجم، وقد توِّجت بأفاريز زخرفية بارزة، واقتصر انتشارها على منطقة المدن الميِّتة (هناك نموذج كامل مع رواق بثلاثة أعمدة أمامه قائم في قرية الدانا) وإن كانت تمتُّ بصلة قربى لطُرز مدافن رومانية وفارسية وسورية محلِّية سابقة عليها. ثلاثة من هذه المدافن ما زالت موجودة في البارة، واحد مهدَّم بشكل شبه كامل، واثنان قائمان ويسمَّيان اليوم «المزوقة» و«الصومعة»، وهما يعودان تقديرًا إلى نهاية القرن الخامس أو بداية القرن السادس، حيث أنَّ المدفنين خاليان من أيَّة كتابة تؤرِّخهما أو تعطي أسماء المدفونين فيهما. تمتاز «الصومعة» بأنَّها ما زالت شبه كاملة مع سقفها الحجري الهرمي، وتتألَّف من قاعدة مربَّعة طولُ كلِّ ضلع فيها 6 أمتار، وينهض عليها هرم من أربعة مثلَّثات منحوتة من أحجار ضخمة، في كلٍّ منها بروز صغير لا نعرف وظيفته على وجه التحديد. ويحيط بأعلى القاعدة المربَّعة إفريز مقوَّس خالٍ من الزخرف، فوقه نتوء مدبَّب ومستمرٌّ حول قاعدة الهرم. وللصومعة مدخل من الجهة الجنوبية بإطار حجري بارز وحلية شريطية مستمرَّة حول أضلاعه الثلاثة.

أمَّا «المزوقة» فهي، وإن كانت قد فقدت الجزء الأعلى من سقفها الهرمي، إلَّا أنَّها أكبر وأكثر زخرفًا من «الصومعة» (**الشكل 12**). فمخطَّطها مربَّع، طول ضلعه 9 أمتار بارتفاع 15 مترًا. تزنِّر أضلاعَ المدفن الأربعة ثلاثةُ أفاريز، العلويَّان منها مستديرا المقطع ويتميَّزان بشريط من أوراق الأكانثوس (شوكة اليهود) الملتفَّة والمتداخلة والمحفورة بدقَّة رائعة. ويتكرَّر الإفريز بالزخرفة نفسها فوق ساكفة باب الدخول وعلى طولها، مع صليب يوناني ورمز الشيرو (Chi-Rho) أو حرفي الشي X والرو P المتطابقان، وهما يكوِّنان مونوغرام (أو الرمز الحرفي) لاسم المسيح باليونانية خريستو، Χριοτος، ضمن وردة في المركز. أمَّا زوايا الأضلاع الأربعة فهي مكوَّنة من أعمدة مخدَّدة تحمل الأفاريز الثلاثة وتيجانها كورنثية منحوتة، وفي منتصف جدار كلِّ ضلع نافذتان مقوَّستان صغيرتان ومحاطتان بحلية شريطية منحوتة على عادة البناء في المدن الميِّتة. يوجد داخل «المزوقة» خمسة نواويس حجرية ضخمة مزخرفة، اثنان على طول كلٍّ من الجدارين الجانبيين، وواحد أكبر حجمًا في مركز الجدار المقابل للمدخل. هذه

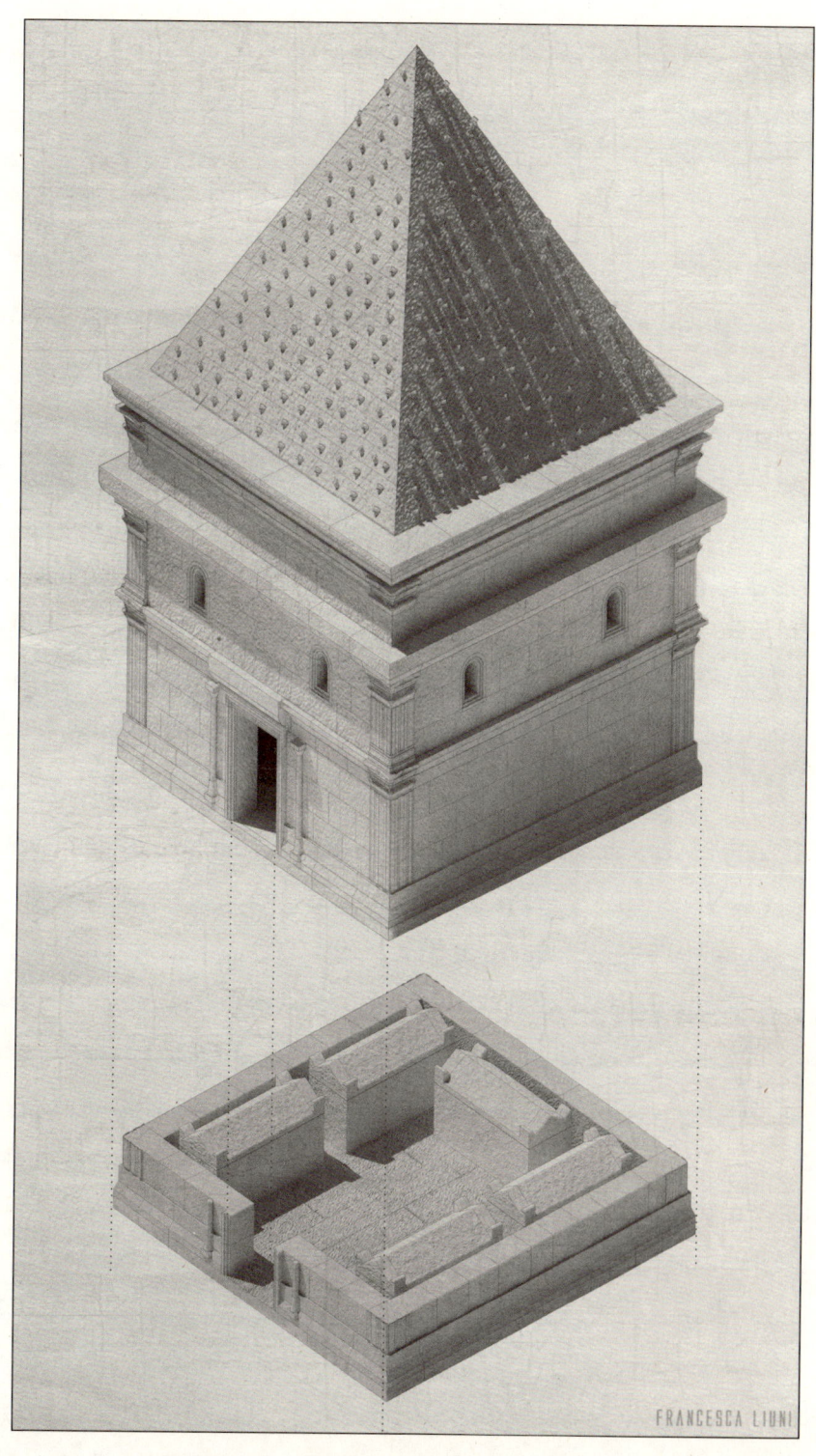

الشكل 12: منظور «المزوقة»، المدفن الهرمي في قرية البارة مع نواويسه.

النواويس، التي تخلو من أيِّ كتابة، مزخرفة بوردة إكليلية التشكيل، داخلها صليب يوناني ورمز الشيرو وحرفا ألفا وأوميغا، وهما الحرفان الأوَّل والأخير في الأبجدية الإغريقية، ويستخدمان معًا كرمز للمسيح أو لله أيضًا.

### قلعة سمعان العمودي

أمَّا أهمُّ مواقع القرى المنسيَّة في محافظة حلب، وربَّما أشهرها عالميًا، فهو موقع كنيسة وقلعة سمعان العمودي، واحدة من أوائل الكنائس البيزنطية المحفوظة اليوم، التي تبعد عن مدينة حلب 37 كم إلى الشمال الغربي منها. تُعتبر هذه الكنيسة من أجمل روائع الفنِّ المسيحي المبكر، ومن أكبر الكنائس البيزنطية بعد كنيسة آيا صوفيا في استنبول (القسطنطينية) التي بُنيت بعد كنيسة سمعان العمودي بأكثر من 40 سنة. بُنيت كنيسة سمعان العمودي أساسًا كنصب جنائزي (Martyrium) لتخليد ذكرى القدِّيس سمعان العمودي، بأمر إمبراطوري بين عامي 476 و490، بعد ربع قرن من وفاة القدِّيس الذي دُفن في القسطنطينية، في كنيسة آيا صوفيا الإمبراطورية. بدأ بعمارة الكنيسة الإمبراطور ليو الأوَّل، ثمَّ تولَّاها الإمبراطور زينون بعد وفاة ليو بشفاعة القدِّيس (لاحقًا) دانيال العمودي، الذي كان تاجرًا غنيًّا من القسطنطينية، ولكنَّه تنسَّك واتَّبع سبيل سمعان العمودي.

أُقيمت كنيسة سمعان العمودي على نتوء صخري مرتفع، استلزم تسويته وتمهيده لأجل هذا المبنى الكبير حول العمود الذي قضى عليه القدِّيس الاثنتي وأربعين سنة الأخيرة من حياته يصلِّي ويعظ الناس ويصوم عن الأكل والشرب أيَّامًا طويلة، وقد تبعه في ذلك العديد من النسَّاك والمتقشِّفين، حتَّى أصبحت بدعته حركة نسكية متكاملة وأصبح هو قدِّيسا عظيمًا. وقد وُجدت العديد من الأعمدة التنسُّكية في مواقع كنسية عدَّة من المدن الميِّتة، مثل خراب شمس وبرج حيدر وبراد والمشبك، التي استخدمت من قبل نسَّاك عموديين آخرين، أو أنَّها نقشت كرمز للتنسُّك والانقطاع للعبادة ومجالدة النفس في زخارف كنائس عدَّة، مثل كنيسة داحس الشرقية وكنيسة قلب لوزة. أمَّا عمود القدِّيس سمعان الأصلي، الذي كان ارتفاعه 16 مترًا، فقد كان مجهَّزًا بسلَّم خشبي على طرف وعلى سطح تاجه درابزين خشبي، ما يحوِّل السطح إلى ما يشبه الشرفة، وكان له مرحاض بأنبوب فخَّار، يصل إلى حفرة صحِّية بأسفله، ما يمكِّن القدِّيس من قضاء وقته كلِّه على سطح العمود، من دون الحاجة إلى النزول لقضاء حاجته. هذا العمود ما زال قائمًا اليوم في قلب الكنيسة، ولكنَّه فقد شكله والكثير من ارتفاعه، بسبب عوامل التعرية الطبيعية، ولأنَّ المؤمنين على مرِّ العصور قد دأبوا على أخذ كسرات حجر منه للتبرُّك بها، وما

**الشكل 13: عمود القدِّيس سمعان في وسط البهو المثمَّن في كنيسة سمعان العمودي.**

زالوا يفعلون ذلك حتَّى اليوم، عندما تسهو عنهم عين الرقيب. **(الشكل 13)** مسقط الكنيسة على شكل صليب إغريقي مؤلَّف من أربعة أجنحة متعامدة، الجناح الشرقي منها يميل بضع درجات نحو الشمال، وقد ارتبطت الأجنحة مع بعضها البعض حول العمود على شكل بهو مثمَّن رائع قُطره 28 مترًا، لا بدَّ وأنَّه كان أساس النصب الجنائزي حول عمود القدِّيس. وكان يغطِّي كلَّ جناح سقفٌ خشبي مائل يستند على الجدران بجَمَلونات. كلُّ جناح بحدِّ ذاته عبارة عن كنيسة بازيليكية، ذات بهو واسع رئيس، وبهوين جانبيين يفصل بينهما صفَّان من الأعمدة والأقواس العالية، بينما بُنيت الحنية في الجناح الشرقي، حيث أُقيم الهيكل، كما أقيمت في شماله غرفة الخدمة وغرفة الشهادة، وهما على شكل نصف دائري، على عكس العادة المتَّبعة في ذلك الوقت، حيث كانت مساقط غرف الخدمة والشهادة مربَّعة أو مستطيلة. **(الشكل 14)**

تيجان الأعمدة المكوِّنة لصفوف الأبهاء في الأقسام الأربعة كورنثية رائعة، خصوصًا تلك التي تحيط بالبهو المثمَّن المركزي، أو المؤطِّر لبوَّابة الدخول إلى البهو المثمَّن. هذه الأعمدة تتميَّز بابتكار نابع من قلب المنطقة ومناخها، إذ عمد البناء السوري هنا إلى التيجان الكورنثية المتناظرة عادة، وأضاف إليها لمسة من التأثير الطبيعي على شكل أوراق أكانثوس (شوكة اليهود)

**الشكل 14: منظور كنيسة سمعان العمودي المصلبة مع الأبنية الملحقة بها.**

تتمايل مع مداعبة النسيم باتجاه اليمين واليسار، في تشكيل خلّاب يكاد ينطق بالحياة وبتفاعل الزمن مع العمارة. هذه الخاصية تظهر في مواقع أخرى في المدن المنسيَّة، ولكنَّها لا تظهر في أيٍّ مكان آخر من العالم الكلاسيكي المتوسّطي على غناه بالابتكارات النحتية والمعمارية. وهي دليل على حساسية فنِّية طبيعية لدى نحّاتي القرى المنسيَّة، الذين تميَّزوا عمومًا باتصالهم العضوي الحسّاس مع محيطهم، يستلهمون منه الأشكال ويقتطعون منه مادَّة التشكيل، أي الحجر، في ثنائية توليفية رائعة منحت فنَّهم تميُّزه وعاطفيته وتجذُّره في طبيعته وقربه إلى ذائقتنا اليوم، على الرغم من برودة وصعوبة قولبة مادَّة تشكيله الأساسية، الحجر. بالإضافة إلى هذا الابتكار الفريد تتميَّز زخارف كنيسة سمعان العمودي بدقَّة زخرفها وتركيزه في المناطق المهمَّة، ما يجلوها ويؤكِّد أهمِّيتها الفراغية والمعمارية ووحدتها التشكيلية. أمَّا أرضيَّة الكنيسة فقد كانت كلُّها مرصوفة بالفسيفساء التي صُمِّمت في عهد الإمبراطور باسيل الثاني وأخيه قسطنطين الثامن في نهاية القرن العاشر، عندما استعاد البيزنطيون المنطقة من المسلمين، كما تدلُّ على ذلك كتابة على الفسيفساء نفسها، وقد غطِّيت بقايا الفسيفساء في العصر الحديث.

أضيفت إلى الكنيسة في فترات لاحقة مساكن للرهبان وملاحق مثل المعمودية والرهبانية، وبعض دور السكن لطلّاب العلم، وفنادق للضيوف ومدافن وسور خارجي محيط بها جميعها، حتّى بلغت مساحة البناء الإجمالية 12 ألف متر مربع. استمرَّت الكنيسة بأداء وظيفتها في ظلِّ

الدولة الإسلامية، وحافظت على استقلاليتها الكنسية، وإن فقدت الرعاية الإمبراطورية البيزنطية وبعضًا من أفراد أبرشيتها ورهبانها، الذين فضّلوا الهجرة إلى الأراضي البيزنطية. ثمَّ سيطر عليها البيزنطيون مجدَّدًا في أواسط القرن العاشر الميلادي، عندما انتصر الإمبراطور نقفور فوكاس على الحمدانيين في حلب عام 970 م، واحتلَّت قوَّاته مساحة واسعة من شمالي غرب سورية. تحوَّلت الكنيسة وملحقاتها خلال هذه السيطرة البيزنطية الثانية من مركز ديني مرموق ومحجٍّ للمؤمنين الساعين لبركة القدِّيس سمعان العمودي، إلى قلعة عسكرية حصينة، مزوَّدة بسور حجري مهيب، بُني حول الهضبة بكاملها، ودُعِّم بسبع وعشرين برجًا، وعُرفت من يومها بقلعة سمعان. ولكنَّ الأباطرة البيزنطيين لم يكتفوا بتحصين الموقع، بل قاموا أيضًا بإضافات وتحسينات في الكنيسة والأبنية الملحقة بها، لتسهيل الزيارة والحجِّ إليها، كما تدلُّ على ذلك الكتابتان الفسيفسائيتان اللتان غطَّاهما تشالنكو بالأسمنت خلال عمله في الكنيسة، تمهيدًا لنقلهما إلى متحف ما، ولكنَّهما بقيتا هناك. والكتابتان عبارة عن سطرين بالفسيفساء البيضاء والسوداء، واحدة باليونانية والأخرى بالسريانية، تتحدَّثان عن بناء جدار (ربما كان الجدار الدفاعي) وباب وتزيينهما على عهد الإمبراطور باسيل الثاني، وتعودان للعام 979 م.

أصبحت هذه القلعة التي ارتفعت جدرانها فوق جروف صخرية عالية بامتداد تضاريس سطح الجبل، خصوصًا من الناحية الغربية، مركزًا دفاعيًا متقدِّمًا للوجود البيزنطي، يُشرف على سهل عفرين الفسيح وجبل الآمانوس من ورائه، ويسيطر على طرق المواصلات بين الشمال والجنوب، ويراقب أيَّ تحرُّكات قادمة من السهول الشرقية أو الغربية. ولم تفقد القلعة وظيفتها الدفاعية المهمَّة مع تغيُّر أسيادها، بعد أن استعادها الحمدانيون من البيزنطيين، ثمَّ أتاها الفاطميون، فالغزو الصليبي، وبعده استيلاء صلاح الدين عليها من الصليبيين الذين أضافوا إليها ووسَّعوها. وقد استعملها الأيُّوبيون كقلعة أيضًا، وتناوبتها العصور والدول والغزوات التي كان من جرَّائها أن فقدت القلعة أهمِّيتها الاستراتيجية تدريجيًا، وهُجرت تمامًا مع الغزو العثماني في القرن السادس عشر. ولا زالت بعض أبراج القلعة بادية في السور الشمالي قرب مقبرة الرهبان، وفي القسم الجنوبي الشرقي من الأسوار، تدلُّ على ما كانت عليه يومًا من المنعة والسيطرة. ولم تكن قلعةُ سمعان الموقعَ البيزنطي القديم الوحيد في المنطقة الذي تمَّ تحويله إلى موقع دفاعي على يد البيزنطيين عندما أعادوا احتلال شمال سورية في نهاية القرن العاشر، بل يبدو أنَّ مواقع أخرى خضعت للتحوُّل نفسه، ككنيسة خراب شمس وقلعة كلوتا وبراد، ولكنَّها فقدت دورها الحربي مع استقرار حكم المنطقة في أيدي المماليك والعثمانيين بعدهم.

## كنيسة قلب لوزة

من المواقع المسيحية المهمَّة في محافظة إدلب كنيسة قلب لوزة، وهي إحدى أجمل وأكبر كنائس سورية البيزنطية ذات المخطَّط البازيليكي. هذه الكنيسة هي كلُّ ما تبقَّى من قرية حجٍّ صغيرة لم يتجاوز عدد مساكنها يومًا العشرين، تحمل الاسم نفسه وتقع على مسافة 65 كلم غربي مدينة حلب. وقد نمت شمال وشمال غرب الموقع الأثري قرية درزية صغيرة جديدة في الخمسين سنة الماضية، بتعداد سكَّاني يقارب الألف نسمة، ووصلتها طريق معبَّدة تجلب السائحين الكثر الذين يأتون لزيارتها إلى ساحة أمام الكنيسة. احتوت القرية الأثرية فيما مضى، بالإضافة إلى بيوتها، على أربعة فنادق بُنيت لإيواء الحجَّاج الذين كانوا على ما يبدو يتوافدون لزيارة هذه الكنيسة في طريقهم إلى كنيسة القدِّيس سمعان العمودي، كما كان الحال بالنسبة لكنيسة المشبك التي لا تبعد كثيرًا عن قلب لوزة، والتي شكَّلت أيضًا موقفًا دينيًا وتعبُّديًا على طريق الحجِّ العمودي. بالإضافة إلى ذلك يوجد في قلب لوزة وحولها ما لا يقلُّ عن عشرين معصرة زيت خاصَّة في الجهة الجنوبية الغربية من القرية، يبدو أنَّها أُنشئت لتوفير الزيت لإنارة الكنيسة، ولإيفاء نذور الحجَّاج، بما أنَّ عددها يفوق بكثير احتياجات سكَّان القرية الصغيرة.

هذه الكنيسة، التي اختُلف على تاريخ بنائها (القرن الخامس أم السادس)، والتي ما زلنا نجهل لمن كُرِّست أو اسم بانيها، مع أنَّه وضع ناووسه في باحتها، عبارة عن بازيليك بمساحة 26 م طولًا و15 م عرضًا. ويُعتقد أنَّها كانت مركزًا للحجِّ، يخدم المنطقة كلَّها. للكنيسة ثلاثة أروقة متعامدة مع حنية الهيكل، كما هي العادة في المخطَّطات البازيليكة البسيطة، ولكنَّها تتمتَّع بالكثير من الابتكارات المعمارية التي تظهر هنا بوضوح للمرَّة الأولى. فهناك أوَّلًا رواق دخول متعامد مع أروقة البازيليك، ذو باب مقوَّس بقوس نصف دائري ومؤطَّر بإفريز ذي زخارف نباتية دقيقة. وهو محاط من الجهتين ببرجين مؤلَّفين من ثلاثة طوابق فيها أدراج للصعود إلى الممرِّ فوق رواق المدخل وإلى سطح الغرفتين الطرفيتين اللتين ربما استخدمتا كصومعتين، مما يذِّكر بالأبراج التي أدخلها السوريون على أطراف المعابد الإغريقية عندما اقتبسوا مخطَّطها لمعابدهم في القرنين الأخيرين قبل الميلاد، كما في معبد «بل» في تدمر، الذي فجَّرته داعش المجرمة في آب/ أغسطس 2015، ومعبد «الضمير» شمالي دمشق، والأهم من ذلك معبد «حدد» في دمشق، الذي صار فيما بعد الجامع الأموي الكبير. أمَّا الحنية الدائرية البارزة في قلب لوزة، فهي مزيَّنة بصفَّين من خمسة أعمدة متراكبة بتيجان أيونية ملتصقة بالجدار، تتناوب

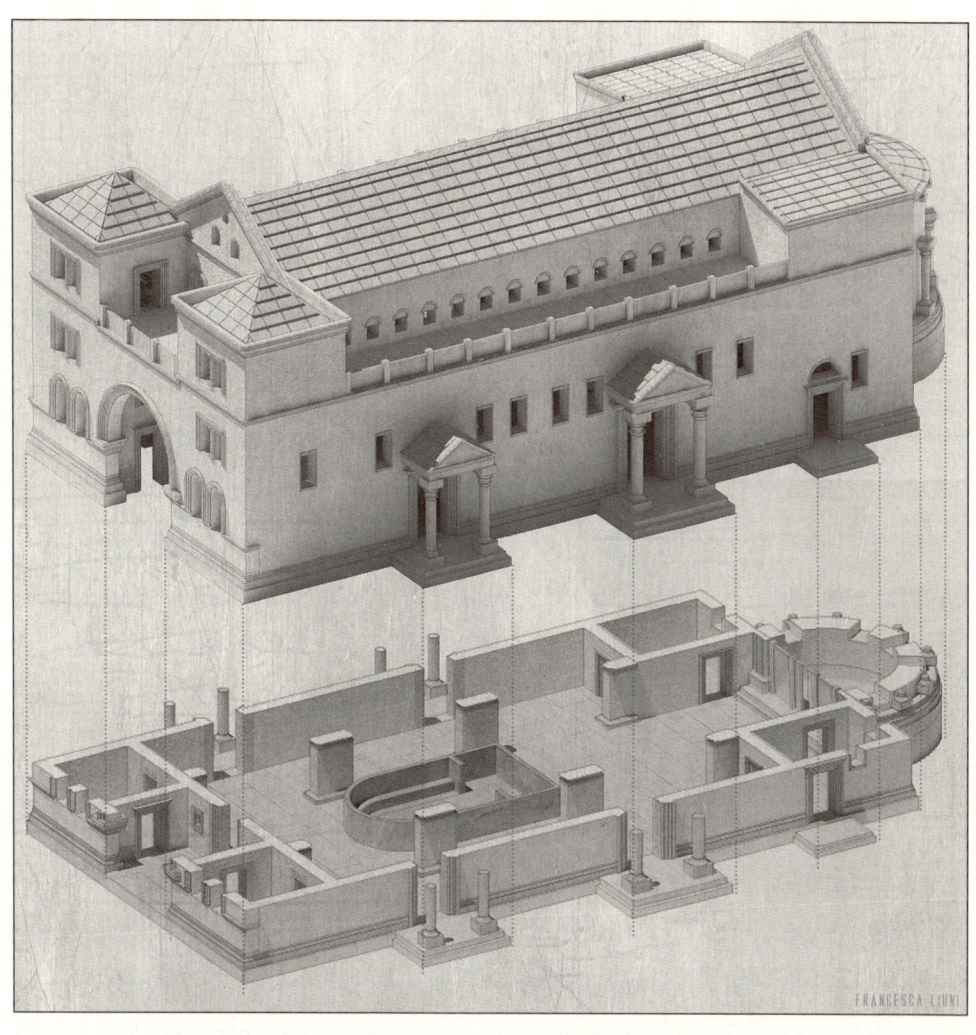

**الشكل 15: منظور كنيسة قلب لوزة مع مخطَّطها.**

على واجهة الحنية الدائرية مع نوافذ مقوّسة ومؤطَّرة هي الأخرى بإفريز نحتي بسيط، يشبه إلى حدٍّ كبير الحنية الشرقية في كنيسة القدِّيس سمعان العمودي، ما يرجِّح انتماء قلب لوزة للقرن الخامس. **(الشكل 15)**

داخل الكنيسة مقسَّم إلى ثلاثة أجنحة، الرواق الوسطي بضعف عرض الرواقين الجانبيين ويفصله عنهما صفٌّ من ثلاثة أقواس نصف دائرية، محمولة على عضادات مستطيلة عريضة. الدور الثاني فوق الأقواس الثلاثة مكوَّن من صفٍّ من الأعمدة الصغيرة التي تؤطِّر صفًّا من النوافذ التي تخلق صلة بصرية ما بين الممرَّين المحيطين بالكنيسة على طولها وبين داخل

الكنيسة وتجلب لها النور. وفوق هذا الصفّ هناك صفٌّ أعلى من النوافذ تحت جَمَلون السقف مباشرة، ما يدلُّ على أنَّ إنارة الكنيسة كانت وافرة وكانت مقصودة معماريًا. حنية الهيكل الداخلية النصف دائرية مؤطَّرة هي أيضًا بإفريز حجري منحوت، ذي زخارف نباتية وهندسية رائعة من ستَّة شرائط من ورق الأكانثوس الملتوي، ثم ورق منفصل يليه شريط من أوراق الكرمة المؤطَّرة بجذع ملتوٍ، ثمَّ صلبان أشكال هندسية محفورة داخل أقواس نباتية، يليها شريط من المحاريب البارزة التي تحتوي على زخارف متنوِّعة داخل حنياتها، على حين يحتوي المحراب المركزي (وهو أكبر قليلًا من باقي المحاريب في الشريط) على حرفَي ألفا وأوميغا واسمي الملاكين ميخائيل وجبرائيل منحوتة في الزوايا الأربع من صليب منحوت في وسط المحراب. أمَّا الشريط الأخير الذي يشكِّل إفريزًا علويًا فهو مكوَّن من شكل يشبه حرف H أو B اللاتينيين. ما زال هذا الإفريز المعقَّد كاملًا حتَّى اليوم، ما عدا الجزء الجنوبي من الإفريز العلوي. على العموم، تؤكِّد كنيسة قلب لوزة في عمارتها ودقَّة زينتها أنَّ منطقة القرى المنسيَّة تمكَّنت في بعض الأحيان من إنتاج عمارة دينية تضاهي عمارة المدن الأغنى، بل وتبزُّها ربَّما، مع تأكيد هذه العمارة على خصوصيَّتها التشكيلية والفراغية المناطقية، وقطعًا الوظيفية والطقسية فوق هذا وذاك.

## مواقع أخرى

هناك العديد من المواقع الأخرى المهمَّة، وهي كلُّها تتمتَّع بأوابد مهمَّة تستحقُّ الدراسة والترميم والزيارة. فهناك مثلًا كنيسة المشبك القائمة بمهابة وجلال على هضبة تبعد خمسة وعشرين كيلو مترًا من حلب، على الطريق المؤدِّية إلى جبل سمعان. وهي بازيليك كبير ذو أبهاء ثلاثة، تحمل عقودها أعمدة ذات تيجان كورنثية وأيونية ودورية، وتقوم البيما (منضدة القراءة في المعبد) في منتصف بهوها. ما زلنا نجهل تاريخ بنائها، وإن بدت ككنائس القرن السادس، وهي بحالة حفظ جيِّدة، إلى القرب منها يقع المقلع الذي أُخذت منه أحجارها، وقد حُوِّل إلى خزَّان كبير للمياه. وهناك أيضًا قرية براد، أو كاپروبردا (Kaprobarada) الكلاسيكية، واحدة من أكبر القرى المنسيَّة في جبل سمعان على بعد 45 كم إلى الشمال الغربي من مدينة حلب، والتي ما زالت تحوي بقايا ثلاث كنائس وحمَّامًا ومدفنًا رومانيين. وهي مشهورة بسبب الاعتقاد العلمي السائد بوجود ضريح مار مارون فيها داخل بازيليكا جوليانوس المتهدِّمة، وهو ما أثبته الباحث الصقلي الأصل، باسكال كستلانا (Castellana) الذي تُوفِّي ودُفن في حلب عام 2012، والذي لاحظ أنَّ مبنى الضريح مُضاف إلى مبنى الكنيسة في القرن الخامس بعد وفاة مار مارون، كما تقول المصادر إنَّ ضريح القدِّيس أضيف لكنيسة قائمة. **(الشكل 16)**

**الشكل 16: كنيسة جوليانوس في قرية براد.**

وهناك أيضًا قرية الشيخ سليمان التي تحوي بُرجًا تنسُّكيًا يعود إلى القرن السادس للميلاد، بالإضافة إلى ثلاث كنائس: بازيليك مهدَّمة وسط القرية، وأخرى مؤرَّخة عام 602 م إلى الجنوب من الكنيسة الأولى، وكنيسة العذراء مريم الرائعة في أقصى جنوب القرية، والتي تعود إلى أواخر القرن الخامس. سُمِّيت كذلك لوجود كتابة يونانية على بابها الشمالي نصُّها: «يا قدِّيسة مريم يا والدة الله ساعدي سرجيوس (Sergius) البنَّاء آمين». ما دلَّنا على اسم البنَّاء، الذي قد يكون هو نفسه مصمِّم الكنيسة، ولو أنَّ الاسم شائع الانتشار في سورية المسيحية، ممَّا لا يسمح لنا بمعرفة المزيد عنه. وهناك قرية رويحة في محافظة إدلب على بعد 15 كم إلى الشمال من معرَّة النعمان، وتحتوي على كنيستين بازيليكيتين، إحداهما تُدعى بيزوس، وهي أكبر كنيسة في جبل الزاوية، وتحتوي على سوق روماني بالأروقة. وعلى بعد كيلومترين من رويحة تقع قرية جرادة التي ما تزال محتفظة ببرج في وسطها من خمسة طوابق، وكنيسة بازليكية متهدِّمة تعود للقرن الخامس الميلادي. وغير بعيد عن رويحة وجرادة نجد قرية المغارة، المشهورة بمدافنها الرومانية، التي هي عبارة عن مغارات حُفرت لتوسيعها، مع واجهات مُقنطرة وأعمدة. أهمُّها مدفنان، واحد يعود للعام الأوَّل الميلادي والآخر لعام 246م. أمَّا في جبل باريشا فيمكننا أن

**الشكل 17: كنيسة مرقيانوس في قرية بابسقا.**

نذكر قرية باقرحا، التي تحتوي على معبد لزيوس بوموس (Zeus Bomos) وهو نفسه الإله زيوس مادباخوس أو زيوس الحجر، الذي قُدِّس في معبد جبل الشيخ بركات المذكور سابقًا. شُيِّد عام 161 وبقي منه بابه الضخم وسور مهدَّم، بالإضافة إلى كنيستين بازليكيتين. وبابسقا التي كانت من أهمِّ المراكز التجارية في الفترة البيزنطية، وفيها كنيسة بازليكية بناها بين عامي 391 و407 الكاهن المعماري المشهور مرقيانوس كيريوس (Marcianus Kyrios) على أنقاض معبد وثني مؤرَّخ بسنة 143، كما تدلُّ كتابة على بابها الجنوبي (وقد بنى هذا الكاهن المعماري عدَّة كنائس أخرى في المنطقة). **(الشكل 17)**

وإلى الغرب من كنيسة مرقيانوس تبدو بقايا سوق تجاري، وهو عبارة عن مبنى بطول 33 مترًا، يتقدَّمه رواق من طابقين، ويعود تاريخه إلى عام547، ولا يختلف كثيرًا عن سوق رويحة الروماني.

تعتبر القرى المنسيَّة، برأي الكثير من مؤرِّخي الفنِّ والفكر الكلاسيكي، من أمثال كريس ويكهام (Chris Wickham) وغيره، أكمل مجموعة معمارية عمرانية ريفية من العالم الكلاسيكي القديم والمسيحي الأوَّل، لا يوجد لها معادل في أيٍّ من مراكز الحضارة الرومانية والبيزنطية حول

البحر الأبيض المتوسِّط، خصوصًا في الفترة التي بلغت فيها أوجها الاقتصادي والعمراني في القرنين السادس والسابع الميلاديين، عندما كانت بقيَّة أرياف العالم القديم من رومانية وبيزنطية في حالة تدهور وانحطاط، لم تقم لمعظمها بعدها قائمة، حتَّى انتهاء العصور الوسطى. فهنا، على مساحة لا تتجاوز الثلاثة آلاف كيلومتر مربَّع من الأراضي الوعرة الصعبة التضاريس وشبه القاحلة لدينا حوالي 800 موقع، أي بمعدَّل قرية أو موقع لكلِّ ثلاثة كيلومترات مربَّعة، تنتمي كلُّها للحقبة الزمنية نفسها، والطبقة الزراعية والاقتصادية المتواضعة نسبيًا نفسها، والاتجاه الديني التنسُّكي نفسه والخلفية اللغوية والعرقية والذائقة المعمارية والفنِّية نفسها، وتشكِّل كلًّا متجانسًا متكاملًا اقتصاديًا واجتماعيًا ودينيًا ومحصورًا في الزمان والمكان والتأثيرات البيئية والثقافية والحضارية. وبسببٍ من هجرانها من دون هدمها حوالي نهاية القرن العاشر الميلادي، بعدما أصبحت أرضًا حدودية بين الدولتين الإسلامية والبيزنطية المتحاربتين، فيما عدا بعض الاستعمالات الثانوية السلجوقية والأيوبية والمملوكية، وبسببٍ من عمارتها الحجرية المتينة وقلَّة خصوبة أرضها وانعدام مصادر الإغراء الاستثماري والسكَّاني الأخرى فيها، وارتدادها عن طرق التجارة الرئيسية في سورية القروسطية، فقد بقيت هذه القرى المنسيَّة منسيَّة وميِّتة فعلًا لمدَّة تسعة قرون لم تدخل إليها أيدي التخريب التي تأتي عادةً مع الازدهار السكَّاني والاقتصادي. وبالتالي فقد بقيت أطلالها قائمة بدرجة عالية من الحفظ، بسبب صلابة الحجر الذي بُنيت منه، ودقَّة عمارته ونحته، حتَّى نهاية القرن التاسع عشر، عندما عاد الاستيطان الفلَّاحي إليها، وإن بوتيرة بطيئة، لم تؤثِّر كثيرًا على مجمل هذه الروائع المعمارية والعمرانية، ولم تغيِّر كثيرًا من مظهرها وترتيبها في البدء، فيما عدا بعض الحالات الاستثنائية التراجيدية، كتدمير كنيسة ترمانين الرائعة لأجل بناء مخفر عثماني من حجارتها في نهاية القرن التاسع عشر، التي وثَّقها رسمًا ميلشيور دو ڤوخيه عام 1862 وهوارد كروسبي بتلر بعده عندما أصبحت ركامًا.

ولكنَّ الاستيطان تسارع في العقود الثلاثة الأخيرة من القرن العشرين، وبدأت بوادر التحلُّل والتغيير تظهر على بعض المواقع القديمة، التي اتَّخذها بعض المستوطنين الجدد إمَّا مقالع حجارة أو بيوتًا جاهزة لا ينقصها سوى السقوف والأبواب والنوافذ لتُسكن أو لتُستعمل كحظائر للماشية والدواب والطيور ومستودعات للعلف والتبن. بالإضافة إلى ذلك فقد بدأت بعض المباني الاسمنتية بالظهور على تخوم بعض المواقع التي استقطبت مجموعات كبيرة من السكَّان الجدد، وأحيانًا في حرمها الأثري، مثل قرى البارة والرويحة والدانة وجرادة، ما غيَّر من مظهرها التاريخي، وجعلها أقرب إلى القرى السورية المعاصرة في عمارتها والانطباع العام عنها، وقلَّل من إمكانية اصطفائها لمشاريع سياحية كبيرة، من دون المساس بحياة أهلها الجدد

أو تهجيرهم. وتظهر التقارير التي قدَّمها الخبراء الذين زاروا هذه المواقع الأثرية الرئيسية في تلك الآونة تدهور الكثير منها، بسبب خليط من المتغيِّرات الطبيعية والبشرية الناجمة عن النموِّ السكَّاني، وما يتبعه من زيادة كبيرة في التعدِّي على حرمة أراضي المباني الأثرية للبناء، أو لغيره من النشاطات البشرية وتحديدًا الزراعة. بالإضافة إلى ذلك، هناك عدَّة أسباب مباشرة ساهمت في هذا التدهور، كالصيانة والترميم غير المناسبين، أحيانًا على أيدي من يُفترض فيهم أن يكونوا حماة الآثار الرسميين، والاستخدام غير الصحيح لهذه المواقع التي ما تزال متروكة في العراء من دون تسجيل أو حراسة، وتعرية التربة بسبب إهمال الأرض التي تؤدِّي إلى تخلخل دعائم الأبنية التاريخية، وبالتالي إلى انهيارها على المدى الطويل، وزرع الأشجار بين الأبنية التاريخية، من دون أيِّ اعتبار لحرمة أساساتها، ما يؤدِّي إلى تداعيها وتصدُّعها.

وقد وصل التدهور إلى مرحلة الخطر الفعلي في السنوات الأخيرة من الحرب الطاحنة في سورية، وتحديدًا بعد استخدام نظام الأسد لسلاح القصف الجوِّي لإرهاب سكَّان محافظتي إدلب وحماة الثائرتين منذ سنة 2012، ما تسبَّب بتدمير مباشر للعديد من الآثار الواقعة داخل القرى المسكونة أو على تخومها. وكذلك تضرَّرت العديد من القرى بسبب معارك الكرِّ والفرِّ على الأرض بين نظام الأسد ومناوئيه، أو بين التنظيمات المتحاربة التي نمت كالفطر في المنطقة، بحيث أنَّنا لا نملك تعدادًا دقيقًا لعددها، أو قائمة كاملة بأسمائها. وقد تزايدت خلال هذه الفترة من انعدام الرقابة والتنظيم القليلين اللذين كانا متاحين قبل الثورة السورية معدَّلات تحوُّل المواقع الأثرية إلى مناطق سكن عشوائية لا تتوافر فيها أدنى شروط الحفظ والصيانة، مثل دقِّ المسامير والعوارض الخشبية في جدرانها، وإضافة جدران أسمنتية لبعض فراغاتها أو إقامة أسقف مصبوبة فوقها أو أبواب معدنية بمفاصل مثبتة إلى عضاداتها أو عدم جمع القمامة التي تتكدَّس أحيانًا بين آثارها، تحديدًا بعد أن انتقل إليها الكثير من اللاجئين الهاربين من حمم طائرات الأسد أو وحشية أعدائه من الجماعات الجهادية التكفيرية، أو عندما انتقل إليها بعض من محاربي هذه المجموعات، وأقاموا فيها مراكزهم التي أصبحت بدورها هدفًا لغارات طيران ومدفعية نظام الأسد. والأسوأ من ذلك والأكثر ضررًا هو عدم التخلُّص من المياه وانعدام الصرف الصحِّي الفنِّي، بسبب تكدُّس السكَّان وانعدام الأمن والخدمات، ما يؤدِّي إلى رشح المياه المالحة وخلخلة أساسات المباني فوقها وحولها، وتفتيت سطوح الجدران الكلسية التي تتآكل بسرعة بفعل المياه الراشحة. ومع ذلك، فما زال أغلب هذه الأوابد مقاوِمًا وشاخصًا بشكل شبه تامٍّ ومتكامل اليوم، في العديد من مواقعها الأخَّاذة والمنيعة، ولو أنَّ دوام هذه الحال مشكوك فيه، من دون تدخُّل إنقاذي متكامل، يأخذ بعين الاعتبار أهمِّية الآثار وواقع

الحياة في ظهرانيها اليوم. ولكنَّ المدن الميّتة ككلٍّ ما زالت غامضة وساحرة وعصيَّة على الفهم التاريخي، على الرغم من تعدُّد النظريات التي حاولت تفسير ظهورها وازدهارها، بالرغم من وعورة الطبيعة التي أُقيمت فيها، وقلَّة مواردها الاقتصادية والمائية، ثمَّ اضمحلالها وهجرتها، من دون أيِّ سبب واحد قاهر وظاهر، وعلى مراحل بعد حوالي خمسة قرون من بداية نشأتها.

# 5

## ازدهار وانحطاط القرى المنسيَّة

ما زالت ظاهرة المدن الميِّتة لغزًا علميًا، على الرغم من ازدياد الاهتمام بها، تحديدًا في نهاية القرن العشرين، ومحاولة العديد من الباحثين تقديم تفسيرات لنشوئها وازدهارها، ثمَّ هجرانها وانحطاطها وبقائها قائمة على شكل أطلال شبه كاملة لقرون طويلة. وقد تباينت النظريَّات التي طرحها الباحثون في القرن التاسع عشر والنصف الأوَّل من القرن العشرين، والتي حاولت تفسير هذه الظاهرة، ولكنَّها أجمعت على خصوصيَّة المدن الميِّتة، أو القرى المنسيَّة، وتفرُّدها من جهة، وعلى اعتماد نموِّ هذه القرى اعتمادًا مباشرًا على نموِّ وازدهار زراعة الزيتون والعنب وعصرهما والمتاجرة بالزيت والخمر الناتجين عن هذه الصناعة، على طول العالم المتوسِّطي الروماني والبيزنطي المسيحي وعرضه. ولكنَّ أبحاث جورج تشالنكو أوَّلًا، ثم جورج تات وفريقه من جهة والثلاثي الفرنسيسكاني من جهة أخرى في السبعينات والثمانينات من القرن العشرين، قلَّلت من أهمِّية التجارة العالمية في تفسير ازدهار هذه القرى المنسيَّة، وعادت بنا إلى حقيقة اقتصادية بسيطة ومقنعة: ازدهار القرى المنسيَّة كان ازدهارًا متواضعًا أساسًا، وهو بالتالي لم يستلزم التمويل الفائق والتنظيم الشديد الذي تستلزمه تجارة عالمية على مستوى البحر الأبيض المتوسِّط، ولو أنَّها كانت موجودة وفاعلة نسبيًا، ولكنَّها لم تكن الحقيقة الاقتصادية الوحيدة والمهيمنة. وقد سمحت استنتاجات تات والثلاثي الفرنسيسكاني الأركيولوجية بتقديم تفسير مبتكر ورائع لنشوء وارتقاء وازدهار قرى الهضبة الجيرية: اقتصاد متنوِّع قائم على استغلال موارد الأرض الزراعية الضئيلة في زراعة الزيتون والكرمة وصناعة الزيت والنبيذ للاستهلاك والتصدير، ولكنَّه أيضًا مرن بما فيه الكفاية لكي يعتمد على تربية الحيوانات والرعي وعلى بعض زراعات الحبوب، تحديدًا القمح، ثالث المحاصيل المتوسِّطية المقدَّسة: الزيت والخمر والقمح، وعلى السياحة الدينية التي ازدهرت ابتداءً من نهاية القرن الرابع الميلادي، ومثَّلت

رافدًا اقتصاديًا مهمًّا طغى أحيانًا على القاعدة الزراعية لبعض المواقع، وساهم في تحويلها إلى مراكز خدمات للحجَّاج المتقاطرين على الأديرة والمزارات والصوامع الشهيرة، ما يفسِّر ازدهار المباني الجنائزية والكنسية والخدمات الملحقة بها في القرنين الخامس والسادس، وعلى بعض الصناعات البسيطة كجرار الفخَّار المعدَّة لتخزين الزيت والخمر، والمعقَّدة وأهمِّها صناعة البناء، من تصميم وتنفيذ وقطع ونحت الحجارة، التي تميَّزت بها المنطقة منذ العهد الهيلينستي حتَّى اليوم.

وقد ارتبط هذا النموُّ الاقتصادي المرن والمتكيِّف مع بيئته الفقيرة نسبيًا بصعود طبقة جديدة من المزارعين الصغار ومتوسِّطي الثراء، من خلفيات إثنية مختلفة ومختلطة، من إغريقية وآرامية أساسًا وغيرها من القوميات الأصغر، التي أقامت وتجذَّرت في المنطقة، بحيث زالت عنها الصفة التخصيصية التي يفترضها البعض. فمن يملكون ويستثمرون أرضهم لصالحهم من سكَّان المنطقة المختلطين من عروق وأجناس مختلفة، صاروا القوَّة السكَّانية والاقتصادية الأساسية التي لا يُستهان بها، ما ساهم في إعطاء المنطقة طابعها المميَّز، الذي يضرب بجذوره في عمق الحضارة الهلينستية المتوسِّطية، ولكنَّه يُضفي عليها نكهة محلِّية وذوقًا مميَّزًا وفريدًا، تُظهر آثاره أكثر ما تُظهر في بعض التفصيلات المعمارية التي وإن بدت للوهلة الأولى كلاسيكية الأصل، فإنَّها لا تلبث أن تُبدي خصوصية معمارية لا تمتُّ للُّغة الفنِّية الهلينستية بكبير قرابة، بل تعود إلى سابقاتها الحضارية الساميَّة الجذور في الأرض السورية. وقد أنتج هذا الخلق المتبادل طرازًا هجينًا تفاوتت في تطبيقاته نسبة العناصر المحلِّية والعناصر الكوزموبوليتية (العائدة طبعًا إلى الحضارة الهلينستية فالرومانية السائدة) ما أعطى لكلِّ منطقة حضارية في بلاد الشام في الفترة الكلاسيكية، مثل المدن الميِّتة وتدمر ومحيطها وحوران ومدنها ومدن الأنباط في الجنوب امتدادًا إلى البتراء العاصمة، خصوصيَّتها المميَّزة، وإن كانت كلُّها قد تشاركت في هذه الهجنة الخلَّاقة وتجاوبت مع، بل وانتمت بمجملها للحضارة الكلاسيكية السائدة. هذا الطراز ما زال بحاجة إلى اسم معبِّر، يسمح له بالاصطفاف ضمن منظومة الطرز التي ظهرت في العالم المتوسِّطي الكلاسيكي، ويعترف في الآن نفسه بالمساهمة الخلَّاقة للثقافات المحلِّية ذات الجذور الساميَّة العريقة الضاربة في القِدم، في تطوير اللغة الفنِّية الكلاسيكية، بتنوُّعها وغناها، وهو ما فشل منظِّرو الفنِّ الغربيون والعرب منهم على السواء، كلٌّ لأسبابه، في تحقيقه.

لعلَّ منطقة المدن الميِّتة التي استمرَّ تطوُّرها من دون انقطاع خلال الفترات الهلنستية فالرومانية فالبيزنطة المسيحية كلِّها، والتي احتوت أيضًا على بعض لمحات من الحضارات

الساميَّة السابقة، بالإضافة إلى انعزالها النسبيِّ عن مراكز الحضارة الكلاسيكية الكبيرة، ما خفَّف من تأثُّر تغيُّر الأذواق والموضات في المحيط الإمبراطوري الأوسع في عصر ازدهارها على نشوء وتطوُّر طُرزها المحلِّية، تقدِّم لنا النموذج الأمثل لاستشفاف فكرة الهجانة الخلَّاقة نفسها المبنية على فكرة التواصل والتقاطع ما بين الذوق المدني والإمبراطوري المهيمن، والأذواق المحلِّية المرتبطة بطريقة عضوية بالشروط البيئية والاقتصادية والاجتماعية لمنطقتها. بل يبدو لي أنَّ التنظير لكلِّ الفنون الكلاسيكية يجب أن يأخذ فكرة الهجانة الخلَّاقة بعين الاعتبار، كفكرة مركزية في تطوير مفهومنا لفنٍّ اشتمل على غالبية شواطئ البحر الأبيض المتوسِّط، بثقافاتها المختلفة وتواريخها المتعدِّدة، التي تلاقت وتقاطعت وتبادلت التأثيرات، وإن كانت كلُّها تابعة لمركز إمبراطوري سياسي وثقافي، مثل روما أو القسطنطينية، لم يفلت هو أيضًا من التبادل الحاصل. أي أنَّ مفهوم المركز والأطراف الذي ساد في دراسات التاريخ بشكل عامٍّ، والذي قدَّم تفسيرًا أحادي الاتجاه لنشوء ونموِّ الطُرز والموضات، على أنَّها تنبع من المركز ثمَّ تنتشر في الأطراف، حيث تُقتبس وتُقلَّد أحيانًا بدقَّة وأحيانًا كثيرة بدقَّة أقلَّ، يمكن تحدِّيه عبر طرح مفهوم الهجانة كمفهوم عامٍّ لفهم كلِّ تطوُّر لأيِّ خلق فنِّي، بغضِّ النظر عن موقعه على التراتبية الطرازية أو الجغرافية أو بُعده أو قُربه من المركز.

هذا التوجُّه الذي أطرحه، يعني في مجال البحث الحالي أنَّ التفسير أحادي المسبِّب لشرح ظاهرة المدن الميِّتة، الذي يتطلَّب تركيزًا على عامل واحد، والذي مال إليه منظِّرو القرن التاسع عشر وبداية القرن العشرين من الزوَّار الأوروبيين، وبعدهم العديد من الباحثين الجامعيين الأوروبيين والعرب، لم يعد يكفي اليوم لفهم هذه الظاهرة، مهما كان هذا التفسير ومهما كانت حججه. هذا النوع من التفسير ضعيف نظريًا، إذ أنَّه يعتمد أساسًا على مسبِّب واحد لتفسير الظاهرة ونموِّها وانحدارها، مُهملًا عناصر أخرى تساهم في إضاءة جوانب مهمَّة من تاريخها وتاريخ سكَّانها، ما يضفي عليه صبغة تقريرية وأيديولوجية وغائية أكثر منها علمية أو تاريخية. وهو بالإضافة إلى ذلك مضطرٌّ منهجيًا إلى استبعاد حجج أيِّ تفسير أحادي آخر، حفاظًا على وحدته التحليلية ووضوح استنتاجاته عطفًا على افتراضاته الأصلية. أي أنَّه يخالف في توجُّهه القاعدة الأساسية للتفسير العلمي كما تبنَّتها بعض النظريَّات التأويلية الحديثة، والقاضية بأنَّ أيَّ تفسير لأيِّ ظاهرة، لكي يكون متينًا نظريًا، يجب أن يكون قابلًا للنفي وإعادة الصياغة مع تغيُّر الظروف والمعطيات ودرجة المعرفة. وهذا ما لا تستطيع التفسيرات أحادية المسبِّب قاطبة تحقيقه، لأنَّ فيه زوالها تمامًا، حيث لا يمكنها إعادة صياغة نفسها من دون القبول بتعدُّد المسبِّبات، وبالتالي دحض أساسها التفسيري. ومع ذلك، يبقى لكلٍّ من هذه التفسيرات حججه

وإثباتاته، التي من المفيد أخذها بعين الاعتبار في أيِّ تنظير تأويلي يحاول تجاوز نواقصها والاستفادة من ملاحظاتها.

## نظريَّة الاستيطان

نسبت هذه النظريَّة الازدهارَ للاستيطانِ المقدوني والروماني في المنطقة، المرافق لنموِّ المدن التي أسَّسها السلوقيون أصلًا في سورية الشمالية، وبشكل خاص أنطاكية وأفاميا واللاذقية. وفقًا لهذا التفسير، فإنَّ القرى كظاهرة عمرانية اقتصادية نشأت تدريجيًا مع ازدهار سورية السلوقية، ثمَّ الرومانية، ابتداءً من القرن الثالث قبل الميلاد. يعتمد هذا التفسير أساسًا على أنَّ أقدم كتابة معروفة فيها من قرية قاطورة في جبل باريشا تعود للعام 122 الميلادي، أي إلى أوج الفترة الرومانية في سورية، خلال حكم الإمبراطورين تراجان وهادريان، اللَّذين أثريا سورية بالعديد من المباني الإمبراطورية، واللَّذين رفعا مصاف العديد من مدنها، كدمشق وتدمر وأنطاكية، إلى مرتبة عواصم إمبراطورية، على الرغم من أنَّ بعض آثار المعابد الساميَّة المنحوتة في الصخر على ذرى هضابها تعود قطعًا لفترات أقدم. وعليه، ووفقًا لنظريَّة الاستيطان هذه، فالقرى المنسيَّة ظهرت بشكل جديد وفريد (sui generis) في الفترة الكلاسيكية من دون أصول ساميَّة سابقة للاستيطان في المنطقة، وهو ما تدحضه البقايا القليلة التي ما زالت قائمة من العصور العمورية والآشورية والآرامية وشعوبها التي استوطنت سورية الشمالية لأكثر من ألف سنة متواصلة. والقرى المنسيَّة أيضًا من هذا المنظور تدين بوجودها أوَّلًا لاستيطان «استعماري» وصفًا، وقادم إلى المنطقة من الخارج الإغريقي أو الروماني، استيطان يبدو أنَّه فشل في أن يصبح محلِّيًا على الرغم من استمراره لألف سنة أخرى من العيش المشترك على الأرض. وهذه القرى المنسيَّة أيضًا تدين بازدهارها حصرًا لانتمائها للعالم الهيلينستي الروماني البيزنطي لاحقًا، أي للعالم الخارجي والمُستعمِر أيضًا، من دون كبير تأثير لتاريخها وجغرافيَّتها وثقافات سكَّانها ونشاطهم الاقتصادي وتركيبتهم الاجتماعية والتاريخية المعقَّدة. ولا يخفى ما في هذا التفسير من تعنُّت عنصري، عندما يَنسب للمستوطِنين القادمين من خارج البلاد تطويرَ المنطقة، كما لو أنَّ ذلك تمَّ من دون تدخُّل من السكَّان الموجودين فيها أصلًا، أي العناصر الساميَّة وغيرها من الآراميين وبقايا الآشوريين والحثِّيين وغيرهم، الذين انضووا بنتيجة الأمر تحت لواء الدولة الهلنستية الجديدة (بعد أن أسَّس سلوقس دولته وضمَّ إليها الجزء الأكبر من سورية الشمالي) وتشبَّعوا بثقافاتها وانتموا إليها وساهموا بإغنائها، وأبدعوا بعضًا من أشهر منجزاتها المعمارية والفنِّية والثقافية والأدبية والفلسفية ثمَّ اللاهوتية.

## نظريَّة التنسُّك

أمّا النظريَّة التنسُّكية، فهي النظريَّة المفضَّلة عند الآباء الكنسيين من عرب وغربيين. من المعروف أنَّ حركة التنسُّك ابتدأت بعد انتهاء فترة الاضطهادات الدينية التي استمرَّت خلال القرون الأولى للميلاد، والسماح بالحرية الدينية إثر صدور مرسوم ميلانو عام 313 الميلادي. وفقًا لهذه النظريَّة فقد اختارت مجموعة من المسيحيين المتديِّنين الترفُّع عن مباهج الدنيا ومفاتنها، وفضَّلت عليها حياة التنسُّك والتقشُّف وقساوة العيش. وقد عاشت فئة من هؤلاء النسَّاك في البرِّية ولجأ بعضهم إلى الكهوف. وظهرت في منطقة جبل البلعاس فئة سُمِّيت نسَّاك الأبراج الذين كانوا يعملون في الحقول نهارًا ويعودون ليلًا إلى أبراج يبيتون فيها، مما يفسِّر انتشار الأبراج في المنطقة، وإن كان لا يمكننا إغفال الوظيفة الدفاعية للأبراج نفسها. كما كان هناك من النسَّاك عدد ممَّن اختاروا الإقامة على عمود طوال حياتهم، وهم «العموديون»، وكان رائدهم القدِّيس سمعان العمودي، الذي ساهم بفضل زهده وتقشُّفه واصراره العنيد على الرياضات المجاهدة طوال حياته بزيادة شعبية التنسُّك العمودي، حتَّى ظهر العديد من التابعين له في المنطقة وخارجها في القرون اللاحقة لوفاته وحتَّى كرَّسته الكنيسة الأرثوذكسية الشرقية قدِّيسا واعترفت به الكنيستان الكاثوليكية الغربية والقبطية المصرية أيضًا، وإن اختلفت أيَّام الاحتفال به بين هذه الكنائس. (**الشكل 18**) كما انتشر التنسُّك الجماعي في المنطقة، فنشأت أديرة كثيرة لإيواء الرهبان النسَّاك، الذين كانوا يأكلون معًا ويُصلُّون معًا ويعملون معًا في الحقول المحيطة بالدير والتابعة له في النهار، وعند المساء يختلي كلُّ واحد منهم بصومعته ليتعبَّد وحيدًا ويبيت فيها. هذه الحركة الرهبانية التنسُّكية المزدهرة ابتداءً من القرن الرابع للميلاد، ساهمت في ازدهار المنطقة العمراني والسكَّاني، بسبب من التنظيم الكنسي المحكم الذي أدار الاقتصاد الزراعي بحنكة، وبسبب نموِّ السياحة الدينية في الأديرة والدساكر حولها، لزيارة النسَّاك الأتقياء وأضرحتهم من بعد وفاتهم، والأديرة والكنائس التي أُقيمت حول متنسَّكاتهم، كما في حالة دير القدِّيس سمعان العمودي ودير مار مارون، مؤسِّس الكنيسة المارونية، في كفر نابو، والمعبد الملحق بكنيسة جوليانوس في بلدة براد حيث دُفن جثمانه.

هذا ما ركَّز عليه محبِّذو النظريَّة التنسُّكية التي تربط بين النشاط الرهباني التنسُّكي وبين ازدهار منطقة جبل البلعاس ككلٍّ بعد القرن الرابع، وتميُّزه على حساب العوامل الأخرى. ولكنَّ هذه النظريَّة تُهمل التراث الزراعي والثقافي والتنظيمي الذي قامت عليه الحركة التنسُّكية، وازدهرت بفضله في منطقة المدن الميِّتة. إذ كانت غالبية القصص الكنسية التي تؤرِّخ لحياة النسَّاك الأوائل

**الشكل 18: أيقونة من القرن السادس عشر تمثل القدِّيس سمعان العمودي على عموده Wikimedia**

تبيّن أنَّهم كانوا يعيشون ضمن مجموعات مستوطنة ومنتجة زراعيًا وحرفيًا ومرتاحة اقتصاديًا، ضمن قرى مأهولة وعامرة ومنتجة، قبل أن يقرِّروا الانعزال والتنسُّك والتقشُّف في البرِّية، حول

أو على بُعدٍ من موطنهم الأوَّل. أي أنَّ تواجد مجتمعات زراعية ومدنية مستقرَّة في المدن الميِّتة هو ما سمح أساسًا بظهور النسَّاك فيها وأدَّى فيما بعد إلى تطوُّر وظيفتها التعبُّدية وصورتها التنسُّكية، ما جذب إليها الزوَّار والحجَّاج والمموِّلين الأغنياء لأديرتها وأماكن حجِّها، وساهم بالطبع في ازدهارها الديني والاقتصادي اللاحق.

## النظريَّة المتوسِّطية المقارنة

وهناك أخيرًا النظريَّة المتوسِّطية المقارنة، وهي التي تستمدُّ جذورها من دراسة البحر الأبيض المتوسِّط كوحدة حضارية وثقافية وتجارية واقتصادية، والتي صاغ أُطرها المؤرِّخ الفرنسي الشهير فردناند بروديل (Fernand Braudel) (1902-1985)، مؤسِّس مدرسة الحوليات في التاريخ، وصاحب كتاب «البحر الأبيض المتوسِّط في فترة فيليپ الثاني» La Méditerranée et le monde méditeranéen à l'epoque de Philippe II الشهير والمؤثِّر حتَّى اليوم. وتابعه في نظريته تلك مجموعة مهمَّة ومؤثِّرة من المؤرِّخين اللاحقين، مثل نيكولاس پورسيل وپيريغرين هوردن، صاحبي كتاب «البحر المفسد: دراسة لتاريخ البحر الأبيض المتوسِّط»، The Corrupting Sea: A Study of Mediterranean History Peregrine Horden & Nicholas Purcell، الصادر عام 2000، وداڤيد أبو لفيا صاحب كتاب «البحر العظيم: تاريخ انساني للبحر الأبيض المتوسِّط» الصادر عام 2011، David AbuLafia, The Great Sea: A Human History of the Mediterranean.

تربط هذه النظريَّة بين تدهور صناعة زيت الزيتون في شمال أفريقيا وإيطاليا وإسبانيا في بداية القرن الثالث للميلاد، بسبب الحروب والاضطرابات السياسية هناك، بالإضافة إلى تغيُّر مناخي حادٍّ، وبين ازدهار هذه الصناعة في شمال سورية لتعويض النقص الحاصل على مستوى الإمبراطورية، ما أدَّى إلى نموٍّ عمراني وسكَّاني متسارع، ظهرت آثاره في زيادة عدد المواقع السكنية بين القرنين الرابع والسابع الميلاديين، وفي التغيُّر الملاحظ على طراز العمارة في فترة الازدهار هذه، التي أصبحت حجارتها منحوتة ومقطَّعة بانتظام، ومزخرفة بنقوش دقيقة كالدانتيل المهفهف، ربما انعكاسًا لتزايد الثروة في أيدي المزارعين ونموِّ ذائقتهم الفنِّية والمعمارية وطلباتهم إلى بنَّائيهم ومعمارييهم تبعًا لذلك. هذه النظريَّة تقدِّم تفسيرًا متوسِّطيًا أيضًا لانحطاط القرى المنسيَّة، واضمحلالها الاقتصادي، إثر تقطُّع طرق التجارة بين الخلافة الإسلامية والإمبراطورية البيزنطية وأوروبا من ورائها بعد القرن السابع الميلادي، وتقلُّص الطلب على منتجات القرى المنسيَّة المهمَّة مثل الزيت والنبيذ، ما جفَّف موارد رزقها وأدَّى إلى تدهورها الاقتصادي، ومن ثمَّ إلى هجرة سكَّانها وانتقالهم إلى

مناطق داخلية في الدولة الإسلامية، أو مغادرتها إلى أراضي الدولة البيزنطية في الأناضول وخلفها.

كلُّ هذه النظريَّات صحيحة وخاطئة في الوقت نفسه: والحقيقة على الأرجح هي مزيج من كلِّ هذه التفاسير، بالإضافة إلى بعض العوامل البيئية، مثل تغيُّر معدَّل هطول الأمطار وتوافر مياه السقاية وكثافة الغطاء الحرجي في الأرض الكلسية حتَّى نهاية العصر الروماني، ما حفظ تربتها الغنيَّة من الحتِّ، والعوامل السياسية وأهمِّها الاستقرار والأمان اللذين تمتَّعت بهما المنطقة نسبيًا في العهد الروماني، باستثناء خمسين سنة من الاضطرابات في نهاية القرن الثالث وبداية القرن الرابع الميلادي، بسبب تضافر عدد من الظروف السلبية، مثل الغزوات الفارسية وانعدام الأمن وانتشار الأوبئة، ثمَّ فترة الاضطرابات الناجمة عن الحرب البيزنطية الساسانية في بداية القرن السابع، التي تلتها الغزوات الإسلامية مباشرة في العقد الثالث من القرن السابع، والتي أدَّت بالنتيجة إلى تغيير وجه المنطقة الثقافي وتركيبتها السكَّانية. هذا التفسير المتعدِّد المسبِّبات هو ما توصَّل إليه تشالنكو أوَّلًا، وعمَّقه وزاد عليه كلٌّ من الفريق الفرنسي بقيادة جورج تات، والفريق الثلاثي الفرنسيسكاني، من خلال استدلالاتهم الأركيولوجية وتمحيصهم للمعطيات الأثرية في القرى المنسيَّة. وهو أيضًا ما تؤكِّده الأبحاث الجديدة التي ما فتئت تظهر في السنوات الأخيرة، مع تركيز واضح على الأسباب المحلِّية على حساب الأسباب العالمية التي فضَّلها جيل سابق من الباحثين. هذا الاتجاه في التفسير والتأويل يتوافق أيضًا مع المنطق التاريخي المعاصر، حيث أنَّ التنظير الحديث يميل أكثر إلى معارضة كون الظواهر التاريخية عمومًا نتاج سبب واحد قاهر وشامل، مهما كان تأثيره صاخبًا، وإنما هي حصيلة عوامل عدَّة بعضها متكامل وبعضها متعارض، وغالبيتها محلِّية المنبع وضئيلة التأثير بحدِّ ذاتها، ولكنَّها باجتماعها وتقاطعها تكون نتيجة تأثيرها هي الظاهرة الواضحة والحاسمة التي نلاحظها على السطح، كما لو أنَّها نابعة من مسبِّب واحد. وهو في ذلك يقارب مقاربة مباشرة نظريَّات التفسير العلمي للظواهر الطبيعية التي أشرنا إليها من قبل.

لا تختلف النظريَّات التي حلَّلت أسباب انحطاط القرى المنسيَّة عن تلك التي شرحت نموَّها وازدهارها في اعتمادها على مسبِّب واحد أساسي، على حساب التفسير المتعدِّد الأسباب. فهي أيضًا قد راوحت بين الجامد منهجيًا والخيالي أو المشحون أيدولوجيًا في القرن التاسع عشر وبداية القرن العشرين، أي في أوج المرحلة الاستعمارية، وبين المحقَّق والمدعوم بالمكتشفات والتحليلات الأركيولوجية في السنوات الثلاثين الأخيرة، ولو أنَّه في معظمه لا يقلُّ أيديولوجية عن سابقه، وإن كان يعاكسه في التوجُّه.

على العموم، لا خلاف على أنَّ ازدهار القرى المنسيَّة قد كبا في نهاية القرن السابع الميلادي، أي في بداية الفترة الإسلامية الأموية (آخر كتابة إغريقية معروفة تعود لعام 717 من منزل في قرية كفر كرمين)، وإن كان عدد لا بأس به من هذه القرى نفسها قد استمرَّ بالوجود حتَّى القرن العاشر وبعده أيضًا، ولكن من دون أيِّ نموٍّ أو نشاط معماري يُذكر.

ولا خلاف أيضًا على أنَّ للغزو الفارسي لسورية البيزنطية عام 614 والفتح العربي الإسلامي بعد ذلك بعقدين من الزمن، علاقة مباشرة بهذا التدهور، من دون أن يدمِّر الغزاة والفاتحون هذه القرى مباشرة أو يستبيحوها ويجلوا أهلها غصبًا عنهم، كما حصل في مواقع أخرى أكبر أو أكثر استراتيجية. ولكنَّ ما حدث هو كنظريَّة الدومينو: ابتدأت بعض العناصر الهامَّة التي دعمت اقتصاد المنطقة وازدهارها بالانهيار تباعًا إثر الفتح الإسلامي وتداعياته العالمية، والمتوسِّطية منها بشكل خاصٍّ، ولم تنبت مكانها نشاطات اقتصادية تعوِّض خسائرها، ما أدَّى على المدى الطويل إلى تباطؤ نموِّ المنطقة وهجرها وتداعي أركانها كافَّة. ولعلّ العنصر الأكثر تأثيرًا في الاضمحلال الاقتصادي هو انقطاع التجارة البحرية عبر البحر المتوسِّط، التي كانت غالبيَّتها بيد التجَّار السوريين، والتي أمَّنت لمنتجات المنطقة سوقًا عالمية، لم تتمكَّن السوق الإسلامية الناشئة والممتدَّة شرقًا باتجاه إيران ووسط آسيا من تعويضها، أو أنَّها لم ترغب بذلك، بسبب استمرار العداء المسلَّح بينها وبين بيزنطة الجريحة. يلي ذلك السياسة الضريبية الثقيلة اليد للدولة الإسلامية، التي أنهكت الفلَّاحين المسيحيين الفقراء نسبيًا، الذين اعتمدوا في تأمين مداخيلهم على زراعة رقع صغيرة من الأرض أساسًا، ما كانت لتنتج ما يكفي حاجتهم ومتطلَّبات الدولة المتزايدة من الجزية وضرائب الخراج في الوقت نفسه.

وهناك أيضًا التدهور الحاصل بسبب قرب المنطقة من الثغور والعواصم، أي الحدود بين الإمبراطوريتين البيزنطية والإسلامية، وبشكل خاصٍّ خلال الفترة العباسية، ما جعلها أحيانًا ممرًّا للجيوش الغازية من الطرفين، وأدَّى إلى إقامة ثقيلة الوطأة لتلك الجيوش، وما يتبعها من نهب وتدمير وطلب خوَّات للحماية من قِبل حملة السلاح، بغضِّ النظر عن انتمائهم، أو هدفًا لغارات انتقامية مدمِّرة. وهناك أخيرًا الهجرة التي فضَّلها بعض السكَّان المسيحيين على البقاء في ظلِّ الحكم الإسلامي، والتي تركَّزت بشكل خاصٍّ بين أبناء الطبقة الميسورة نسبيًا، ما حرم المنطقة من منتجين ومستهلكين مهمِّين. وبما أنَّ زراعة هذه الأرض الجبلية الصعبة تستلزم جهدًا انسانيًا مكثَّفًا، فإنَّ الهجرة الداخلية هربًا من الضرائب والغزوات والغارات البدوية لاحقًا، والهجرة الخارجية إلى الأناضول البيزنطي والقسطنطينية، ومن ورائها أوروبا المسيحية هربًا من اضطهاد

ديني محتمل، تسبَّبتا باختفاء الطبقة الميسورة المُستهلِكة لمنتجات المنطقة، من زيت وخمر وفواكه ومجفَّفات من جهة، وبقلَّة اليد العاملة الخبيرة والملتزمة، القادرة على المحافظة على خيرات المنطقة، على الرغم من شحِّ المصادر وكثرة التهديدات من جهة أخرى. وهذا بدوره تسبَّب بموت أعداد كبيرة من الأشجار المثمرة، ما سرَّع من حتِّ التربة السطحية، وأضعف إمكانيات الزراعة لتعويض الأشجار المفقودة، في دوَّامة سببية خانقة، انتهت بموت المنطقة اقتصاديًا أوَّلًا وعمرانيًا لاحقًا، وبقاء روائعها المعمارية واقفة اليوم تشهد على عزٍّ يوم غبر.

لم يُحقِّق الازدهار المنقوص خلال الاستعادة البيزنطية القصيرة أو الحروب الصليبية عودةَ المدن الميِّتة إلى سابق عهدها. إذ أنَّه على الرغم من استخدام البيزنطيين لبعض هذه المواقع، وبشكل خاصٍّ المهمَّة دينيًا منها، وإعادة بنائها وتزويقها وحمايتها بأسوار، كما حصل في موقع دير سمعان العمودي، وعلى الرغم من اتخاذ الفرسان والأمراء الصليبيين، الذين أتوا مباشرة بعد البيزنطيين، لبعض هذه المواقع مراكزَ إقطاعية لهم، وتشجيعهم لفلَّاحين مسيحيين من المنطقة أو من بلاد الشام بشكل عام، للهجرة إلى إقطاعيَّاتهم هذه، إلَّا أنَّ اقتصاد الحرب غير المستقرِّ وتسخير كلِّ الموارد للغزو والقتال لم يشجِّعا على استعادة الوظائف التي منحت المنطقة ازدهارًا فيما مضى، أي الزراعة المتأنِّية والحجِّ والعبادة. ولم يشجِّع بقاءُ هذه المناطق لقرنٍ من الزمان ساحات صراع بين الصليبيين والمسلمين على تطوُّرها من مواقع دفاعية أو هجومية، تعيش على حافَّة التدمير دومًا، إلى مواقع سكنية ذات قاعدة اقتصادية مستقرَّة تسمح بالاستثمار الطويل المدى فيها وإعمارها.

وعلى هذا، بعد استعادة المسلمين بقيادة نور الدين بن زنكي ثم صلاح الدين الأيُّوبي وخلفائه لمنطقة المدن الميِّتة من الصليبيين (التي وقعت إداريًا ضمن أراضي إمارة أنطاكية ومقاطعتي الرها وطرابلس بشكل أقلّ) فهم لم يستثمروا فيها كثيرًا، ولم يحاولوا إعادة توطين فلَّاحين جدد فيها لإحيائها. إذ كانت قد فقدت أهمِّيتها الدفاعية الاستراتيجية بزوال الصليبيين، وأهمِّيتها التجارية بتقطُّع طرق التجارة مع الشمال البيزنطي، الذي تحوَّل في القرن الثاني عشر والثالث عشر إلى شمال أرمني معادٍ من جهة (انتقلت إليه القواعد العسكرية للدولتين الأيُّوبية والمملوكية) وإلى شمالٍ تركي مسلم من جهة أخرى، بحكم توسُّع الاستيطان التركي في الأناضول على حساب الوجود البيزنطي المسيحي واليوناني ثقافةً، بعد معركة ملاذكرد عام 1071، التي هَزم فيها التركُ السلاجقة البيزنطيين، وفتحوا بعدها الأناضول للاندياح الاستيطاني التركي. وعلى هذا، فقد بقيت منطقة المدن الميِّتة منطقة هامشية في ولايات سورية المملوكية

والعثمانية بعدها، ربَّما لأنَّ المدينة التي شكَّلت مركزها الروحي والاقتصادي، أنطاكية، قد تدهورت خلال هذه القرون وتحوَّلت إلى مدينة ثانوية، وازدهرت مكانها في هاتين الفترتين مدن داخلية أخرى، مثل حلب وحماة. وبقي الحال كما هو في العصر الحديث، تحديدًا بعد الانقطاع القسري لهذه المنطقة عن عاصمتها أنطاكية، التي ضمَّتها تركيا زورًا وبهتانًا عام 1939 مع بقيَّة لواء الاسكندرونة.

## 6

## هوية القرى المنسيَّة واسقاطاتها الأيديولوجية

تحدَّثتُ في الفصل السابق عن الخلفية الأيديولوجية للنظريات التي تحاول تفسير ظاهرة المدن الميّتة، بغضِّ النظر عن دقَّة هذه النظريات العلمية أو انتماءاتها الفكرية وأبعادها المعرفية. فقد تبدو هذه النظريات، كما أسلفتُ، صحيحةً إذا ما نظرنا إلى الموضوع من زاوية واحدة، وقد تبدو قاصرةً إذا غيَّرنا موقع النظر، أو إذا أردنا الأخذ بكلِّ المعطيات الاقتصادية والبيئية والسياسية في تقييمنا. ولكنَّها تبقى بعيدة عن اهتمام المواطن العادي الذي يروم عيشًا كريمًا في البيئة التي يوجد فيها، أو عن اهتمام سائح اليوم الأمثل، الذي ابتدأ بالقدوم إلى المنطقة قبل الثورة السورية -وهو الأوروپي والمسيحي عمومًا مع بعض المسيحيين العرب- الذي تجذبه القرى المنسيَّة لزيارتها زيارة مطوَّلة ومشبعة بالذكريات العاطفية عن الحضارة الهلنستية والديانة المسيحية المبكرة اللتين يشعر بأنَّهما من تراثه، وأنَّه ينتمي لهما أكثر من شعور المواطن السوري المقيم. هذا الاختلاف في الشعور ليس أصيلًا أو جوهريًا، بل هو نتاج تغاير في الأيديولوجيا المحرِّكة التي شحنت كلًا من الطرفين بردود فعل مسيَّسة ومؤدلجة، تخدم في النتيجة هويَّاتهم الوطنية والدينية المركَّبة.

فهذه المواقع قد استمدَّت جاذبيتها المعاصرة من علاقتها المباشرة والفاعلة بنشأة وتطوُّر الدين المسيحي والعمارة الدينية المسيحية، وقبله بازدهار الحضارة الكلاسيكية من هلينستية ورومانية ومسيحية مبكرة في المنطقة وفي الشرق عمومًا، والكلاسيكية المتأخِّرة (Late Antiquity) التي اصطلح دارسوها في الآونة الأخيرة على أنَّها تمتدُّ من القرن الرابع أو الخامس وحتَّى نهاية القرن التاسع. وقد تماهت أوروپا مع هذه السلسلة الحضارية في عصر أنوارها، واعتبرتها جزءًا من تراثها وجذرًا من جذور نهضتها، على حين قنع العرب المسلمون خصوصًا بتسليم هذا التراث لأوروپا، من دون المطالبة بانتماء ما له، وهو الذي نشأ وترعرع على أرضهم،

حرصًا منهم على تنقية سلسلتهم الحضارية من كلِّ شائب خارجي، والحفاظ على أساطيرها المؤسِّسة، عروبية كانت أو إسلامية، التي توافقت على لفظ الكلاسيكية المبكرة والمتأخِّرة معًا من تراثها الهويَّاتي القومي أو الديني. وهذا ما سنحلِّله في هذا الفصل.

فالاستمرار الحضاري، الذي يظهر أكثر ما يظهر في عمارة القرى المنسيَّة، يشكِّل حلقة مهمَّة في سلسلة تاريخ العمارة المسيحية، حتَّى أنَّ العديد من المعلِّقين الأوروپيين والأميركيين حاولوا الربط بين هذه العمارة وعمارة الڤيزيقوط (Visigoths) في إسبانيا والميروڤنجيين (Merovingians) في فرنسا واللومبارد (Lombards) في إيطاليا، أي بالعمارة الأوروپية المسيحية المبكرة من القرن الخامس وحتَّى القرن الثامن. هذه العمارة الأوروپية القروسطية رامت التشبُّه بالعمارة الكلاسيكية السابقة عليها، ولكنَّها افتقدت للعناصر الفنِّية الخلَّاقة التي يمكنها أن تؤمِّن هذا التواصل مع الماضي الكلاسيكي، التي انقطعت عنه في بعض أوروپا، إثر انهيار روما أمام جحافل البرابرة في بداية القرن الخامس، أو أنَّها لم تعرفه أصلًا في بعضها الآخر، لبُعدها عن الحضارة الرومانية، فاضطرت للاستعانة بمن هم أدرى، أي بحمَلة شعلة الكلاسيكية في العالم المسيحي المبكر، ويأتي على رأسهم السوريون الذين انداحوا في كلِّ أجزاء الإمبراطورية الرومانية السابقة، كتجَّار وحرفيين ومغامرين ومهاجرين وحَمَلة رسالة دينية ومعرفة كنسية، وربما كبنَّائين ومعماريين أيضًا. ولو أنَّنا هنا في مجال الافتراض، حيث تنقصنا الدلائل الفعلية. وقد لاحظ العديد من مؤرِّخي الفنِّ الأوروپي القروسطي في بداية القرن العشرين علاقةً مباشرةً بين التفاصيل المعمارية والتصميمية والزخرفية للعمارة الكنسية الڤيزيقوطية والميروڤنجية واللومباردية وعمارة القرى المنسيَّة السابقة عليها زمنيًا. وتبدو العلاقة أكثر حدَّة ووضوحًا بين عمارة القرى المنسيَّة وعمارة الرومانسك اللاحقة في أوروپا (كما لاحظ ميلشيور دو ڤوخيه منذ أكثر من مئة وخمسين سنة)، خصوصًا في فرنسا القرنين العاشر والحادي عشر، وإن كانت غير مباشرة كسابقتها، مع أنَّ التنقُّل النشط عبر البحر الأبيض المتوسِّط في تلك الفترة يسمح لنا بافتراض حصول لقاء مباشر بين البنَّائين السوريين ومعادليهم الأوروپيين الشماليين، أحيانًا عبر الوسيط البيزنطي والإسباني والإيطالي، وأحيانًا من دون أيِّ وسيط، بل بلقاء مباشر، عبر زيارة حجٍّ أو مجمع كنسي أو تجارة ما.

لا يوجد أفضل من هذا الربط الحضاري بين عمارة القرى المنسيَّة وثقافتها وعمارة أوروپا وثقافتها في بدء تماهيها مع هويَّتها المسيحية الناشئة لإغراء السائحين الغربيين النمطيين بزيارة هذه المواقع: فهي جذر مهمٌّ من جذور حضارتهم وديانتهم وتراثهم الفنِّي والمعماري، كما

لُقِّنت لهم منذ أيَّامهم المدرسية، وكما تشرَّبوها عبر مختلف وسائل الإعلام ومراكز الثقافة. وهي بروعةِ عمارتها، التي لم يهزمها الهرم والإهمال، وسكونِ طبيعتها الوعرة والمعطاءة في آن واحد، وبساطةِ معيشة أبنائها حتَّى اليوم نموذج قائم، يسمح للمتلقِّي بتخيُّل ما كانت الحياة المسيحية المبكرة عليه من صفاء وتوافق مع الطبيعة من جهة، وتنسُّك وتعبُّد من جهة أخرى بسهولة ويسر. وهي بارتباط عمارتها بالعمارة الكلاسيكية ارتباطًا مباشرًا، تؤكِّد على الاستمرارية الحضارية بين الكلاسيكية المتأخِّرة والمسيحية المبكرة، على ما بينهما من تغاير، بل وصراع عقائدي خلال فترة احتكاكهما ببعضهما البعض، في الفترة الانتقالية بين القرنين الثالث والخامس الميلاديين. هذه الاستمرارية الشديدة الأهمِّية بالنسبة للاعتقاد الغربي السائد عن التراث التاريخي الأوروپي، وبالنسبة للفرد النمطي الغربي على حدٍّ سواء، الذي يتعلَّم أنَّ الثقافتين الكلاسيكية والمسيحية رافدان مهمَّان من روافد هويَّته وانتمائه الحضاري. وهي بالتالي تمثِّل ورقة جذب قويَّة في يد المستثمر السياحي الثقافي، بما أنَّ السائح النموذجي الغربي مهيَّأ معنويًا وفكريًا وعاطفيًا للاهتمام والإعجاب بآثار المدن الميِّتة، بل والتماهي معها وتمثُّلها والرغبة في تجربتها وامتلاك ذكريات مادِّية ومعرفية ومعنوية عنها، يستعيد عبرها إحساس تلك التجربة بعد انتهاء زيارته وعودته إلى حياته الروتينية المعتادة.

## التركيب الاجتماعي للمدن الميِّتة

ولكنَّ المظهر الثاني المهمَّ في جاذبية القرى المنسيَّة السياحية الثقافية اليوم، هو ما أمكننا معرفته عن هيكلها الاجتماعي العادل، بالنسبة لما نعرفه عن التراتبية الطبقية الشديدة في المدن الرومانية وتاليتها البيزنطية. فاقتصاد وعمارة وعمران المدن الميِّتة تدلُّ جميعها على مجتمع زراعي متديِّن، قلَّت فيه الفروق الطبقية، وعمل كلُّ أفراده على ازدهاره: أي أنَّه مجتمع قريب إلى المثالية الاشتراكية، التي دعت إليها غالبية النظريات العلمية السياسية الحديثة، من دون أن تتمكَّن أيٌّ من الأنظمة السياسية التي اتخذتها منهجًا ودستورًا من تحقيقها فعلًا. فقد بيَّنت الأبحاث الحديثة، خاصَّة دراسات جورج تات، أنَّ سكَّان المنازل الحجرية المنحوتة الرائعة والمزخرفة بالنحت البارز القاسي والمعبِّر لم يكونوا من ملَّاكي الأراضي الغائبين، الذين تُحمل إليهم حصَّتهم من عمل فلَّاحيهم وأقنانهم، كما كان الحال في غالبية مستعمرات الإمبراطورية الرومانية في الشرق وشمال أفريقيا والبلقان، بل كانوا هم أنفسهم القائمون على زراعة الأرض وأعمال الحصاد وتحضير المحصول للسوق وبيعه والعيش من مردوده. وكانوا أيضًا هم أنفسهم من بنى هذه البيوت والكنائس الحجرية المهيبة، ليقيموا ويتعبَّدوا فيها، وقطعوا

الأحجار وصقلوها ونحتوها ورتَّبوها، مع تأكيد استفادتهم من خبرة بعض المتخصِّصين بالعمارة والنحت، الذين تظهر أسماؤهم أحيانًا على زوايا العمارات المهمَّة وفي حنيات أقواسها، من أبناء المنطقة نفسها.

كما دلَّت البحوث أيضًا على أنَّ بعض الأرض ربَّما كانت ملكًا مشاعًا لكلِّ سكَّان القرية، ما يخفِّف من حدَّة الفروق الطبقية، أو مقسَّمة لحصص صغيرة، لا تسمح لأيٍّ من المزارعين بالاغتناء على حساب جيرانه، والصعود إلى قمَّة الهرم الطبقي، ومن ثمَّ استغلال الآخرين. وعندما جاء العنصر الرهباني التنسُّكي إلى المنطقة أضاف إليها بُعدًا دينيًا جديدًا، ولكنَّه لم يغيِّر كثيرًا من تركيبتها الطبقية المتوازنة، بل لعلَّه دعمها وقوَّاها. وهذا أيضًا ما تدلُّ عليه عمارة الكنائس والأديرة في المنطقة التي أعطاها ألَقَها شيوعُ التنسُّك بين متديِّني المنطقة، والتي موَّلها ودعمها رأسُ المال الصغير وقوَّةُ العمل المحلِّيان من دون تدخُّل كبير، إلَّا في حالات استثنائية، من قِبل الإدارة الإمبراطورية البيزنطية أو الكنيسة المركزية الملكية والرسمية، كما رأينا في كنيسة سمعان العمودي مثلًا. وربَّما كان الازدهار الرهباني في المنطقة دليلًا على مقاومة السكَّان المحليين لمذهب الدولة الرسمي، وتمسُّكهم بمذاهبهم، وبشكل خاصٍّ المونوفيزية أو مذهب الطبيعة الواحدة، وبشكل أقل بمذهب النسطورية السورية، اللذين انتعشا في المنطقة. وعلى هذا الأساس يمكن لمفسِّري تاريخ هذه المنطقة وللاستثمار السياحي الثقافي فيها (فيما لو عادت الطمأنينة إلى ربوعها) إبراز هذه الخاصية الرائعة للقرى المنسيَّة: من الممكن للعمارة أن تكون جميلة وفعَّالة، من دون ملوك وأمراء وعظماء وسلطة كنسية عليا واستغلال واضطهاد. بل لعلَّها كانت هكذا أجمل، وأقرب للروح الإنسانية التي تجذبها المساواة والعدالة الاجتماعية بشكل تلقائي، ولكن ليس على حساب الأناقة والجاذبية والحسِّ الجمالي، خاصَّة عندما يتعلَّق الأمر بالآثار، وهو ما توفِّره أوابد المدن الميِّتة بكرم وسخاء.

من هذا المنطلق، تُبرهن لنا هذه القرى الميِّتة أنَّ الإحساس بالجمال لم يكن مُقتصرًا على الطبقات المرفَّهة، التي تطلَّبته، ودفعت ثمنه في كلِّ مراحل التاريخ كامتياز ودلالة اختلاف، وإن كانت لا تصنعه عادةً، بل هو هنا نتاج مباشر لمن صمَّموه وبنوه واستخدموه كمأوى وملجأ ومحيط حياة، تمكَّنوا من جعلها، بفضل عمارتهم، أجمل وأكثر عدلًا ومساواة وإنسانية. ولا يمكننا هنا إلَّا أن نلمس في الانجاز الجمالي المعماري التاريخي للقرى المنسيَّة، روحًا مشابهة للروح المعاصرة، فالعمارة العولمية اليوم تحاول جاهدة أن تكون موئل بهجة وارتياح لكلِّ الناس، وليس فقط لأولئك القادرين على تحمُّل مصاريف العمارة الباذخة، من سياسيين وأثرياء

ورؤساء شركات. وإن كان الهدف الخفيُّ من ذلك هو ربط كلِّ أفراد المجتمع القادرين على الصرف بدورة الاستهلاك المتزايد، عماد الاقتصاد المعاصر والمسيطر. أمَّا القرى المنسيَّة فهي بنقائها المعماري، وتواضعها الوظيفي، وجمالها المتقشِّف، تبدو أكثر صدقًا مع نفسها ومع الهدف من بنائها. وهي بذلك تقدِّم للزائر النمطي المعاصر وسليل الفكر الإنساني والنهضوي تجربةً معمارية اجتماعية ناجحة، ترضي فكره وضميره ووعيه السياسي، وتمتِّع عينه وحسَّه، وتبرهن له على أنَّ الحصول على الجمال والتمتُّع به في الحياة الاعتيادية اليومية حقٌّ طبيعي لكلِّ إنسان، مهما كان مستواه المادي أو الثقافي أو انتماؤه الطبقي، وأنَّ هذا الحقَّ كان ممكنًا في هذه البقعة من الأرض، وضمن هذه الشروط المعيشية المتواضعة، وفي هذا التاريخ القديم.

ولكن، قبل أن ننهمك في محاولة مواءمة هذه القرى المنسيَّة لذائقتنا وآمالنا المعاصرة، أو تسويقها لسائحنا الافتراضي والأوروبي النمطي، علينا أن نلتفت لعامل تاريخي وعقائدي شديد الأهمِّية هو التالي: القرى المنسيَّة جزء لا يتجزَّأ من تراث سورية، ومكوِّن مهمٌّ من مكوِّنات هويَّتها المعمارية والفنِّية والثقافية والتاريخية. بل إني أجزم أنَّ للمدن الميِّتة أهمية فائقة في رسم ملامح هذه الهويَّة، بما أنَّها فريدة من نوعها، وبما أنَّها واحدة من المناطق السورية الوحيدة التي تظهر لنا استمرارًا معماريًا، وثقافيًا بالتالي، في الفترات الكلاسيكية كلِّها، من الهلينستية إلى الرومانية فالبيزنطية المسيحية، وصولًا إلى الفترة الإسلامية المبكرة وبعض الحقبة القروسطية حتَّى بداية العهد المملوكي. بالتالي، يجب على السوريين المعاصرين أن يعرفوها ويدرسوها ويفخروا بها، كما يعرفون ويدرسون ويفخرون بتراثهم الآرامي والعربي والإسلامي، وكما يجب على المصريين أن يعرفوا ويدرسوا ويفخروا بتراثهم البطلمي والروماني والبيزنطي بالإضافة إلى تراثهم الفرعوني، أو العراقيين وتراثهم الفارسي الساساني، بالإضافة إلى فخرهم بتراثهم الآشوري والبابلي والآكادي والسومري. فأجدادهم هم من أنتجوه، ولو أنَّهم اقتبسوا أو استوردوا بعضه، أو اضطرُّوا إلى قبوله، بسبب تغيُّر الطبقات الحاكمة إثر غزو أو فتح أو احتلال، وهو ما يحصل باستمرار في تاريخ الحضارات.

هذا الشعور الذي ندعو إليه ونلحُّ عليه هنا مُغيَّب اليوم، بل وربما زاد تغييبه ونفيه، وأصبح أخفت صوتًا وأقلَّ تأثيرًا ممَّا كان عليه قبل جيلين أو ثلاثة أجيال (أي في بداية القرن العشرين)، عندما كانت الأفكار السائدة عن التراث غير تلك السائدة الآن، وكانت النظرة لامتداده تاريخيًا وحضاريًا وحتَّى دينيًا أرحب وأوسع صدرًا، تتجاوز بداية الإسلام وتقبل بالانتماء للحضارات التي ترعرعت على الأرض السورية، والعربية عمومًا، قبله. لهذا التغييب أسباب، بعضها محلِّي

المنبت والهوى، وبعضها مستورد أو مفروض فرضًا أو عابر للحدود، ويعود بأصوله لحوالي منتصف القرن العشرين مع صعود الشوفينية القومية العربية، ومن بعدها خليفتها الأكثر تشدُّدًا وضيق أفق تاريخي، أي الإسلام السياسي، الذي يتصدَّر الساحة الأيديولوجية هذه الأيَّام، بعد نجاح الثورة الإسلامية في إيران في إقامة دولتها الدينية وصعود الأحزاب الدينية، مقاتلة كانت أم لا، إلى ساحة الصراع السياسي في معظم العالم العربي، بدعم من مال النفط. بالنتيجة، أزيح الاستمرار الثقافي ممَّا قبل الإسلام إلى اليوم من مفهوم الهويَّة السورية تحديدًا، والهويَّات العربية الأخرى عمومًا، بوسائل تنظيرية وعقائدية، ولأسباب وغايات سياسية وكيانية، يجدر بنا التوقُّف عندها قليلًا ومناقشتها وتفنيد بعض حججها.

## المدن الميِّتة والتراث السوري

من وجهة نظر تاريخية بحتة، التراث الكلاسيكي أصيل ومتأصِّل في التاريخ السوري، كمثل التراث الآرامي قبله والإسلامي بعده. بل هو متواصل معهما، ولا يمكن فهمه أو فهمهما أيضًا بمعزل عن هذا التواصل والاستمرارية. كما أسلفنا، فإنَّ الوجود الكلاسيكي، الهيلينستي بدايةً، والروماني لاحقًا، والمسيحي البيزنطي نهايةً، قد عاش على الأرض السورية ألف عام مستمرَّة ومن دون انقطاع. وقد تفاعلت سورية ما قبل الكلاسيكية مع واقعها ذاك: أخذت منه وأعطته، بل وتماهت معه بعد أن تجذَّر فيها وأصبح محلِّيًا، حتَّى أنَّ العديد من المنجزات الثقافية والأدبية والعلمية والفنِّية والمعمارية والتاريخية الكلاسيكية والمسيحية ذات جذور سورية. بل إنَّ اسم سورية نفسه، كما أوضحنا، يعود للفترة السلوقية الهلينستية، عندما حوَّرت لكنة المقدونيين المستوطنين الذين استقروا في البلاد بعد فتحها على يد الإسكندر اسم أشور إلى سورية. ثمَّ حدَّدت دولة سلوقس الأوَّل نيكاتور وابنه أنطيوخوس الأوَّل سوتير مركزها في العاصمة الجديدة أنطاكية، التي أصبحت فيما بعد واحدةً من أربع مراكز للإشعاع الحضاري حول البحر الأبيض المتوسِّط مع روما والقسطنطينية والاسكندرية. وبنى السلوقيون مدنًا جديدة بالإضافة لأنطاكية، مثل أفاميا واللاذقية، أصبحت مراكز للتجارة والحياة المدنية، تضاهي في أهمِّيتها الحواضر القائمة، مثل قنسرين والنبي حوري وحلب وحمص ودمشق، التي ضمَّتها دولة السلوقيين إلى ممتلكاتها، وحسَّنت من عمرانها، وجعلتها جميعًا مدنًا سورية كلاسيكية وهلينستية.

ولم يكن هذا النشاط الحضاري محصورًا بالمستوطنين الجدد، القادمين من وراء البحر من إغريق ومقدونيين الذين استقرُّوا على الأرض السورية، كما تدَّعي غالبية الأدبيَّات الاستشراقية

التي تنفي عن سكّان البلاد القدماء أيَّ تأثير فعّال أو مشاركة حضارية أو ثقافية في تلك الفترة (ولا أؤيِّد استعمال عبارة السكّان الأصليين، لأنَّ الأصول تفترض دائمًا نقطة بداية محدَّدة تنفي ما قبلها، وهو ما لا يصحُّ في التاريخ، فكلُّ بداية تُدخل أصولًا جديدة سرعان ما تندمج مع الخليط السكّاني القائم). بل إنَّ غالبية هذه الدراسات تعمد إلى تقسيم سكّان البلاد إثر ضمِّها للدولة السلوقية إلى قسمين، قسم مستورد أو «مكلسك» (أي محوَّل إلى كلاسيكي ربما بإرادته أو رغمًا عن أنفه)، يضمُّ عادةً الطبقات الميسورة التي تشبَّهت بالمُستعمِر، وقسم، هو الغالبية العظمى من الفلّاحين والحرفيين والفقراء والمتديِّنين المتشدِّدين، بقي على عاداته القديمة وثقافته المحلِّية وأغلق حياته أمام الحضارة الجديدة، الخارجية تعريفًا، خلال ألف سنة من توالي الثقافات الكلاسيكية! فكيف تمَّ ذلك؟ وكيف يمكن لبلد ما أن يبقى بسكّانه القدماء المستقرِّين بمعزل عن الثقافة التي يبدأ بإنتاجها بعض من سكّانه الجدد وتابعيهم من القدماء بين ظهرانيهم، ويستمرُّون في ذلك لمدَّة ألف سنة من دون تقاطع مع غالبية أهل البلاد، فقط لأنَّ أصول السكّان القدماء العرقية مختلفة عن أصول الحكّام الجدد، على الرغم من التزاوج والاختلاط اللذين نعرف أنَّهما كانا فاعلين من خلال ترجمات غالبية الشخصيات التي اشتهرت في هذه الفترات، والتي جاءت من زيجات مختلطة؟ بل وكيف يمكن لأيٍّ باحث أن يتخيَّل أنَّ التمايز والافتراق يمكن له أن يستمرَّ في بلد ما بين مجموعتين من السكّان لألف سنة، من دون حراك سكّاني وتزاوج وتفاعل، وفي النهاية انصهار. على الرغم من افتراض الفصل العرقي القسري والتمايز العنصري والتراتبية الاجتماعية القاسية كأساس لترتيب المجتمعات الهلنستية، ومن بعدها الرومانية والبيزنطية في سورية، كما يؤكِّد العديد من الباحثين ذوي الميول العقائدية (مع ما في هذا الافتراض من تجنٍ ومبالغة)؟

جوابي بالطبع أنَّ هذا التمايز هو محض خيال أملته شروط سياسية وأيديولوجية، ولنا في عمران وثقافة وعمارة القرى المنسيَّة وفنِّها التجميعيين، أو الهجينين كما أقترح، أقوى دليل على أنَّ سكّان البلاد القدماء قد انصهروا مع القادمين الجدد لتشكيل التركيبة السكّانية الهلينستية والرومانية والبيزنطية في سورية، كما حصل دائمًا في التاريخ عندما وفد عنصر جديد على بلد ما بهدف الاستيطان، وبقي واستقرَّ واندمج مع سكّان البلاد، بحيث اختفت آثاره العرقية تمامًا، كما حدث في سورية البيزنطية بعد دخول الإسلام إليها، إذ تعرَّب معظم أبنائها، حتّى الذين بقوا على ديانتهم المسيحية، في حدود نهاية القرن الثاني عشر، ما عدا قلَّة قليلة حافظت على سريانيتها (أي ساميَّتها المسيحية المطعَّمة بالثقافة الكلاسيكية).

تفتَّقت من الانصهار الحاصل بين السكَّان القدماء والقادمين الجدد في الفترة الهلينستية ثقافة جديدة وفنٌّ جديد وأدب جديد وعمارة جديدة، لا هي كلاسيكية محضة ولا هي ما قبل كلاسيكية محضة أو غير كلاسيكية محضة، بل هي، كما التركيبة السكَّانية، خليط خلَّاق من المؤثِّرات الحضارية كلِّها ساهم فيها أفراد من الأعراق المقيمة والمستوطنة والهجينة في آن واحد. وإلَّا فكيف نفهم مساهمات أمثال الفيلسوف الرواقي الشهير والمتعدِّد المواهب پوسيدونيوس، Posidonius، الذي ولد في أفاميا لزواج مختلط عام 135 قبل الميلاد، وطبقت شهرته أرجاء العالم القديم كلِّه؟ أو المعماري أپولودور الدمشقي (Apollodorus of Damascus) الذي ولد وعاش في دمشق في القرن الثاني الميلادي، وكان المعماري الإمبراطوري في عهد الإمبراطور تراجان؟ أو المنظِّرين الفيلسوفين الانطاكيين ليبانيوس (Libanius) (عاش حوالي 393-413)، أحد أهمِّ الفلاسفة الوثنيين المتأخِّرين، وتلميذه وناقده فيما بعد القدِّيس يوحنا فم الذهب المسيحي (St. John Chrysostom) (347-407) أبلغ منظِّري المسيحية في عصره، وأسقف القسطنطينية الكبير فيما بعد؟ أو الكاتب البليغ والشهيد المسيحي لوسيان (Lucian of Antioch) الذي نشأ في سميساط على الفرات، ومات شهيدًا عام 213 ميلادي؟ أو، لو سمحنا لأنفسنا بتجاوز حدود سورية إلى مصر، الجغرافي والفلكي بطليموس الاسكندراني الذي ولد في الاسكندرية لزواج مختلط مصري إغريقي، وتوفِّي هناك عام 168 م، والذي كتب كتاب المجسطي في الفلك والرياضيات وكتاب الجغرافيا، اللذين بقيا مرجعين مهمَّين في مجاليهما حتَّى القرون الوسطى في كلٍّ من أوروپا والعالم الإسلامي، وغيره الكثير من الفلاسفة والعلماء والنحويين واللاهوتيين الاسكندرانيين الذين أثروا الثقافة الكلاسيكية وحملوا شعلتها بعد أن تهاوت ووهنت في اليونان وإيطاليا في القرون الرابع والخامس والسادس الميلادية؟

بل كيف يمكننا أن نتمثَّل دور مؤسِّس الكنيسة بولس الرسول، الذي وُلد في طرسوس، عاصمة سليسيا شمال سورية، وخدم كعسكري روماني في القدس، ثمَّ جاءه الهدى على الطريق إلى دمشق، ومنها بدأ رسالته التي ستجعل منه أهمَّ الشخصيات المؤسِّسة في الديانة المسيحية؟ أو كيف نقيِّم هويَّة أصحاب الأناجيل الأربعة، الفلسطينيي الإقامة (واليهود أصلًا وديانةً طبعًا)، متَّى ولوقا (الأنطاكي أصلًا) ومرقص ويوحنا؟ أو أغناطيوس الأنطاكي واحد من أهمِّ آباء الكنيسة الرسوليين، الذي مات شهيدًا في سبيل عقيدته في روما؟ أو القدِّيسين سمعان العمودي ومار مارون، مؤسِّس الكنيسة المارونية، وابني منطقة القرى المنسيَّة؟ أو القدِّيس افرام السوري السرياني من نصيبين (306-373) الذي ألَّف الكثير من كتب المواعظ والمجادلات والشعر؟ أو بابا روما السوري وشهيد الاضطهاد الروماني أنتيكوس، الذي مات تحت التعذيب هو أيضًا عام

167، وهو واحد من خمس باباوات لروما من أصل سوري؟ أو القدِّيسين سركيس (سرجيوس) وباخوس الشهيدين أيضًا وشفيعي المسيحيين العرب الذين أقيمت باسمهما عشرات الكنائس في بلاد الشام، بما فيها كاتدرائية الرصافة جنوب الرقَّة، التي تحوَّل اسمها إلى سرجيوپوليس تكريمًا لسركيس الذي أعدم هناك في القرن الثالث ميلادي؟ أو المنظِّر الديني المسيحي يوحنا الدمشقي (675-749) الذي وُلد ونشأ في دمشق الأموية، وأصبح واحدًا من أعلام اللاهوتيين المسيحيين المبكرين وغيرهم الكثير الكثير؟ كلُّ هؤلاء نهلوا من منابع حضارية مختلطة، امتزجت فيها الأصول «الشرقية» من كنعانية وآرامية وفينيقية وسريانية وعبرية وعربية وغيرها بالتأثيرات الهيلينية والرومانية، وأثروا بأعمالهم حضاراتهم هم في بلادهم هم من دون أن يروا أنفسهم منتمين لغرب أو لشرق فقط.

لم تختف كلُّ هذه المؤثِّرات دفعة واحدة من الشخصية السورية والتعبير الروحي والديني والفنِّي والأدبي السوري بعد مجيء الإسلام، ولو أنَّ غالبية أساساتها الدينية واللغوية قد استبدلت مع الوقت بأسس جديدة، عربية الهويَّة وإسلامية المعتقد، اعتمدت مع ذلك على العنصر السوري ذي الثقافة الكلاسيكية في صياغتها وترسيخها في القرون الإسلامية الأولى بل وحتَّى العصور الوسطى. وبقيت منها بعد ذلك، وحتَّى اليوم، علامات وإن باهتة وأصوات وإن خافتة، بسبب طغيان العنصر العربي والدين الإسلامي على الهويَّة الوطنية السورية الحديثة والمسيَّسة. ولكنَّ العلامات الثقافية موجودة ومؤثِّرة على الصعيدين المسيحي الشرقي والشعبي العام، ومتغلغلة في بعض خصائص السلوك واللغة والعادات والمراسيم والأذواق، إن لم يكن بشكل واضح على السطح الرسمي والمؤدلج المعاصر، ولكنَّها كامنة في الجذور والعادات والعبارات العامية والقصص الفولكلوري والذوق السائد والمعتقدات. بل فوق هذا وذاك، فقد استشفَّ العديد من الدراسات الحديثة الجادَّة آثارَ التراث الكلاسيكي في الطبقات المعرفية العليا والمحدّدة لهوية الثقافة العربية الإسلامية، مثل الفقه وعلوم الدين وفي أنظمة الحكم والتجارة والزراعة وفي الانتاج الأدبي والفنِّي في العالم الإسلامي الأوَّلي ثم القروسطي وبالتالي الحديث والمعاصر أيضًا الذي ورث سابقه. وبالتالي لا يمكننا أن نهمل هذا التفاعل وهذا التأثير عند البحث في جذور الهويَّة الثقافية والأدبية والفنِّية والمعمارية العربية الإسلامية، كما فعلت غالبية الأيديولوجيات الحديثة من استشراقية غربية وعروبية وطنية وإسلامية لاحقًا، التي حاولت الانتقال بالتاريخ ما قبل الفتح الإسكندري إلى الامتداد الإسلامي بعد البعثة المحمَّدية، قافزة فوق ألف سنة من التاريخ الهلينستي والروماني الفاعل، كما لو أنَّها حصلت وبادت من دون أن تخترق السطح القاسي للتراث السامي القديم للمنطقة، أو تتفاعل معه، أو تؤثِّر عليه وتتأثَّر به.

## أدلجة التراث الكلاسيكي السوري (والشرقي عمومًا)

إنَّ الاعتزاز بالتراث الثقافي والحضاري والفنِّي والمعماري الكلاسيكي المحلِّي السلوقي والروماني والبيزنطي في سورية والانتماء إليه قد انتقل من السوريين، وارثي هذا التراث الشرعيين، إلى الأوروبيين الغربيين في عملية تحوُّل تاريخية متطاولة شارك فيها الطرفان، العربي الإسلامي والأوروبي الغربي، كلٌّ لأسباب سياسية وعقائدية خاصَّة به. فأوروبا القرنين الثامن عشر والتاسع عشر، أوروبا عصر التنوير، أوروبا عصر الفتوحات والاستكشافات والاستعمار التي كان علماؤها وباحثوها يجوبون العالم في سبيل تجميع كلِّ شاردة وواردة عن مختلف بقاعه، بسكَّانها وطبيعتها ومواردها، ثمَّ تبويبها وتمحيصها وإثباتها تمهيدًا للاستفادة منها واستثمارها علميًا واقتصاديًا، وفوق كلِّ شيء استعماريًا، وكذلك أوروبا التي وعت ذاتها وأدركت قوَّتها واستعملتها لكي «تفتح» العالم بالمعنى المطلق للكلمة، وتستعمره وتستغلَّه وفقًا لاحتياجاتها، هذه الأوروبا نسجت لنفسها تاريخًا مُركَّبًا، ملفَّقًا أحيانًا ومتعاليًا، وضعت نفسها في سدَّته، ورتَّبت الحضارات والشعوب والثقافات الأخرى، وفقًا لعلاقتها بها في الفترة الاستعمارية. فهي مثلًا قد استثنت ثقافات كاملة ذات تواريخ طويلة، مثل الثقافات الصينية والهندية والأميركية الأصلية، من المساهمة الفعَّالة في صناعة الحضارة العالمية التي وجدت نفسها على قمَّتها. وهي، من هذا الموقع، صنعت لنفسها سلسلة حضارية تاريخية متميِّزة ومتَّصلة من بدايات مصرية ورافدية وآرامية وأناضولية مفترضة، نسبت نفسها لها في بداية القرن التاسع عشر، عندما اكتشف العلماء الأوروبيون تقدُّم هذه الثقافات القديمة الحضاري والفنِّي وتأثيرها على الثقافة الكلاسيكية اللاحقة. ثمَّ استحوذت أوروبا الاستعمارية لنفسها على التراث الكلاسيكي كلِّه، من اليونان إلى روما إلى الحضارة الهيلينستية، وفي النهاية على المسيحية نفسها، مع أنَّ أوروبا الجغرافية لم تلعب دورًا يُذكر في أيٍّ من هذه الحركات الحضارية العملاقة التي جرت غالبيَّتها على ضفاف المتوسِّط، وبشكل خاص شرقه وجنوبه، حيث يعيش العرب اليوم، وحيث ترعرعت الكلاسيكية المتأخِّرة، وحيث وُلدت ونمت الديانات السماوية الثلاث التي أصبحت الثانية منها، المسيحية، الديانة الأوروبية بامتياز.

وقد ساهم العديد من المؤرِّخين ومنظِّري التاريخ والأركيولوجيين الأوروبيين، بدءًا من عمالقة عصر التنوير إلى أولئك الذين عملوا بدأب على كتابة التاريخ العالمي في أوج الحقبة الاستعمارية في القرن العشرين، كلٌّ في مجاله، في عملية الإقصاء والتحويل هذه كما بيَّن مارتن برنال في كتابه النقدي الحادّ «أثينا السوداء» (Black Athena -Martin Bernal) فهم قد

استبعدوا من هذه السلسلة كلّ ما يمكن أن ينسب الفضل في بعض إنجازاتها إلى غير الحضارة «الغربية»، وفقًا لتطوُّر معرفة أوروبا لنفسها وللآخر، سواء كان هذا الآخر معاصرًا أم بائدًا، مسلمًا أم مسيحيًا، شرقيًا أم غير ذلك، وحصروا الحضارة الغربية بسلسلة عابرة للثقافات، تركِّز على البعد الهندو-أوروبي وتقلِّل من شأن ما عداه، كما في حالة حصر دور الفلاسفة المسلمين في نقل الفلسفة اليونانية إلى أوروبا الوسيطة، من دون اعتبار إضافاتهم عليها ودورهم في صياغتها بشكلها ما بعد الكلاسيكي. ولم تأت هذه الخطوات دفعة واحدة، وإنما أخذت وقتًا وجهدًا بحثيًا تركيبيًا، وتلفيقيًا أحيانًا، كبيرين كان أحد أهمِّ إفرازاتها الثنائية المتضادَّة المأخوذة من عبارة تُنسب للأركيولوجي الألماني يوهان ڤنكلمان (J. Winckelmann): «روما أو الشرق» Rom oder Orient، لتحديد النموذج الحضاري الذي استقت منه أوروبا المسيحية أصولها الحضارية: هل هو الشرق أم الغرب؟ وطبعًا بقيت روما في النهاية، وأسقط شرق المتوسِّط وجنوبه (أي سورية ومصر والعراق وشمال أفريقية) الذي سيصبح عربيًا ومسلمًا ابتداءً من القرن السابع الميلادي، وبالتالي آخر بامتياز، من الانتماء إلى هذا التراث «الغربي» حصرًا أو حتّى من التأثير عليه، على الرغم من توافر أدلَّة كثيرة على هذا الانتماء أوّلًا وهذا التأثير ثانيًا، وخصوصًا في فترة الكلاسيكية المتأخِّرة والمسيحية المبكرة. ولكي يبرِّر المنظِّرون الأوروپيون في عصري التنوير والاستعمار هذا الإسقاط، قاموا باللجوء إلى فرضيَّتين أراهما واهيتين تاريخيًا وبنيويًا، وإن تابعهما في اعتماد هاتين الفرضيَّتين منظِّرو العروبة الأوائل والإسلاميون المحدثون إلى اليوم (بل ربما ازدادت وتيرة هذا الاستقطاب مؤخّرًا مع صعود المدِّ السلفيِّ ونظرته الحدية للتاريخ الإسلامي كاستثناء مترفِّع عن التاريخ العالمي ومستقلٍّ عنه).

أولى هاتين الفرضيَّتين هي أن الجذر «الساميّ» الدفين في المنطقة طغى على الوافد الكلاسيكي، الغربي هويةً بالطبع، خلال العهد الروماني وحوّر، ثمَّ أزال، تأثيرات العهد الهلينستي والروماني الثقافية، التي بقيت طوال الفترة نفسها سطحية ودخيلة وخارجية، ليعيد إلى الساحة أدوات تعبيرية «ساميَّة» صميمة مثَّلتها مقاومة اليهود بشكل خاص، وربَّما غيرهم من شعوب المنطقة، للتأثير الهلينستي والروماني، الذي تلاه صعود الديانة اليهودية الأرثوذكسية في الفترة الانتقالية بين السلوقية والرومانية الرافضة للهلينستية وللديانة التوفيقية الرومانية، ومن بعدها ظهور المسيحية الشرقية بكنائسها المختلفة والمخالفة للكنيسة الإمبراطورية. هذا الجذر السامي صعد على حساب الفلسفة والمنطق الإغريقيين والديانات التركيبية الهلينستية والرومانية أوّلًا، وكنيستي القسطنطينية وروما الرسميتين لاحقًا، التي لم يتغلغل تأثيرها لما هو أعمق من الطبقات المرفَّهة والمكلسكة ثقافيًا أساسًا. هذا التفسير الطويل الأمد، الذي

يعدُّ من أهمِّ دعاته المؤرِّخ الانجليزي الشهير والمتخصِّص بالفترة الرومانية أ. هـ. م. جونس (A. H. M. Jones)، والذي نظَّر لتطوُّر علاقة اليهود بالإغريق والرومان بين القرن الثالث قبل الميلاد والثالث بعده، هشٌّ تاريخيًا وعنصري عرقيًا. فهو يعتمد على نموذج واحد، اليهودي الأرثوذوكسي، ويسقط ملاحظته عن تطوُّره في الفترة الهلنستية، على كلِّ أقوام المنطقة وعلى تعاملهم مع وجود حضاري هلينستي وروماني حولهم ومعهم لقرون متطاولة. وهو عنصري أيضًا، لأنَّه يفترض سمات أساسية وجوهرية في الشخصية الساميَّة، تتشارك فيها كلُّ الأقوام التي وسمت بالساميَّة من بابل إلى آكاد وآشور، ثمَّ إلى آرام وفينيقا ويهودا وغيرها، وتتخالف جذريًا مع سمات أساسية وجوهرية أخرى، تتشارك فيها كلُّ الأقوام التي سُمِّيت مجموعة الشعوب الهندو-أوروبية، بما فيها بعض الشعوب الشرقية جغرافيًا، ولكن المحسوبة على الغرب، على الأقلِّ تاريخيًا، مثل الفرس والحثِّيين.

وقد استلزم هذا التقسيم والتفريق والعزل تلاعبًا أكروباتيًا من قِبل المؤرِّخين الأوروپيين لتعليل كيفية تقمُّص أوروپا القروسطية المسيحية لهوية كلاسيكية لم تختبرها مباشرة، فيما عدا إيطاليا وإسبانيا وبعض فرنسا، وكيفية تقبُّل هذه الأوروپا نفسها للمسيحية، وهي على ما هي عليه من التجذُّر في الفكر «السامي» التقيِّ والمؤمن بالغيبيات والمعجزات والخرافات، ممَّا يتعارض والتراث الكلاسيكي المنطقي والعقلاني، على زعم المنظِّرين الأوروپيين العنصريين. هذه الفرضية الواهية هي ما استعملته تلك الأدبيات العنصرية الأوروپية، خاصة في فترة صعود القوميات المتشدِّدة والمدِّ الاستعماري في قارتي آسيا وأفريقيا في نهاية القرن التاسع عشر وبداية القرن العشرين، في التاريخ والأركيولوجيا وتاريخ الفكر والدراسات الثقافية عامَّة، لتبرير إسقاط الوجود الكلاسيكي المتطاول في سورية وفلسطين والعراق ومصر من قائمة المؤثِّرات الحضارية على هويَّة المنطقة، كما لو أنَّ المنطقة كان لها هويَّة فوق-تاريخية ومتجذِّرة جوهريًا، وهي ما سُمِّي «بالهويَّة الساميَّة»، التي انضوت تحتها كلُّ الشعوب التي سكنت المنطقة وتكلَّمت بلغة ساميَّة (على عكس تلك الشعوب التي سكنت المنطقة أيضًا ولم تتكلَّم لغة ساميَّة، مثل السومرية والحثِّية والإغريقية واللاتينية، والتي اعتبرت بالتالي دخيلة على المنطقة). وفقًا لهذه النظريَّة، المتعنِّتة واللاتاريخية برأيي، يبدأ تاريخ هذه «الهويَّة الساميَّة» من الأصول السحيقة للقبائل المهاجرة من جنوب جزيرة العرب، التي أسَّست دولًا وثقافات في منطقتي الرافدين والهلال الخصيب، ويمرُّ فوق الفترتين الهلينستية والرومانية من دون أن يتواصل معهما، بل ينتهي برفضهما واجتثاث كلِّ مؤثِّراتهما من تراثه وهويَّته، ليستمرَّ حتَّى اليوم من دون أيِّ انقطاع أو تحوير في تعبيره عن نفسه بشكل واضح ورئيسي كمضادٍّ ثقافي معاكس للحضارة الغربية،

التي استحوذت بدورها على كلِّ التراث الكلاسيكي، كما لو أنَّه أُنتج وطُوِّر على أرضها وفي بيئتها، وما هو بذلك.

## أدلجة التاريخ العربي

هذا التاريخ المسيَّس والمؤدلج نفسه، هو ما اقتبسته الأدبيات العربية الوحدوية التي ظنَّت أنَّها بإصرارها على استقلالها الحضاري وانفصالها عن التراث الكلاسيكي، الغربي ادِّعاءً، تقارع حجج الاستعمار والاستشراق، ولو أنَّها في تنظيرها هذا لم تفلت حقيقة من ربقة الاستقطاب التاريخي الذي أسَّست له أوروبا العنصرية الحديثة. ظهرت بوادر هذا التنظير لاستقلالٍ تاريخيٍ وثقافيٍ عن التراث الغربي المفترض ابتداءً من صعود الوعي الهويَّاتي العربي في نهايات الدولة العثمانية، عندما طغت القومية الطورانية التركية على الخطاب السياسي العثماني، وأجبرت العرب على التفتيش عن جذور هوياتية لهم مختلفة عن الجذور التي تشارك فيها معظمهم مع العثمانيين، أي الإسلام. وقد استخدم منظِّرو العروبة الأوائل كُتب التراث بالإضافة إلى المعارف الحديثة التي طوَّرها الأوروپيون في التاريخ والأركيولوجيا والآثار والألسنيات لاستشفاف التاريخ العربي كتاريخ مغرق في القدم، يتجاوز في أصوله الإسلام، وكفرع شبه مستقلٍّ عن تطوُّر الإسلام بعد ظهوره في شبه الجزيرة العربية، بل ربما كمقاومٍ له بحكم انتماء الغالبية المطلقة من العرب الشوام للمسيحية، بشكل خاص في الفترة الأموية التي تميَّزت بعروبيتها الشوڤينية نوعًا ما، وباعتمادها المطلق على العنصر العربي في بناء دولة الإسلام الأولى. نجد أصداء هذا الوعي التاريخي في كتابات المسيحيين الشوام، حاملي لواء العروبة الأوَّل من أمثال بطرس البستاني، فرح أنطون، جرجي زيدان، شبلي شميل، وأديب إسحق. وقد تبعهم في ذلك بعض المسلمين المتنوِّرين مثل محمد كردعلي، أحمد فارس الشدياق (الذي تحوَّل من المسيحية إلى الإسلام)، وشكيب أرسلان، الذين ناوسوا بين الانتماء العربي والهوية الإسلامية، وبدأوا ما سيصبح لاحقًا ساحة صراع فكري وعقائدي بين القوميين والإسلاميين. وقد ظهر ضمن هذا الاتجاه تيَّار أراد الانتقال من التحرُّر من التراث الإسلامي المشترك مع العثمانيين إلى التماهي المباشر مع الثقافة الغربية المعاصرة، من دون الاتِّكاء على التراث العربي أو إعادة إحيائه، كما حاول أعلام النهضة العربية في نهايات القرن التاسع عشر. قاد هذا التيَّار كتَّاب ومفكِّرون كبار، من أمثال لطفي السيِّد وسلامة موسى وطه حسين، ولكنَّ لظروف نشأته وتاريخه وانتهائه بالتماهي مع المدِّ الجارف للهويَّة العربية الإسلامية قصَّة أخرى بعيدة عن هذا البحث.

لم تتبلور الهوية العربية القومية فكريًا وأيديولوجيًا إلَّا بعد انهيار الحلم العربي الساذج

بالحصول على دولة عربية موحَّدة من اليمن وحتَّى سورية مستقلَّة عن العثمانيين، بمساعدة الدول الأوروپية الاستعمارية، بشكل خاص فرنسا وبريطانيا، التي كان لها مخطَّط آخر مغاير انتهى بوضع دول المشرق العربي كلِّها تحت الانتداب، بعد أن كانت دول شمال أفريقية قد سقطت مباشرة فريسة الاستعمار الأوروپي. كتابات ساطع الحصري وزكي الأرسوزي، الأبوين المؤسِّسين للفكر القومي العربي، وحتَّى كتابات الجيل العقائدي الجديد منذ أربعينات وحتَّى ثمانينيَّات القرن العشرين، وافقت على اجتثاث التراث الكلاسيكي من تاريخ المنطقة على أنَّه تراث استعماري استيطاني، واستبدلت صفة «ساميَّة» بصفة «عربية» في طروحاتها العقائدية التاريخانية، مع محافظتها على الإطار فوق-التاريخي نفسه الذي يعود بجذوره إلى جزيرة العرب قبل البعث الإسلامي، ويساير في حركته حركة القبائل المهاجرة شمالًا من الصحراء إلى الأرض المرويَّة، والتي أسَّست لنفسها ثقافات متنوِّعة في مختلف أرجاء الهلال الخصيب، امتدَّت منذ الألفية الثالثة قبل الميلاد وإلى ما بعد الإسلام.

يبدأ هذا التراث الثقافي «العربوي»، حسب هؤلاء المنظِّرين، مع حضارات ما بين الرافدين، من آكادية وبابلية وآشورية (من دون أيِّ تبرير لاختلافها عن الحضارة السومرية السابقة عليها، والتي لا تعود إلى أصول ساميَّة)، إلى حضارات الهلال الخصيب الآرامية والكنعانية والفينيقية، ثم يمرُّ إلى الأنباط والتدمريين واللخميين والغساسنة والمناذرة في سلسلة متَّصلة، تنبع من جزيرة العرب، وتصبُّ في الهلال الخصيب، مُسقطًا المقدونيين والرومان والبيزنطيين وغيرهم مثل سكَّان الجزر الغامضي الأصل (وعلى رأسهم الفلسطينيين) على أساس أنَّهم مستعمرون خارجون عن المنطقة وعن نقائها العرقي والحضاري، قبل الولوج إلى العصر الإسلامي الذي مثَّل فيه العنصر العربي المكوِّن السكَّاني الأصيل والوحيد، وبقي النبط والروم والفرس والديلم والأتراك والأكراد وغيرهم عناصر طارئة أو دخيلة، بغضِّ النظر عن أنَّ بعضها قد استوطن المنطقة لمئات السنين، ولعب دورًا في توجيه تاريخها وتكوين شخصيَّتها المعاصرة، ولم يزل.

ولكي يبرِّر انتقائيته الحضارية، دمغ الخطاب القومي في فترة صعوده في خمسينيات وستينيات القرن العشرين هذه الثقافات كلِّها بالعربية، من الآكادية والبابلية والأرامية والفينيقية والكنعانية وحتَّى الغسَّانية واللخمية وبعدها الأموية والعبَّاسية والفاطمية والأيُّوبية وحتَّى المملوكية (التركية عرقًا) واعتبرها منبع تراثه هو ومقدِّمات لبعث العرب تحت راية الإسلام في القرن السابع وبعث آخر مرتقب في المستقبل القريب. ولم يكتف هذا الخطاب بذلك التركيب بل استثنى ثقافات أخرى من سلسلته الحضارية العربية لا لسبب إلَّا لأنَّها لم تحصل على امتياز

«الساميّ» الأوروبي المنبت والعنصري الهوى أساسًا، مثل الديلم والأكراد والأتراك الكيپشاك والشركس، على الرغم من أنَّها نمت وترعرعت وأبدعت في المحيط الجغرافي والتاريخي نفسه لبلاد العرب. وما زالت بعض الأدبيات المعاصرة تقدِّم التاريخ ضمن هذا الإطار العنصري فوق-التاريخي وإن بحلل جديدة، ولكن بنفَس مبالغ فيه لتعويض الإحساس بالإحباط الذي تعاني منه فكرة العروبة الوحدوية عمومًا اليوم، بعد أن انطفأ بريقها الأصلي الذي استحوذت عليه عندما قدَّمها أوائل المنظِّرين القوميين كفكرة تحرُّرية في صراع الأمَّة مع الاستعمار ومع إسرائيل، وكحتمية تاريخية تستمدُّ شرعيَّتها من النظريَّة القومية التي كانت النظريَّة الناظمة الأكثر رواجًا في الفكر السياسي والاجتماعي الأوروپي في القرنين التاسع عشر والعشرين.

أما الفرضيَّة الثانية التي استنبطها المستشرقون وتبعهم فيها بعض الإسلامويين الأصوليين والسلفيين بشكل خاص، فهي أنَّ المنطقة قد فقدت ارتباطها بما علق فيها من التراث الكلاسيكي بعد مجيء الإسلام واكتساحه لكلِّ ما قبله، وهذا ما حتَّمته الضرورة العقائدية التي أرادت بناء تاريخ الحضارة الإسلامية الجديدة على أرضية جديدة طاهرة ونظيفة تبدأ مع البعثة المحمَّدية وتنسب ما قبلها إلى «الجاهلية»، وتتقافز عبر الزمن مختارةً لحظات متألِّقة، ونافيةً عن نفسها لحظات أقلَّ تألُّقًا لكي تتوقَّف عند نقطة نهاية تراوح في موقعها بين نهاية الخلافة الراشدة وقمَّة الخلافة العباسية، وتعتبر كلَّ ما جاء بعدها انحطاطًا وابتعادًا عن الأصول واختلاطًا بالأمم المغلوبة، يجب التطهُّر منه والعودة إلى الأصول النقيَّة. والنسخة المخفَّفة من هذه الفرضية لا تختلف كثيرًا عن الفرضيَّة الأولى، فرضيَّة الاستمرار العنصري المنقَّى، القائلة بأنَّ الإسلام لم يكتسح كلَّ ما كان قبله، وإنَّما أتى لكي يصحِّح التراتبية الحضارية في المنطقة، ويعيد إليها «وجهها الأصيل»، نافضًا التأثيرات الغريبة والخارجية عنها، حتَّى تلك التي استمرَّت فيها من دون انقطاع لمدَّة ألف سنة كالحضارة الكلاسيكية بمختلف مراحلها! هذا بطبيعة الحال مستحيل، والتاريخ الإسلامي ذاته بإنجازاته الحضارية والفكرية والمعرفية يكذِّب ذلك. بل أنَّ التاريخ الفكري والفنِّي والمعماري الإسلامي مليء بالشواهد على تقاطع وتواصل واقتباس مستمرٍّ من التراث الكلاسيكي في المنطقة، بعضه معترف به ومفتخر به في الأدبيات الاستشراقية والإسلامية التاريخية والمعاصرة في الوقت نفسه، كالفلسفة والرياضيات والطبِّ والصيدلة والزراعة والفلك، وبعضها مجهول، كالفنِّ والعمارة والأدب، أو مهمَل عمدًا أو عن قُصر نظر من قبل بعض أو كلِّ الأطراف، كالقانون والتشريع والفقه واللاهوت والتصوُّف والنحو والخطابة. ومع أنَّ الحضارة الإسلامية قد نظرت شرقًا، إلى إيران وما وراءها من الهند والصين، بعد الفترة الأموية وخلال العصور الوسيطة كلِّها حتَّى القرن الثامن عشر لاستلهام تعبيراتها الثقافية

والمعرفية والفنِّية، فهي لم تهمل أبدًا التواصل مع التراث الكلاسيكي أو الغرب المتوسِّطي، والأهمُّ من ذلك، فهي لم تنسخ أو تستبعد أبدًا التراث الكلاسيكي في الأراضي التي أصبحت لبَّ الحضارة الإسلامية وموئل الثقافة العربية، أي الشام والعراق ومصر، والتي استمرَّت في العطاء المتواصل والمرتكز على خلفيَّته الكلاسيكية طوال التاريخ الإسلامي الأوَّل والوسيط من دون نكران أو تشويه أو عقد نقص.

# 7
## استمرارية عمارة القرى المنسيَّة في القرون الوسطى

يظهر التواصل الثقافي بين التراث الكلاسيكي السوري المتأخِّر وتاليه الإسلامي المبكر والوسيط أكثر ما يظهر في العمارة: «كتاب التعبير الأوَّل والأزلي للحضارات قبل اختراع الطباعة»، كما وصفه ڤيكتور هوغو. والقرى المنسيَّة برأيي، هي أسطع دليل على أنَّ لغة الكلاسيكية المحلِّية الفنِّية والمعمارية قد تغلغلت في قلب ذائقة المجتمع السوري العربي والإسلامي، وأصبحت لغته المعمارية التي تميِّزه عن غيره من المجتمعات التي شاركته منهله الحضاري الهيلينستي أوَّلًا، والعربي-الإسلامي لاحقًا، مثل مصر والأناضول، ولو أنَّها تربطه بها في آن واحد، كما أنَّها تربطه بالتراث الكلاسيكي العالمي ككل. وقد بقيت هذه اللغة المعمارية «المكلسكة» -إن صحَّ التعبير- فاعلة ومؤثِّرة حتَّى بعد مجيء الإسلام، كما يبدو جليًّا لكلِّ دارس للعمارة الأموية التي أنتجت روائع معمارية وفنِّية مميَّزة، تحمل في ذاتها معالم مكوِّناتها الثقافية المختلفة، والمتعارضة أحيانًا. ولعلَّ أبدع هذه المنجزات في مجال العمارة التي ما تزال قائمة، تسحر الرائي، هي قبَّة الصخرة، التي اعتمدت المخطَّط الروماني للضريح (Martyrium) أساسًا لمخطَّطها، والفسيفساء المقتبسة والمحوَّرة عن موديلاتٍ كلاسيكيةٍ عمادًا لزخرفتها، والمسجد الأقصى في القدس والجامع الأموي الكبير في دمشق، وغيره من الجوامع الأصغر في حلب وحماة والرملة، التي ما زالت تحتفظ ببعض من أسسها الأموية، والتي أخذت بعضَ معالمها من طراز البازيليكا، أو المعابد الكلاسيكية الشامية، وأعادت استخدام أعمدة وتيجان كورنثية وأفاريز رومانية بطريقة واعية وهادفة.

وهناك أيضًا القصور المختلفة والمتوزِّعة على تخوم بادية الشام وشرق الأردن، وفي سهول البقاع والحولة والغور، مثل قصري الحير الغربي والشرقي والرصافة في سورية وعنجر في لبنان، وقصور الحرانة والحلابات والموقر والقسطل والمشتى وقصير عمرة وخربة المفجر

في الأردن وفلسطين، التي لا تخطئ العين الأصول الكلاسيكية المحوَّرة سوريًا لمخطَّطاتها وواجهاتها وزخارفها ومواد بنائها، وتزيينها من حجر وفسيفساء وجبس وفريسكو، ومواضيع هذا التزيين التي لا تختلف عن مواضيع التزيين الكلاسيكية المتأخِّرة في المنطقة سوى بنُدرة اعتمادها على العنصر البشري، ولو أنَّها لا تلغيه نهائيًا. **(الشكل 19)** وقد أثبت العديد من الباحثين المعاصرين أنَّ الأمويين في عمارتهم - بل وفي كلِّ مناحي النشاط الحضاري الذي موَّلوه ورعوه- كانوا يقومون بالاستحواذ على كلِّ ما يلاقي هواهم من أساليب وأذواق ودقائق زخارف الثقافات السابقة في بلاد الشام، وبشكل خاصٍّ الفترتين الرومانية والبيزنطية لقربهما من عهدهم، ويضيفون عليها من عندهم، ويدمجونها في خلق أشكال جديدة وأساليب مناسبة لهم، ومعبِّرة عن عقيدتهم وتطلُّعاتهم وتوجُّهاتهم، ونظرتهم لتاريخهم ورؤيتهم لأنفسهم ضمن

الشكل 19: بوابة قصر الحير الغربي في البادية السورية.

محيطهم الحضاري الجديد والواسع الذي ضمَّ تراث الإمبراطوريتين السابقتين، البيزنطية والساسانية الفارسية، اللتين ورثتا فيما بينهما تراث العالم القديم كله.

فالأمويون على ما يبدو لم ينظروا لأنفسهم على أنَّهم حكَّام دولة إسلامية فتيَّة تتمدَّد وحسب، بل اعتبروا أنَّهم قد دخلوا بفضل هذه الفتوحات الساحة العالمية، وأنَّهم يستحقُّون أن يكونوا حكَّام العالم القديم الجدد، وأنَّهم يستمدُّون بعض شرعيتهم من تماهيهم مع سابقيهم من حكَّام هذا العالم القديم في روما أو القسطنطينية أو فارس، بل وتفوُّقهم عليهم كما يظهر في فريسكو رائع، ولو أنَّه ممحيٌّ تقريبًا في قصير عمرة في الأردن. في هذه اللوحة المعبِّرة، والمؤرَّخة بتاريخ القصر الصغير نفسه، أي في الربع الأوَّل من القرن الثامن، خلال حكم الوليد بن عبد الملك (705-715) أو ربَّما الوليد بن يزيد (743-744)، يبدو ملك جالس بعباءته وما يشبه قلنسوة فوق رأسه، وعلى يمينه يقف ستَّة ملوك، ثلاثة في كلِّ صفٍّ، كلٌّ منهم في زيِّه الملكي المختلف، وكلٌّ منهم يمدُّ يديه باتجاه الملك الجالس، بحركة أوَّلها المؤرِّخون على أنَّها علامة احترام وتبجيل. وكان قد بقي من الأسماء الستَّة التي كُتبت بالعربية واليونانية فوق رأس الملوك الستَّة أربعة إسماء عندما اكتشف القصرَ الرحالةُ ألويس موزيل (Alois Musil) عام 1898 وهم: قيصر وكسرى والنجاشي ولذريق، حاكم إسبانيا القوطية، الذي قُتل خلال فتح الأندلس سنة 711. وقد استنتج المؤرِّخون أنَّ الشخصين الآخرين لا بدَّ من أنَّهما: ملك الصين، وخاقان أتراك آسيا الوسطى، حاكما المنطقتين الأخريين اللتين كانتا هدفًا للفتوحات الإسلامية في الفترة الأموية الوسيطة. وأُوِّلَت اللوحة كلُّها من قِبل أوليغ غرابار (Oleg Grabar)، على أنَّها تمثِّل مجمع الملوك، وأنَّ الملك الجالس هو الخليفة الأموي، الذي اكتسب بفضل فتوحاته مركز الصدارة بين ملوك العالم، الذين يعترفون به هنا كواحد منهم، ومتفوِّق عليهم في الآن نفسه، بحيث استحقَّ احترامهم.

يمكننا من خلال هذه اللوحة، ومن خلال غيرها من الدلائل المعمارية والفنِّية الأموية الباقية (وهي للأسف قليلة ومعرَّضة للضياع، ولا يوجد مراجع أصلية من العصر الأموي تتحدَّث عنها)، ملاحظة أنَّ الأمويين عندما اقتبسوا عناصر عمارتهم من عمارات بيزنطة وفارس، وروما قبلهما، لم يقوموا بذلك من موقع ضعف واستتباع حضاري أو جهل ثقافي، كما اتَّهمهم مؤرِّخون مسلمون مغرضون من العصر العبَّاسي، أو أوروبيون استشراقيو التوجُّه من القرن التاسع عشر وبداية القرن العشرين. بل يبدو أنَّهم استحوذوا على هذه اللغة المعمارية التي طوَّروها كجزء من إرثهم الحضاري، الذي اكتسبوه بفضل فتوحاتهم وإنشائهم لإمبراطورية مترامية الأطراف،

وكذلك بفضل انتمائهم لهذا المحيط الحضاري نفسه الذي فتحوه في سورية ومصر والعراق وفارس، وكانوا يعرفونه تمام المعرفة قبل الإسلام، بل وربما صاهروا منه بعض العائلات العربية المسيحية والمتبزنطنة أو المتفرِّسة (من بيزنطة وفارس) مثل الغساسنة الذين نعرف أنَّهم كانوا على علاقة مع الأسرة الأموية. والأمر نفسه ينطبق على بنَّائيهم من أبناء سورية ومصر البيزنطية أو العراق الفارسي، الذين استخدموا في تنفيذ الأبنية التي طلبها رعاتهم الجدد اللغة المعمارية التي يتقنونها، أي لغة الكلاسيكية المتأخِّرة المحوَّرة سوريًّا، والتي كانت على ما يبدو مفهومة من قبل رُعاتهم الأمويين، الذين تطلَّبوا مع ذلك تحويرات وتغييرات فيها توافق أذواقهم ورؤيتهم وعقيدتهم. أي أنَّ الجميع، بنَّائين محليين ورعاةً أمويين جددًا، كانوا عارفين بأسس العمارة السورية الكلاسيكية المتأخِّرة، التي شكَّلت أساس العمارة الإسلامية البازغة، والجميع أيضًا كانوا واعين أنَّ العصر الجديد الذي بدأه العرب الأمويون على أساس دينهم الجديد ولغتهم العربية المدعومة قرآنيًا، يتطلَّب خلقًا جديدًا وتعبيرات جديدة توافق العقيدة الجديدة وأدواتها التعبيرية الناشئة. بمعنى آخر: كانت العمارة الأموية هجينةً ثقافيًا ومعماريًا ومعرفيًا بشكل واعٍ ومقصود (كما كل انتاج ثقافي في حقيقة الأمر).

## هجنة العمارة الإسلامية القروسطية في سورية

هذه الخاصية نفسها تنطبق على العمارة السلجوقية والزنكية والأيُّوبية التي بزغت في القرنين الثاني عشر والثالث عشر، بعد ضمورٍ معماري حادٍّ عانت سورية منه في الفترتين العبَّاسية والفاطمية، تحديدًا في الشمال والجزيرة. فقد ظهرت في هذه العمارات المتوقِّدة (والصاعدة بصعود هذه السلالات المحاربة التركية المفعمة حيويَّة وتوثُّبًا إلى سدَّة الحكم في شرق البحر الأبيض المتوسِّط) علامات تأثيرات كلاسيكية متأخِّرة، بعضها يمتُّ بصلة إلى العمارة البيزنطية والأرمنية المعاصرة في الأناضول، التي نهلت من المنبع الثقافي-التاريخي نفسه، والتي كانت أرضها مسرح توسُّع السلالات التركية الأساسي، وبعضها يعود إلى جذور أكثر قدمًا، رومانية بل وهلينستية محلِّية، كانت شواهدها ما تزال شامخة في سورية والجزيرة والأناضول. وقد لفت هذا التعاطي أو الاقتباس من التراث الكلاسيكي المتأخِّر في العمارة القروسطية انتباه مؤرِّخي الفنِّ المعاصرين، فكتب عنها أوَّلًا المؤرِّخ والأركيولوجي الألماني المشهور، إرنست هرتزفلد (Ernst Herzfeld)، في بحثه المهمِّ عن العمارة في دمشق الذي نشره على أربعة أجزاء في مجلَّة الفنِّ الإسلامي Ars Islamica، في الأعوام 1924 و1946، وبعدها في كتابه القيِّم عن الكتابات العربية في سورية الشمالية، وتحديدًا في حلب، بعنوان:

Matériaux pour un Corpus Inscriptionum Arabicarum, Deuxième Partie : Syrie du Nord, Inscriptions et Monuments d'Alep المنشور عام 1954 وترجمته العربية: «مواد لأجل دليل الكتابات العربية: سورية الشمالية، كتابات وأوابد حلب».

وقد حفظ لنا هرتزفلد في كتاباته، وفي أرشيفه غير المنشور، مخطَّطات وصور المباني العائدة لتلك الفترة ونقوشها وكتاباتها، وطرح آراءه عن أشكالها ومخطَّطاتها الأصلية وجذورها المعمارية، ما يشكِّل أساسًا لا مفرَّ منه لكلِّ دراسة معاصرة لهذه العمارة اليوم. جاء بعد هرتزفلد الألماني مؤرِّخ الفنِّ البريطاني، مايكل روجرز (Michael Rogers) الذي نشر عام 1971 مقالًا مسهبًا عن العمارة السورية في الفترة الوسيطة، عنوانه: «إحياء التراث الكلاسيكي في سورية الشمالية»، A Renaissance of Classical Antiquity in North Syria، ركَّز فيه على مجموعة المباني التي بُنيت في حلب ومنطقتها على عهد نور الدين بن زنكي ومعاصريه، والتي ظهرت فيها بشكل واضح تأثيرات كلاسيكية، أَوَّلها روجرز كما يبدو واضحًا من عنوان مقاله بأنَّها إحياء أو استعادة، ولم يفرِّق بينها حسب المنطقة أو المرجعية.

جاء بعد روجرز المؤرِّخ المعماري الأمريكي تيري آلان (Terry Allen)، ليطلق على هذه العمارة اسم «عمارة الإحياء الكلاسيكي» في كتابه «إحياء كلاسيكي في العمارة الإسلامية»، عام 1986، A Classical Revival in Islamic Architecture، بسبب العناصر الكلاسيكية، أو المكلسكة مع تأثيرات إسلامية واضحة في تفاصيلها، والتي فصَّلها في كتابه. وقد قسَّم آلان عملية الإحياء إلى قسمين: قسم مكوَّن من سلسلة متَّصلة، وإن كانت نماذجها مختلفة الموقع والراعي والتأثيرات، وتمتدُّ لمدَّة قرن تقريبًا، وقسم متمحور حول أربعة أبنية، بناها الملك العادل نور الدين بن زنكي في حلب، خلال عقدٍ من الزمن 1149–1159، ويظهر فيها تأثير عمارة المدن الميِّتة بشكل واضح، على عكس القسم الأوَّل الذي تنتمي مبانيه لاستعادة غير واضحة وغير غائية على ما يبدو للعمارة الكلاسيكية المتأخِّرة بشكل عام. وقد انتقد مؤرِّخ الفنِّ جوليان رابي (Julian Raby) تقسيم آلان في مقال له نُشر عام 2004 في مجلَّة (Muqarnas)، وحاول أن يبرهن أنَّ افتراض إعادة إحياء الكلاسيكية في سورية القروسطية صعب للغاية، وأنَّ أفضل وسيلة لفهم الإشارات الكلاسيكية المتأخِّرة في عمارة سورية والأناضول في القرن الثاني عشر هي بدراسة كلِّ مبنى وعمارته وزخرفته على حدة، (وهذا ما فعله بالنسبة لمبنيين مهمَّين على قائمة آلان، قسطل الشعيبية في حلب وجامع ديار بكر السلجوقي) وتبيان خصوصية العلاقة بين عمارة كلِّ مبنى ومراجعه الكلاسيكية المتأخِّرة أو السورية المكلسكة. أي أنَّ رابي لم يكتف

فقط بدحض نظريَّة الاستعادة أو الإحياء الكلاسيكي في سورية القروسطية، التي طرحها كلٌّ من آلان وروجرز قبله، وهذا رأي أشاركه فيه، بل إنَّه حاول دحض وجود حركة معمارية واضحة المعالم تنتمي إلى أو تستلهم العمارة الكلاسيكية المتأخِّرة عمومًا في سورية القروسطية، وبشكل خاص خلال حكم الملك العادل نور الدين في حلب والمناطق المحيطة بها، ووجد أنَّ لكلِّ نموذج يوحي بالاستلهام من العمارة الكلاسيكية المتأخِّرة تفسيرًا يرتبط بظروف إنشاء المبنى وموقعه والغاية المرجوَّة من بنائه، أكثر من وجود حركة تصميم معماري واعية وهادفة تستند على التراث الكلاسيكي في شمال سورية. وهذا رأي لا أوافق عليه، وإن كنتُ أقدِّر لجوليان رابي تمحيصه في المؤشِّرات المعمارية، وتمييزه بينها، ومحاولته ربطها بظروف البناء من جهة وبمحتوى الكتابات القرآنية والتاريخية المنقوشة على سطح المباني المدروسة، ما يعطيها نكهة إسلامية واضحة بطبيعة الحال.

أمَّا الباحث المعاصر الذي ركَّز أكثر من غيره على عمارة سورية الشمالية في القرون الثلاثة التي نحن بصددها، من القرن الحادي عشر وحتَّى نهاية القرن الثالث عشر، فهو مؤرِّخ الفنِّ السوري-الأمريكي ياسر طبَّاع. وهو في أطروحته للدكتوراه عن عمارة نور الدين ومجموعة مقالات وكتابين، آخرهما كتابه «تحوُّلات الفنِّ الإسلامي خلال الإحياء السنِّي»، الصادر عام 2002، The Transformation of Islamic Art during the Sunni Revival، قد طوَّر وجهة نظر خلَّاقة فيما يتعلَّق بتأثير العمارة السورية الشمالية الكلاسيكية المتأخِّرة على العمارة السورية الشمالية القروسطية ترى في هذا التأثير «استمرارًا كلاسيكيًا سوريًا». وأنا، في كتابي هذا، أميل إلى فرضية ياسر طبَّاع عن الاستمرار الثقافي، ولو أنَّ لديَّ رأي آخر بالنسبة إلى دوافعه وأسبابه ونتائجه، بل وحتَّى استمراريته. فأنا هنا لا أرى في انعزال منطقة المدن الميِّتة وانقطاعها عن التطوُّرات المعمارية والثقافية في العالم الإسلامي الواسع، الذي تحوَّل مركزه شرقًا إثر انهيار الدولة الأموية، كما يشرح طبَّاع، لا أرى فيه سببًا أساسيًا وكافيًا لتبرير ظهور تأثيرات من عمارتها في عمارة حلب الزنكية وديار بكر السلجوقية وميافارقين الأرتوقية ومعرَّة النعمان الأيُّوبية على حدٍّ سواء، بالإضافة إلى مبانٍ أخرى في مدن أبعد أو في حالات من الحفظ لا تسمح لنا باستشفاف أشكالها الأصلية تمامًا، كجامع حرَّان العائد لنهاية القرن الثاني عشر أو أبواب القاهرة الفاطمية الحجرية النحيتة الثلاثة، التي يقول المؤرِّخون إنَّ بُناتَها ثلاثةُ أخوة من الرها (أورفة اليوم) السورية والأرمنية على عهد الوزير الأرمني بدر الدين الجمالي (كان وزيرًا من 1074 إلى 1094). ومع ذلك، فهناك في نظريَّة الانعزال هذه قاعدة لفهم محدودية التنويعات التي نشاهدها في المباني القروسطية المكلسكة وفي طغيان بعض العناصر عليها، وبشكل

خاص الأفاريز المستمرَّة، التي شكَّلت علامة مميَّزة ودلالة انتماء واضحة على عمارة المدن الميِّتة في الفترة الكلاسيكية المتأخِّرة.

وأنا أيضًا أميل إلى نسبة الاختلافات في مظاهر الكلسكة في العمارة السورية القروسطية، وامتداداتها في الأناضول وفي القاهرة الفاطمية إلى المدارس الفنِّيَّة المعمارية القائمة في ذلك الوقت، وإلى خلفيَّات وميول المعماريين البنَّائين وثقافتهم واطِّلاعهم على التراث الذي يمثِّلونه ويعملون ضمن معاييره، أكثر من نسبتها إلى الظروف السياسية والعقائدية المحيطة بالمبنى نفسه، أو برعاته ومموِّليه من الحكَّام والمتنفِّذين في الدولة. هذا الرأي للأسف سيبقى مجرَّد رأي، لأنَّنا لا نملك أيَّة معلومات عن هؤلاء البنَّائين، سوى بعض من أسمائهم ونسبة بعضهم إلى منطقة المدن الميِّتة، أو إلى مدن وبلدات قريبة منها، عاشت هي أيضًا عصر الازدهار الكلاسيكي. ولكنَّ ما أودُّ هنا التأكيد عليه نابع من منطلق الاعتراف بدور البنَّائين فيما يبنونه عمومًا، حتَّى لو لم نعرف الكثير عن خلفيَّاتهم، من جهة، والتأكيد على دور المعرفة المعمارية وحدودها وامتداداتها في تشكيل العمارة، أيًا كانت أهداف المموِّلين وآرائهم. فالمعماري القروسطي بشكل عام، المحدود الاطِّلاع والمتجذِّر في تقليده البنائي الذي تعلَّمه بالممارسة منذ الصغر، لا يمكنه أن يخرج عمَّا يعرفه وما يمكنه استنباطه وما يمكنه التهجين به انطلاقًا من قاعدته المعرفية المعمارية، إلَّا فيما ندر، مهما كانت رغبة الرعاة والمموِّلين مغايرة ومتطلِّبة لما هو مخالف لهذه القاعدة المعرفية المعمارية. من هنا يمكننا أن نفهم سياق نشوء وارتقاء الطُرز المعمارية التقليدية، وأن نقدِّر حدود الابتكار والتطوير من جهة، وقوَّة تأثير النماذج السابقة من جهة أخرى، وحدود هذا التأثير التي تؤطِّرها معرفة البنَّائين وامتداد رقعة عملهم جغرافيًا وسفرهم واطِّلاعهم.

## الاستمرار الفنِّي والمعماري

من هذا المنطلق فإنَّ النظريَّة التي أقدِّمها هنا مبنيَّة على الاستمرار التاريخي الفنِّي والمعماري، لا على إعادة الإحياء التي افترضها تيري آلان. وهي أيضًا تركِّز على دور البنَّائين في رسم أطر هذا الاستمرار وإمكانية تهجينه أو تطويره وفقًا لمتطلَّبات المموِّلين الرعاة. فأنا أرى أنَّ التراث المعماري السوري الكلاسيكي المتأخِّر لم ينقطع وجوده في المنطقة أبدًا، وإن خفَتَ صوته بفعل التدهور الاقتصادي والسياسي والأمني، بعد سقوط الأمويين، وخلال الفترتين العبَّاسية والفاطمية، بكلِّ تفرُّعاتهما المحلِّية واضطراباتهما المستمرَّة التي حدَّت من النشاط المعماري والعمراني في بلاد الشام لمدَّة ثلاثة قرون، نكاد لا نعرف فيها شيئًا كثيرًا عن عمارة البلاد. ولم تعد العمارة للانتعاش في سورية إلَّا بعد مجيء السلاجقة، في القرن الحادي عشر، وتابعيهم من

أتابكة وزنكيين وأيُّوبيين، وأخيرًا المماليك الذين أسَّسوا دولًا عسكرية التوجُّه وقويَّة ومزهوَّة بنفسها، والذين راموا لآثارهم أن تعكس رموز السلطة وأدواتها ومفاخرها وجهادها ضدَّ الصليبيين والمغول وغيرهم، وتصلهم بالصور الكلاسيكية للمُلك التي حملت رواسب ترميزية مختلفة من الثقافات التي احتازوا عليها. وهم، عندما صعدوا إلى سدَّة الحكم، استخدموا المهارات المعمارية المتوافرة لهم في مناطق حكمهم، فأنتجت لهم طُرُزًا معمارية مهيبة وضخمة حجرية منحوتة، تمتاز كلٌّ منها بارتباطها بتأثيراتها المحلِّية، أو بالتأثيرات التي حملها بنَّاءوها من مواطنهم الأصلية، كحال الأخوة الأورفليين الثلاثة في القاهرة، ولكنَّها كلَّها مرتبطة بالتراث القائم في المناطق التي استحوذ هؤلاء الأمراء الأتراك (والأكراد في حالة الأيُّوبيين) عليها، الإسلامي منها والسابق عليه، في عملية احتواء وترجمة وإعادة تشكيل تُشبه في خطوطها العريضة عملية النقل الحضاري التي قام بها الأمويون قبلهم بقرون أربعة، وفي الرقعة الجغرافية نفسها.

هذه الطُرز المعمارية السورية القروسطية، والتي تمتدُّ على مساحة القرون الحادي عشر إلى الثالث عشر، تمَّت بصلات قرابة حميمة لعمارة القرى المنسيَّة. فهناك أوَّلًا اعتمادها على الحجر كمادَّة التعبير الأولى والرئيسة والنبيلة: الحجر المنحوت والصقيل والحجر الخشن والمدبَّب والحجر الذي يعامله ازميل النحَّات كما لو كان عجينًا يشكِّل أحيانًا في تشكيلات عصيَّة على التأويل من هندسية ونباتية وزهرية وكتابية. (**الشكل 20**) وهناك أيضًا التعبيرية

**الشكل 20**: إفريز نافذة مزخرف من قرية البارة.

الخشنة والمحتشمة والمترفِّعة في نحت الحجر بطريقة فيها الكثير من العزم والصلابة والتقشُّف التشكيلي، من دون إغفال دور الزخارف في التركيز على زاوية معيَّنة، أو في إظهار أهمِّية بقعة ما في المبنى، مثل المدخل وجدار القبلة في المساجد وقاعات العرش في القصور. وهناك تحديدًا العديد من التفصيلات المميَّزة، كالأفاريز أو الحنيات المنحوتة المستمرَّة التي تُحيط بالنوافذ وتدور حول الزوايا، وكالنوافذ المقوَّسة المزدوجة وكزخارف ورق الأكانث البارزة ذات التأثيرات الهيلينستية المحوَّرة، التي لا يوجد لها جذور خارج القرى المنسيَّة، وكالأعمدة الرقيقة ذات التيجان المحوَّرة عن الأنماط الكلاسيكية، التي تحمل أقواسًا غاية في الدقَّة، وكالسقوف الجمالونية الحجرية والمخروطية الشكل لبعض مدافن القرى المنسيَّة المهمَّة كتلك الموجودة في قريتي البارة والدانة، والتي تجد صداها في بدايات القباب المقرنصة في سورية، كقباب بيمارستان نور الدين بن زنكي في دمشق (1154) ومدرسته التي تحوي ضريحه (1168) وبعض الأضرحة التي تلتها في سورية في بداية الفترة الأيُّوبية. هذه الصفات المميَّزة لعمارة القرى المنسيَّة الكلاسيكية وزخرفها واضحة أيضًا بشكل خاص في العمارة السلجوقية والزنكية والأيُّوبية في منطقة ومدينة حلب، التي اشتهرت وما زالت، بعمارتها الحجرية المبتكرة والمحيِّرة إنشائيًا والمزخرفة بتقشُّف يروم إظهار روعة صقل الحجر، أكثر منه الإبهار بدقَّة زخرفه وتنوُّعه.

وفوق هذا وذاك، هناك أسماء العديد من المعماريين والحجَّارين التي تظهر على واجهات بعض المباني من هذه الفترة، والتي تدلُّ نسبتها على انتماء أصحابها لمنطقة القرى المنسيَّة، أو لبلدات وقرى قريبة منها، شاركتها تراثها الحرفي والفنِّي. فهناك مثلًا ثلاثة معماريين من سرمين، البلدة الواقعة على تخوم منطقة القرى المنسيَّة، ما يؤكِّد العلاقة المباشرة بين عمارة وزخارف القرى المنسيَّة وعمارة وزخارف المباني السلجوقية والزنكية والأيُّوبية في حلب وحولها. أوَّل الثلاثة، حسن بن مفرج السرميني، الذي بنى المئذنة العظيمة لجامع حلب الكبير بين عامي 1089 و1094، (والتي دُمِّرت تمامًا في 24نيسان\أبريل عام 2013، إثر معارك طاحنة بين جيش النظام السوري ومجموعات الثائرين عليه في قلب المدينة القديمة) والثاني، مواطنه فهد بن سلمان السرميني، الذي بنى محراب «مقام إبراهيم» في الصالحين في حلب عام 1112، كما تدلُّ الكتابة المنقوشة عليه. والثالث، قاهر بن علي بن قانت السرميني، الذي كان نشطًا جدًّا في الفترة بين 1195 و1218، وعمل لمجموعة من أمراء الأيّوبيين في سورية، كما بيَّن تيري آلان، في كلٍّ من حلب وحماة ومعرَّة النعمان ودمشق وبصرى الشام. فاسمه يظهر أوَّل ما يظهر على مشهد المحسن في حلب (1197)، ثمَّ على مبنَيين في معرَّة النعمان، القريبة من بلده سرمين، مدرسة أبو الفوارس (1199) التي تعرَّضت لتدمير شديد أيضًا، ومئذنة الجامع الكبير (1199–1200).

بعد ذلك يظهر اسمه على تربة ابن المقدِّم في دمشق، في السنة نفسها، وبعدها على برج في قلعة بصرى الشام (1215) والباب الشمالي لقلعة دمشق (1216-1218) وكلتاهما بُنيتا وحُصِّنتا في عهد العادل الأيُّوبي، أخي صلاح الدين. وهناك بعض الأبنية الأخرى في سورية الأيُّوبية، التي رأى تيري آلان في كتابه عن العمارة الأيُّوبية الموجود بكامله على الانترنت: http://www.sonic.net/~tallen/palmtree/ayyarch أنَّه يمكن نسبتها إلى قاهر بن علي، على أساس طراز الحجر فيها، ولكنَّها تفتقر إلى الدليل الكتابي. بعد ذلك يأتينا اسم معماري من معرَّة النعمان، هو علي المعرِّي، الذي يُنسب إليه باب المسجد العمري في حماة (1188-1189) وهناك العديد من الأسماء التي تظهر من دون نسب على المباني الزنكية والأيُّوبية في سورية، والتي تدلُّ عمارتها على إمكانية أن يكون بُناتها من معماريِّي القرى المنسيَّة.

هذه النماذج التي لم تزل قائمة في شمال سورية والعراق وجنوب تركية اليوم، تُظهر بصريًا وأسلوبيًا وكتابيًا وبشكل واضح، ارتباطَ عمارة سورية الوسيطة بعمارة سورية الشمالية الكلاسيكية المتأخِّرة والبيزنطية، واستمرار تأثير الأخيرة على تطوُّر الأولى تأثيرًا مباشرًا. سأختار من هذه المباني ثلاثة نماذج، لأنَّها تمثِّل أهمَّ النماذج من تلك الفترة، ولأنَّها أيضًا تنتمي بمجملها إلى التراث المتأثِّر مباشرة بعمارة المدن الميِّتة، على عكس غيرها من النماذج المعاصرة أو اللاحقة، التي تُظهر تأثُّرًا أكبر بمناطق أخرى قريبة، وذات لغة معمارية كلاسيكية مختلفة نوعًا ما. هذه النماذج هي: مئذنة الجامع الأموي في حلب، التي بُنيت على عهد الأتابك آق سنقر في نهاية القرن الحادي عشر، ومدرسة وقسطل الشعيبية في حلب أيضًا، والتي يعود بناؤها لنور الدين بن زنكي في العام 1150، والتي كانت تقبع في حالة يُرثى لها قبل الثورة السورية، وباب البيمارستان النوري في دمشق، الذي بناه نور الدين أيضًا إثر استيلائه على المدينة عام 1154.

## مئذنة الجامع الأموي في حلب

كانت هذه المئذنة من أروع المآذن الإسلامية في العصر الوسيط قبل تدميرها، وواحدة من أكمل نماذج «الهجنة» التي اقترحتُها لشرح مميِّزات العمارة السورية القروسطية. وهي عبارة عن برج مربَّع بارتفاع حوالي 45 مترًا، موَّل إنشاءها قاضي حلب أبو الحسن محمد بن الخشَّاب، سليل عائلة شيعية مرموقة في المدينة، في عصر الأتابك قسيم الدولة آق سنقر، جدِّ نور الدين، سنة 1090، كما يظهر في كتابة كوفية بأسفل المئذنة، وفي عهد السلطان السلجوقي الكبير ملكشاه (حكم بين 1072 و1092) الذي يظهر اسمه أيضًا في الشريط الكتابي. واكتملت المئذنة في عهد السلطان تُتُش، أخو ملكشاه، ومؤسِّس الدولة السلجوقية الشامية التي لم تعمِّر طويلًا،

عام 1094، كما يظهر أيضًا في كتابة كوفية أخرى ولكن في الأعلى. والمئذنة مقسومة على طول ارتفاعها إلى خمسة أقسام تشكيلية متناسقة الأبعاد ارتفاعًا وعرضًا، تحدُّ كلًّا منها أفاريز منحوتة من شريطين ونصوص كتابية بالخطَّين الكوفي المورق والنسخي تحيط بأضلاعها الأربعة. ويحمل كلٌّ من هذه الأقسام زخارف حجرية بارزة تختلف من قسم لآخر، وتستعرض أمامنا كلَّ إمكانيات التقويس والتربيع في النحت الحجري، وتذكِّرنا بمجملها بالأفاريز المنحوتة المستمرَّة التي تحيط بنوافذ أوابد القرى المنسيَّة، وإن كانت توريقاتها مختلفة نوعًا ما بسبب من تراكم تجارب التوريق في الفنِّ الإسلامي في القرون الأربعة السابقة لإنشائها. وقد أثبت الصانع، حسن بن مفرج السرميني، اسمه، فخرًا وتباهيًا بالطبع، محفورًا بالكوفي ضمن إطار تحت الشريط الكتابي أسفل المئذنة من جهة باحة الجامع ومؤرَّخًا بسنة 1090. (الشكل 21)

أقلُّ الأقسام زخرفة هو القسم الأسفل، ثم تتدرَّج درجة تعقيد الزخرفة كلَّما ارتفع بناء المئذنة ليصل إلى أعلى درجة من التشكيل في القسم العلوي أو الخامس. يتمتَّع القسم الثاني بشريط منحوت مستمرٍّ حول الأضلاع الأربعة، يبدأ باستقامة عمودية على الزوايا الأربع تشبه بروفيل عمود منحوت فوق السطح، ويتفرَّع منها قوس ثلاثي الأقواس من جهة، وما يشبه نصف رأس غمد أو قوس مفلطح ثمَّ مدبَّب من جهة أخرى، يستكمل على الضلع التالي

الشكل 21: منظور مئذنة الجامع الأموي الكبير في حلب.

في إيقاع مستمرٍ يذكِّرنا بزخرفة بعض كنائس المدن الميِّتة. القسم الثالث متواضع الزخرفة نسبيًا، على عكس القسم الرابع الذي تتكوَّن زخرفته من قوسين صدفيين مفصَّصين، كلٌّ منهما يتكوَّن من سبعة فصوص منحوتة على شكل ثلاثة شرائط متراجعة، تحملها ثلاثة أعمدة منحوتة على سطح كلِّ ضلع، قواعدها بسيطة، ولكنَّ تيجانها تنتمي إلى التنويعات الإسلامية على التيجان الكورنثية المزخرفة، أو تُشتقُّ من تنويعات المقرنص الذي كان في مراحل تطوُّره الأولى آنذاك. وفي مركز كلِّ قوس وردة مصدَّفة ومنحوتة من سبعة فصوص أيضًا (هل هناك قيمة رمزية للرقم سبعة تحاول هذه الزخرفة الإيماء إليها؟) مع فتحة نافذة دائرية في مركزها، على الأغلب لتأمين الإنارة لهذا القسم. أجمل هذه الزخارف هي زخارف القسم العلوي أو الخامس الذي يزدان بأربع فتحاتٍ مربَّعة، واحدة في منتصف كلِّ ضلع، لها درابزين حجري مزخرف بوردة هندسية، ويحيط بها إفريز منحوت مستمرٌّ، على شكل قوس مصدَّف من ثلاثة فصوص يستمرُّ ضلعاه بخطٍّ مستقيم ليشكِّلا وصلة مربَّعة، ثمَّ يعلو الإفريز عموديًا لينحني بتشكيل نصف قوس مفصَّص يستكمل نصفه الآخر على الضلع التالي، موحِّدًا اللغة الزخرفية حول أضلاع المئذنة. تعلو هذه الزخرفة الشريطية البارزة زخارف مقرنصة على ثلاث طبقات متراكبة فوق آخر شريط كتابي كوفي يحمل اسم تُتش. ويظهر فوق إفريز المقرنص العلوي شرفة المؤذِّن والجوسق، تغطِّيها مظلَّة خشبية محمولة على أعمدة خشبية، وفي أعلاها ذروة مكعَّبة محاطة هي الأخرى بإفريز منحوت، تتكرَّر على سطحه سنن مدوَّرة ذات نهايات مسنَّنة كالسهم.

هذا البرنامج الزخرفي يجعل مئذنة حلب فريدة من نوعها، لا تشبهها إلا مئذنة جامع المعرَّة، مدينة أبي العلاء، والتي بُنيت على منوالها وبعدها بمئة سنة (1199–1200) على عهد الملك المنصور محمد الأيُّوبي، وعلى يد بنَّاء من سرمين أيضًا، إلا أنَّها أصغر حجمًا من مئذنة الجامع الكبير في حلب. ومع أنَّ مئذنة جامع المعرَّة بُنيت قطعًا للتشبُّه بمئذنة الجامع الأموي في حلب، وهي مقسَّمة مثلها إلى أربعة أقسام منحوتة بزخارف حجرية بارزة، تذكِّرنا بأساليب التزيين في المدن الميِّتة، إلَّا أنَّها تفتقر إلى لدونة وانسيابية الزخارف الحلبية وسابقاتها الكلاسيكية في المدن المنسيَّة. وتشير إلى التوجُّه الجديد في الفترة الأيُّوبية المتأخِّرة الذي فضَّل أشكالًا أكثر تجرُّدًا وصرامة هندسية وتشكيلية، وربَّما أيضًا أقلَّ إيماءً إلى العمارة الكلاسيكية المتأخِّرة، بعدما توجَّه الفكر المعماري الأيُّوبي شمالًا، باتجاه أراضي الأناضول السلجوقية، وشرقًا باتجاه بغداد العباسية وخلفها إيران.

## قسطل الشعيبية

أمَّا المدرسة الشعيبية والقسطل المجاور لها قرب باب إنطاكية، أهمِّ أبواب حلب في القرون الوسطى، فقد بناها نور الدين بن زنكي عام 1150، مكان مسجد قديم عُرف بمسجد الأتراس أو مسجد الغضائري، وأيضًا بجامع التوتة، المتواتر عنه أنَّه أوَّل مسجد بُني في حلب بعد الفتح الإسلامي. وقد سُمِّيت المدرسة على اسم الشيخ شعيب بن حسين الأندلسي، الذي عيَّنه نور الدين مدرِّسًا للمذهب الشافعي فيها، ومحا بذلك الاسم القديم للمسجد، مسجد الغضائري، الذي كان قاضيًا شيعيًا في حلب، وجدَّد المسجد في بداية القرن العاشر، كجزء من سياسة التسنُّن التي اتَّبعها نور الدين، والتي كانت واضحة في العديد من قراراته، بما فيها بناء المدارس في مملكته. هذه المنشأة هي واحدة من أروع نماذج العمارة الحجرية المكلسكة في سورية الوسيطة المتبقية اليوم، وإن كانت بحالة حفظ سيِّئة. فقد تدهورت حال المدرسة منذ العصر المملوكي، ولم يبق اليوم منها سوى بعض مبنى القسطل، بقوس واسع أعيد بناؤه، يُستخدم كسبيل ويطلُّ على الشارع، وغرفة ضيِّقة، هي كلُّ ما تبقَّى من المدرسة، تُستخدم كمسجد بالاسم نفسه، ضمن كتلة عضادة حجرية محصَّنة، لا بدَّ من أنَّها شكَّلت جزءًا من مبنى أكبر مرتبط بحائط المدينة الدفاعي، لقربها من باب أنطاكية. هذه الكتلة الباقية تتميَّز بإفريز حجري بارز أعلى واجهتها، منحوت باستخدام أدقِّ أساليب نقش الحجر، يُشبه إلى حدٍّ كبير الأفاريز الكلاسيكية، ولكنَّه لا يُخفي هويَّته الإسلامية أيضًا، إذ تظهر عليه كتابة قرآنية وتاريخية مورقة بالخطِّ الأتابكي الكوفي، وتدور مع الإفريز حول كامل طوله، بالإضافة إلى كتابتين أخريين منفَّذتين بالنقش على الحجر ضمن زخارف زهرية ونباتية. (**الشكل 22**) واحدة من هاتين الكتابتين محفورة في قفل قوس الواجهة، وتحمل اسم المعماري سعيد المقدسي، وتاريخ البناء، ما يدلُّ على فخر هذا البناء بعمله، على الرغم من أنَّنا لا نعرف عنه سوى اسمه وإمكانية أن يكون نسبه يعود إلى بيت المقدس.

يتكوَّن الإفريز من عدَّة أطناف، تتبع في تسلسلها وفي مقطعها الجانبي (Profile) الأفاريز الكلاسيكية. فهو يبدأ من الأسفل إلى الأعلى من شريط مستقيم فوقه عتبة مائلة (على عكس العتبات الكلاسيكية المستقيمة) منحوتة بزخرف حلزوني دقيق من أوراق الأكانث، يليها تقوير مجوَّف (scotia) محفور عليه شريط كتابي من الكوفي المورق، بقي منه ما يسمح بقراءة بعض محتواه من الآيات القرآنية، يليه تقوير مقعَّر/ محدَّب (cyma recta) منحوت هو الآخر بزخرف حلزوني، وفوقه طنف مستقيم، محمول على الأسنان المكعَّبة (dentils) الذي يحمل فوقه الطنف

**الشكل 22: منظور من الأسفل لواجهة قسطل الشعيبية في حلب.**

الأعلى المستقيم وفوقه تقوير مقعَّر/ محدَّب منحوت هو الآخر بزخرف حلزوني مورق تحت الحافَّة العليا للإفريز. الآيات التي بقيت على التقوير المجوَّف هي: ﴿**لَا تَقُمْ فِيهِ أَبَدًا * لَّمَسْجِدٌ أُسِّسَ عَلَى التَّقْوَىٰ مِنْ أَوَّلِ يَوْمٍ أَحَقُّ أَن تَقُومَ فِيهِ * فِيهِ رِجَالٌ يُحِبُّونَ أَن يَتَطَهَّرُوا * وَاللَّهُ يُحِبُّ الْمُطَّهِّرِينَ**﴾ (التوبة: 108) ﴿**وَأَنَّ الْمَسَاجِدَ لِلَّهِ فَلَا تَدْعُوا مَعَ اللَّهِ أَحَدًا**﴾ (الجنّ: 18) ﴿**إِنَّمَا يَعْمُرُ مَسَاجِدَ اللَّهِ مَنْ آمَنَ بِاللَّهِ وَالْيَوْمِ الْآخِرِ وَأَقَامَ الصَّلَاةَ وَآتَى الزَّكَاةَ وَلَمْ يَخْشَ إِلَّا اللَّهَ * فَعَسَى أُولَئِك**

أَن يَكُونُوا مِنَ الْمُهْتَدِينَ﴾ (التوبة: 18). هذه الآيات المختارة بعناية، والتي قرأها هرتزفلد قبل أن يمحي معظمها الإهمال والتعدّي، تدور حول إقامة المساجد، ما يناسب المقام والموقع بالطبع، ولكنّ الآية الأولى المأخوذة من سورة التوبة قد أثارت انتباه المؤرِّخين، فعلّقوا بأنّ لاختيارها علاقة مباشرة بالتوتُّر الذي كان موجودًا في حلب أوَّل فترة حكم نور الدين، بينه كحاكم سنِّي متشدِّد والجاليتين المحلِّيتين الشيعيتين، الشيعية الإثنى عشرية والاسماعيلية، والذي نجم عنه صراع حقيقي أحيانًا وعقائدي أحيانًا أخرى، تمثَّل في بناء المدارس السنِّية في المدينة، وفي إشارات في الكتابات المحفورة عليها إلى هذا الاختلاف. ولكنَّ محتوى الآيات، في الحقيقة، أقلُّ أهمِّية من الانطباع العام الذي يخلِّفه الإفريز، والذي انتبه له الباحثون المعاصرون، ابتداءً من هرتزفلد، الذي كان أوَّل من لاحظ هجنته وفرادته، واعتبره استمرارًا لتقليد معماري وسيط نابع من الكلاسيكية السورية المتأخِّرة، بدأ مع مئذنة الجامع الأموي في حلب.

فهذا الإفريز يحمل على سطحه تركيبًا معقَّدًا من العناصر الزخرفية الكلاسيكية (مع بعض التحويرات) والتسلسل التقليدي نفسه للعناصر على سطح الإفريز كما في العمارة الكلاسيكية (مع بعض الإضافات والحذوفات أيضًا). ولكنَّه، بالإضافة إلى ذلك، يغزل ضمن سلسلة الزخارف النباتية والهندسية تلك، كتابةً هندسية كوفية قرآنية وتاريخية مورقة بدقَّة ولطافة متناهية ومتناغمة بإتقان مع باقي العناصر، بحيث أنَّ بعض الباحثين الأوروپيين، وعلى رأسهم جان سوڤاجية، أهم دارس لتاريخ حلب المعماري والعمراني خلال فترة الانتداب الفرنسي، نسب الإفريز برمَّته للعصر الكلاسيكي، وافترض أنَّ المسلمين أعادوا نقش سطحه لإيلاج الكتابة ضمنه، عندما أعادوا استخدامه في قسطل الشعيبية، بما أنَّه لم يكن ليقبل قطُّ بإمكانية أن يتوصَّل المسلمون إلى هذه الدرجة من الحساسية النحتية الكلاسيكية!

هذا الإفريز محيِّر فعلًا، فهو، باستثناء إطارات الأعمدة العلوية المرمية على أرض جامع حران، لا يوجد له مثيل في العمارة الإسلامية الوسيطة، في حلب أو غيرها، على الرغم من أنَّ هجنته تنتمي عمومًا لروح العمارة والزخرف الزنكيين، اللذين اتَّكآ على التراث الكلاسيكي المتأخِّر، وبشكل خاصٍّ تراث المدن الميِّتة، لخلق تعبيرات معمارية وزخرفية قويَّة ومتجذِّرة في سورية، في الوقت عينه الذي كان نور الدين يثبِّت فيه أركان دولته في سورية الداخلية، في خمسينيات القرن الثاني عشر، بضمِّه لكلِّ المدن التي لم تكن تحت سيطرته، وبرعايته لإحياء سنِّي في هذه المدن، تمثَّل في تمويله للعديد من المدارس والمساجد، وبدفعه للفقهاء والمؤرِّخين للتركيز على أهمِّية الجهاد وعلى مكانة بلاد الشام، والقدس خصوصًا، بالنسبة للمسلمين

وضرورة تخليصها من الصليبيين، وبالتحالف مع أبناء أسرته الحاكمين في الموصل وتوابعها أو في شمال الجزيرة، لخلق قاعدة قويَّة لحروب الاستعادة من الصليبيين التي ستشغل باقي فترة حكمه، والتي ستظهر آثارها الأيديولوجية على العمارة المتأخِّرة، وسيموِّلها نور الدين نفسه والأيوبيين من بعده في العقود الثلاثة الأخيرة من القرن الثاني عشر وبداية القرن الثالث عشر. ولكنَّ إفريز قسطل الشعيبية يدلُّنا هنا على بدايات هذا التوجُّه بالتركيز على سوريَّته وتجذُّره في الأرض السورية، تحديدًا الشمالية وحول المدن الميِّتة، الأرض التي انطلق منها نور الدين في حملة الاستعادة.

## البيمارستان النوري في دمشق

يُعدُّ البيمارستان النوري، الذي بناه نور الدين بن زنكي عام 1154، مباشرة بعد أخذه للمدينة، مؤسَّسة طبِّية وخيرية متكاملة، ألهمت البيمارستانات اللاحقة من الأناضول إلى مصر. كما نعرف عن السلطان المنصور قلاوون المملوكي أنَّه بنى بيمارستانه المنصوري في القاهرة، أحد أعظم مستشفيات العالم القروسطية، عام 1284، بعد علاجه الناجح في البيمارستان النوري في دمشق بالمجَّان. والبيمارستان النوري هو الأثر المعماري الأكثر اكتمالًا في دمشق من عمارة نور الدين، وهو قد جاء بعد البيمارستان النوري في حلب، الذي اختفى معظمه، وإن بقيت بوَّابته والكتابة التاريخية عليها التي تنسبه لنور الدين، واتَّبع في مخطَّطه، كسابقه في حلب، نموذج مخطَّط المدرسة الذي أتى به السلاجقة من خراسان إلى سورية بأواوينه الأربعة حول الباحة السماوية، تحيط بها أجنحة مختلفة، اختفى معظمها اليوم. زُيِّنت هذه الأواوين بالنقوش والكتابات الملوَّنة بالأحمر والأسود، التي استخدمت آيات الشفاء والدواء القرآنية في التركيز على المهمَّة العلاجية للبيمارستان. واستُعمل عنصرا الماء والنبات في الباحة لترطيب الجوِّ، وإضفاء مسحة طبيعية على المكان، ارتأى فيها منظِّرو الطبِّ المسلمون عاملًا مساعدًا على الشفاء. ولكنَّ العنصر الأكثر فرادة في المبنى كلِّه هو بوَّابته الخارجية، التي تميَّزت بلغة معمارية مبتكرة، اختزلت في تفاصيلها وفي سيرة حياة مبدعها، التراكمَ الحضاري على أرض سورية من الفترة الهلينستية إلى عصر الإسلام الوسيط، ووعيَ نور الدين لهذا التراكم الحضاري وتجذُّره في سورية، بل ربما استخدامه لهذا العامل الانتمائي في استنهاض الهمم خلال تحضيره لمعركة الاستعادة من الصليبيين، بما أنَّه موَّل البيمارستان واختار بُناته.

في هذا المدخل ثنائية تشكيلية غير معهودة، وإن كانت موجودة في العمارة النورية السابقة بتنويعات مختلفة كما رأينا في قسطل الشعيبية. ففوق فتحة الباب هناك عنصران إنشائيان ينتميان

لثقافتين معماريتين متباعدتين في الزمن. الأولى هي القوصرة الكلاسيكية المعاد استعمالها، والتي تتوّج الباب فوق صفٍّ من الزخارف النباتية وصفٍّ آخر من زخرفة البيضة والسهم. هذه القوصرة الحجرية، التي تعود إلى الفترة بين القرنين الثالث والسادس وفقًا لطرازها، لا بدَّ من أنَّها أُخذت من واحد من المباني الرومانية الدمشقية، وإن كانت إعادة الاستخدام هذه حسَّاسة لقيمة المنحوتة الفنِّية قطعًا لأنَّ القوصرة مثبتة في مكانها الطبيعي، وإن كانت أكبر بقليل من فتحة الباب جهة اليسار. وفوقها نجد حنية مرتفعة ومنحوتة في الجصّ، تتكوَّن من تسعة مداميك من مقرنصات الورقة المجوَّفة فوق صفٍّ من المحاريب السباعية الفصوص وتحت محارة مضلَّعة. حنيات المقرنص تلك ابتكار إنشائي جديد، جلبه السلاجقة من الشرق في القرن الحادي عشر، وأصبحت الزخرفة المنشودة على عهد نور الدين، ربما لأسباب ترميزية ما زالت غير مفهومة تمامًا اليوم. أي أنَّ مصمِّم البوَّابة قرَّر دمج عنصر من التراث الكلاسيكي مع أشدِّ العناصر التزيينية الإسلامية جدَّة في زخرفة البوَّابة، قاصدًا ربما الإيحاء بارتباطهما أو باستمرارية فنِّية ما، وربما ثقافية أيضًا، بينهما عبر عشرة قرون، على الرغم من تغيُّر الدول واختلاف الديانات السائدة.

ولم يقتصر الترميز التاريخي على تشكيل البوَّابة، بل تعدَّاه إلى زينة مصراعي الباب الخشبيين المصفَّحين بالنحاس، المزخرفين بمسامير نحاسية مرتَّبة وفق تشكيلات نجوم مخمَّسة ومسدَّسة متقاطعة كشبكة عنكبوتية، نفَّذها أبو الفضل محمَّد بن عبد الكريم بن عبد الرحمن الحارثي، المعروف بالمهندس (1134–1204). هذا الرجل الذي أفرد له ابن أبي أصيبعة ترجمة وافية في كتابه الشهير «عيون الأنباء في تراجم الأطباء»، بدأ حياته حجَّارًا ثمَّ نجَّارًا في دمشق، ثم ترقَّى في المعرفة بدراسته لكتاب أقليدس الشهير «كتاب العناصر»، الذي تُرجم إلى العربية في بدايات القرن التاسع، وكان يُعدُّ أهمَّ كتاب في الهندسة حتَّى القرن التاسع عشر. درس الحارثي أيضًا كتاب بطليموس المجسطي في الهندسة والفلك وقرأ الطبَّ في كتاب جالينوس، حتَّى أصبح مدرِّسًا للطبِّ في البيمارستان بالإضافة إلى شهرته كمهندس للعديد من المباني المهمَّة في دمشق وإصلاحه للساعات المائية التي كانت مبنيَّة على مدخل الجامع الأموي، والتي اعتبرت نبوغًا علميًا وميكانيكيًا. وهو إلى ذلك، قد درس الحديث النبوي وتعاطى الأدب ونظم الشعر على عادة أهل ذلك الزمان في طَرْق كلِّ أبواب العلم والأدب. **(الشكل 23)**

على الرغم من شحِّ المعلومات عنه، يبقى لنا في الحارثي دليل مهمٌّ على العلاقة بين الهندسة النظريَّة والزخرفة الهندسية، التي انتشرت في العمارة الإسلامية الوسيطة، كواحدة من أهمِّ أساليب التعبير المعماري. ولنا فيه أيضًا وفي خياراته في القراءة والتمحيص دليلٌ على

الشكل 23: بوَّابة البيمارستان النوري في دمشق.

الاستمرارية المعرفية المباشرة بين علم الأقدمين، الإغريق، وتطبيقات المسلمين وتنويعاتهم على ذلك العلم وما يتفرَّع عنه من فنٍّ وزخرفة وتشكيل. والحارثي ليس الوحيد الذي طبَّق ذلك في عمارة نور الدين في دمشق وحلب وغيرهما من المدن سورية، فقد كانت الهجنة مع التراث الكلاسيكي، كما رأينا، علامة واضحة وشديدة الأهمِّية من علامات العمارة النورية المبكرة،

وبقيت موجودة وبقوَّة في العمارة النورية المتأخِّرة، وإن كانت العناصر المعمارية الجديدة، من مقرنص وإيوان وغيرها، قد بدأت باحتلال مركز الصدارة في التشكيل المعماري، ربما كدليل استقرارٍ للدولة الإسلامية القويَّة، تمتدُّ على كامل الداخل السوري، وتتَّخذ من الاستعادة ديدنًا لصراعاتها مع الصليبيين، وربما تشبُّهًا بالعمارة الخليفتية في بغداد، التي كان نور الدين يسعى لكسب رضاها عن سياساته وجهاده، ويرفع راياتها عاليًا في كلِّ مجالات التعبير المتاحة له، من عمارة ومسكوكات نقدية وأعلام ورايات... وقد سار الأيُّوبيون على نهج نور الدين في عمارتهم في أرجاء سورية، التي عاشت أزهى عصورها المعمارية على عهدهم، يأخذون من تراثها الكلاسيكي ويطعِّمونه بالعناصر الجديدة، وبالأسلوب الخشن والمتقشِّف في نحت الحجر الذي عُرفوا به، وإن كانوا قد طوَّروا مدارس محلِّية الطراز في الإمارات التي انقسمت السلطنةُ إليها في سورية ومصر، بالإضافة إلى أنَّهم تماهوا أكثر وأكثر مع التعبير الإسلامي الأممي، الذي استلهم من بغداد لغته، وإن كانت مادَّته في الدولة الأيُّوبية الحجر النحيت بدقَّة ومهارة على عكس آجر بغداد وزخرفها الجصِّي.

بالإضافة إلى هذه الأبنية النموذجية التي عرضناها هنا، هناك العديد من مباني حلب والمدن المحيطة بها في القرنين الثاني عشر والثالث عشر، التي تنبئ عمارتها وزخارفها عن صلة وثيقة بعمارة القرى المنسيَّة. بل، واعتمادًا على الحيِّز الجغرافي الذي انتشرت فيه عمارة «الاستمرار الكلاسيكي»، أي شمال سورية والجزيرة مع بعض الامتدادات في مصر والأناضول، يمكننا أن نقرِّر بدرجة عالية من اليقين، أنَّ أبناء القرى المنسيَّة أو أحفادهم شكَّلوا غالبية البنَّائين الذين نفَّذوا هذه النهضة المعمارية ابتداءً من القرن الحادي عشر، عندما توافر الاهتمام والتمويل والرعاية اللازمة للعمارة من قِبل المموِّلين والحكَّام الجدد، واستمرُّوا بلعب هذا الدور حتَّى منتصف القرن الرابع عشر، على الأقلِّ في عهد السلطان المملوكي الناصر محمد بن قلاوون. بل ويمكن أن يكونوا هم أيضًا مَن حمل مفردات هذه النهضة، لكي يطعِّموا بها عمارة جنوب سورية وفلسطين، في الفترة الأيُّوبية التالية ومن بعدها العمارة المملوكية في سورية ومصر التي ظهرت فيها بعض الخصائص المميَّزة لعمارة الحجر الشمال-سورية، كما في المدارس والقصور الأيُّوبية، وبعدها المدارس والأضرحة والمقامات المبنية في العصر المملوكي المبكر في مصر والشام، كما بيَّن ياسر طبَّاع وتيري آلان في كتاباتهما عن عمارة الفترتين الزنكية والأيُّوبية، تحديدًا في مدن السلطنة الكبرى: حلب ودمشق والقاهرة والقدس وطرابلس. بمعنى آخر، يمكن أن نقدِّم وجهة نظر جديدة لفهم العمارة الحجرية الرائعة في الشرق العربي الاسلامي القروسطي على أنَّها امتداد ثقافي للعمارة الكلاسيكية/ الهيلينستية المتأخِّرة والمحلِّية في سورية، وكذلك في جنوب الأناضول وشمال

العراق، كما كانت العمارة الأوروپية القروسطية امتدادًا للعمارة الرومانية المتأخِّرة في إيطاليا وإسبانيا وجنوب فرنسا، وربما أيضًا للعمارة الكلاسيكية المتأخِّرة في سورية ذاتها. ولكنَّ لهذا البحث مجال آخر غير هذا المجال. يكفينا هنا أن نشير إلى أنَّ فرضية التأثير المتبادل هذه بدأت تحظى باهتمام كبير بين الباحثين، وأنَّ الاتجاهات الجديدة في البحث والتأويل تنحو نحو الإقرار بوجود حركة تبادل ثقافي واسعة النطاق بين أوروپا والشرق العربي في القرون الوسطى.

# 8

## مخطَّط مبدئي لتطوير القرى المنسيَّة

قد يبدو لقارئ اليوم الذي يسمع الأخبار المهولة الآتية من سورية الجريحة، التي تفقد أبناءها قتلًا وسجنًا وتشريدًا وتهجيرًا، وتفقد عمرانها وتراثها وجغرافيتها تدميرًا وتلاعبًا استثماريًا، أنَّ الحديث عن مشاريع عمرانية مستقبلية سابق لأوانه. ربما كان الأمر كذلك، ولكنَّ التخطيط للمستقبل بلسم للفكر في هذا العصر السوري المظلم، وعلامة أمل وترقُّب لما يمكن أن تصبح سورية عليه، بعد أن يضع المتحاربون سلاحهم وتحصل البلد، ربما، على ما اندلعت الثورة الأصلية النبيلة لأجله. والتخطيط كذلك خطوة نحو ترشيد التفكير في الحلول، التي لا بدَّ من أن تُطرح مع انتهاء الاقتتال، بدلًا من الانتظار حتَّى لحظة الفعل، عندما لا يكون هناك مجال لتروٍ أو لنقاش في خضمِّ التنفيذ. وبغضِّ النظر عن حظوظ هذا المخطَّط المقترح من التنفيذ، فهو سيبقى مخطَّطًا مطروحًا للنقاش وتبادل الأفكار، وربما أمكن الاستفادة منه في مخطَّطات أخرى، أو في أيَّام قادمة، كليًا أو جزئيًا. وفوق هذا وذاك، فإنَّ منطقة المدن الميِّتة كانت بأمسِّ الحاجة إلى مخطَّط عمراني متكامل قبل الثورة، وقبل الحرب الأهلية، التي دمَّرت فيها الكثير. فآثارها التي عاشت واقفة لأكثر من ألفيَّة كانت قد بدأت تتعرَّض لاعتداءات سكنية واستثمارية متزايدة، بسبب عودة السكن والزراعة إليها من جهة، وبسبب نموِّ السياحة فيها بفعل ازدياد المعرفة بها وبقيمتها التاريخية والدينية من جهة أخرى، جرَّاء الأبحاث والاكتشافات والترميمات في أرجائها، وتزايد الاهتمام المحلِّي المسيحي والدولي بها. فالأمور كانت تسير باتجاه فتح المدن الميِّتة للاستثمار السياحي الموسَّع، والسماح لمستثمرين عرب وأجانب بإقامة مشاريع سياحية وترفيهية ضخمة فيها، لجلب أعداد كبيرة من السائحين والزوَّار، تشمل فنادق فخمة وحمَّامات سباحة ورياضات متنوِّعة تعوِّل على طبيعة المنطقة الجغرافية. كما أنَّ بعضًا من تصاميم هذه المشاريع المعمارية كان قد وُضع، وابتدأت حملات التمويل بين المستثمرين، وأُنشئت شركات

تطوير وتنفيذ، قبل وضع رؤية عمرانية تطويرية متكاملة للمنطقة ككل، وتحديد أسس قانونية ناظمة للتدخُّل العمراني والاستثماري في هذه المنطقة الهشَّة أثريًا وبيئيًا والفقيرة اقتصاديًا.

أُتيح لي الاطِّلاع على بعض هذه المشاريع وسمعت عن بعضها الآخر، ممَّا كان يخطَّط له من قبل مستثمرين سوريين في السنوات الأولى من قرننا الحالي. وكان هذا واحدًا من الدوافع وراء نشري للطبعة الأولى من هذا الكتاب على عجل عام 2010، استباقًا لتدخُّلات عمرانية رعناء. فقد كانت هذه المشاريع طموحة للغاية، تنظر للمدن السياحية الكبيرة التي ظهرت على ضفاف البحر الأبيض المتوسِّط، وتروم تقليدها من دون التفات إلى ما كانت منطقة القرى المنسيَّة بحاجة إليه، لكي تستفيد أتمَّ الاستفادة ممَّا حباه بها تاريخها، من دون أن تستهلك هذا التاريخ أو تدمِّره أو تصبح شاهدًا مزوَّرًا وتجاريًا و«ديزني لانديًا» عليه. فالعصر هو عصر رأس المال الدولي والاستثمارات المتعدِّدة المصدر والمتعدِّدة المنفِّذ، التي تهدف للربح السريع والمضمون، ولا تأبه كثيرًا للنتائج الثقافية والبيئية والاجتماعية لمشاريعها طالما أنَّها رابحة. ولكي تمرِّر مخطَّطاتها، تقوم هذه الاستثمارات الدولية بالتحالف مع الطبقات الحاكمة في البلاد المحتاجة، وتتقاسم وإيَّاها شيئًا من الأرباح، مقابل غضِّ النظر عن الكثير من تجاوزاتها، خصوصًا بحقِّ سكَّان تلك المناطق الذين كانوا عمومًا الخاسرين الأوائل في أيٍّ من هذه الصفقات الاستثمارية. هذا هو ما حصل في العديد من المواقع الأثرية المهمَّة في حوض البحر الأبيض المتوسِّط، وفي كلِّ بلاد العالم الفقيرة، التي استجابت للضغوط الاقتصادية، وفتحت أراضيها للاستثمار السياحي من دون رقابة فعلية، أو التزام حقيقي بمصالح المناطق المستثمرة.

بالإضافة إلى ضرورة ترشيد الاستثمار ومراقبته، تبرز عوامل أخرى مؤثِّرة بالنسبة لأيِّ مشروع تطويري إنمائي للمدن الميِّتة بشكل خاص، هذا على افتراض أنَّ آثارها ستكون في حالة مقبولة من الحفظ عند عودة سورية إلى أهلها. فالجوُّ الثقافي والاجتماعي قد تغيَّر تغيُّرًا هائلًا في المنطقة وفي سورية، بل في المنطقة العربية برمَّتها. وهناك صعود الحركات السلفية والانعزالية المتشدِّدة، التي ترى في آثار المدن الميِّتة أوابد لحضارات لا تمتُّ لها بصلة، بل وعدوَّة يجب إزالتها، والتي يبدو أنَّ فكرها التهديمي يلاقي قبولًا، أو على أقلِّ تقدير مسايرة، من شرائح كبيرة من السكَّان الذين سيبقون في المنطقة بعد انتهاء القتال، والذين سيلزمهم إعادة تثقيف للعودة للاعتداد بتراث المنطقة واعتباره تراثهم هم. وهناك عناصر اقتصادية واجتماعية قد ساهمت بدءًا في هذا التوجُّه التخريبي اللامبالي، يجب الالتفات إليها قبل الشروع بأيِّ مشروع عمراني على الأرض. فالعصر في سورية عصر الضياع الفكري والثقافي الذي طال شرائح كبيرة

من السوريين قبل الثورة، والذي تفاقمت حدَّته جرَّاء صراع الأيديولوجيات العبثي والعدمي في سنوات الاقتتال الأخيرة. وهناك أيضًا النموُّ السكَّاني الهائل الذي سبَّب ضغوطًا شديدة على إمكانية الاستيعاب في المنطقة، وانعدام فرص العمل، وضعف البُنى التحتية، وانخفاض مستويات المعيشة والخدمات انخفاضًا حادًّا، الذي سيعود للبروز بقوَّة بعد الحرب.

استيعاب كلِّ هذه المتغيِّرات وتطويعها في سبيل خلق توازن بين حاجات السياحة وحاجات المنطقة وسكَّانها هو التحدِّي الكبير الذي يواجه مخطِّطي مستقبل القرى المنسيَّة ومبانيها المهمَّة، والذي لا بدَّ من مجابهته بشتَّى الوسائل الممكنة، والحلول المتاحة، لئلَّا نجد أنفسنا وقد أنقذنا بعض هذه المباني التاريخية بترميمها أو بتحويلها لمتاحف ومراكز ثقافية، تخدم نخبًا صغيرة، ولكنَّ الغالبية العظمى من المباني والمنطقة نفسها، بخصائصها الأثرية المميَّزة وطبيعتها الخاصة، وتنوُّعها السكَّاني الحالي قد ضاعت علينا. ولنا في أسس الازدهار الأصلي للمنطقة في الفترة المسيحية، الذي اعتمد على الزراعة والصناعة الزراعية والسياحة الدينية في آن واحد، عبرة ومثل: منطقة كهذه تحتاج لاقتصاد حسَّاس ومرن ومتعدِّد القواعد والنوافذ والنشاطات، اقتصاد يخدم سكَّانها أوَّلًا وزائريها ثانيًا، من دون أن يضرَّ بأبنيتها الأثرية أو بنيتها الاجتماعية أو طبيعتها أو توازنها السكَّاني والبيئي والاستثماري في آن معًا. وبالتالي، ما سأقترحه أوَّلًا وقبل أيِّ مشروع استثماري على الأرض، هو فهم طبيعة المنطقة والتخطيط على أساسه لإحيائها وتنشيطها، لكي تعتمد على أكثر من أساس اقتصادي، ولا ترتهن كل مشاريع التطوير فيها لجذب السائح المثالي أو غير المثالي، على أساس أنَّها أولويَّة اقتصادية وسياسية في سورية ما بعد السلام، ويُنسى المواطن المحلي أو الأثر نفسه ومحيطه العمراني والبيئي في هذه المعمعة، مما سينعكس سلبًا حتَّى على المحافظة على الآثار نفسها، وعلى العملية السياحية المعتمدة عليها.

## رؤية متكاملة للمدن الميِّتة

تحتاج المنطقة أوَّلًا وقبل كلِّ شيء إلى رؤية مختلفة، رؤية تحترم خصوصيتها وتاريخها وتراثها المعماري الذي قاوم عوادي الزمن قرونًا، وآن له إن يلقى اليد الحانية العارفة والمحنَّكة والفكر الفعَّال الذي يقدِّره ويعرف كيف يبرزه ويؤطِّره ويستفيد منه. هذه الرؤية يجب أن تكون نتاج حوار بين المستثمرين وبين مجموعة من المخطِّطين العمرانيين والمعماريين والمحافظين على الآثار والفنَّانين والأدباء والمؤرِّخين والآثاريين والبيئيين وممثِّلي المجتمعات القروية الجديدة الموجودة على الأرض، الذين يحترمون المنطقة ويدركون خصائصها، ويمتلكون فوق ذلك حسًّا فنِّيًا وتاريخيًا، والأهم من ذلك أخلاقيًا عاليًا يسمح لهم بتخيُّل مستقبل أفضل

لها: مستقبل واقعي وممكن واقتصادي استثماري من جهة، ولكنَّه مثالي وملتزم بمعايير الحفاظ على الآثار والطبيعة وحياة الناس البسطاء من جهة أخرى. بناءً على هذه الرؤية، التي يمكن أن تشذَّب من خلال حوار وطني مفتوح، تساهم فيه وسائل الإعلام من خلال برامج الحوارات المعتادة وصفحات الرأي في الجرائد والمدوَّنات الالكترونية، يمكننا أن ننتقل إلى الخطوة التالية، وهي وضع مخطَّط عمراني شامل لمنطقة القرى المنسيَّة بكاملها، تتضافر على عمله مواهب وطاقات العديد من الاختصاصات، من معمارية وتخطيطية وأثرية وأركيولوجية، إلى الاختصاصات الاقتصادية والإنسانية والاجتماعية والزراعية والتسويقية والتمويلية. الهدف من مخطَّط كهذا هو تحقيق تصميم عمراني شامل يراعي كلَّ العناصر التي تشكِّل بمجموعها بيئة القرى المنسيَّة بحيث لا يأخذ عامل ما أكبر من قيمته أو أصغر، ولا يختلُّ التوازن الأساسي بين الطبيعة والآثار والاقتصاد والثقافة المحلِّية والسياحة، التي ستكون أساسًا ثقافية التوجُّه والهدف، أكثر منها ترفيهية بحتة. هذا المخطَّط بحاجة إلى أن يخضع أيضًا لحوار وطني يساهم فيه كلُّ صاحب أو صاحبة رأي، قبل وضعه موضع التنفيذ، الذي يجب أن يستكمل الأسس القانونية الملزمة لتأمين دوامه كتمهيد للقيام بمشاريع على الأرض، تندرج كلُّها دومًا ضمن إطار هذا المخطَّط الشامل ولكن المرن والمتطوِّر دومًا بتغيُّر المعطيات المحيطة، والذي يقوم على تطويره مجموعة من المتخصِّصين الذين يتداولون فيما بينهم دوريًا الطرق الأمثل لتطوُّر المخطَّط، بما يتلاءم والمتغيِّرات المحلِّية والعالمية والمعرفية والاستثمارية أيضًا.

بالإضافة إلى الرؤية والمخطَّط العمراني، وبالتوازي معهما، يجب أن تُنظَّم برامج تثقيفية وتعليمية وتدريبية تطال كلَّ سكَّان القرى المنسيَّة، الذين سيخرجون منهكين من حربٍ سادت حياتهم لسنوات، ونالوا منها أكثر من نصيبهم. على هذه البرامج أن تتماهى مع مستلزمات ومشاعر سكَّان المنطقة، وتتغلغل في حياتهم عبر القنوات الموجودة والمعتادة: المدرسة، الجامع، البيت طبعًا، وحتَّى المقهى، ذلك الملتقى الشعبي المفضَّل، وتنقل إليهم المعلومات عبر المنشورات ودورات التوعية والبرامج الإذاعية والتلفزيونية. هدف هذه البرامج هو أن تصنع من سكَّان المنطقة مواطنين واعين بأهمية منطقتهم، معتزِّين بتراثها العمراني والمعماري الآثاري ومحافظين عليه. يجب أن تقدَّم لهؤلاء السكَّان ثقافة تاريخية ومدنية، لجعلهم يشعرون بأنَّ انتماءهم لقراهم ومنطقتهم الرائعة مصدر فخر لهم ومنبع رضى واحساس بالمسؤولية. وليس الأمر بحاجة لمجهود كبير أو لموازنات ضخمة، إنما يكفي البدء بتدريب بعض الشباب المتعلِّم والمتحمِّس والملتزم، كخرِّيجي المعاهد والجامعات الذين لا يجدون أساسًا عملًا في المؤسَّسات الحكومية المكتظَّة، والذين صقلتهم سنوات الحرب، وجعلت منهم مواطنين

أكثر وعيًا بمواطنيتهم، كما رأينا في نشاطات أهل كفرنبُل وبنِّش خلال الثورة، لأن يكونوا قدوة ومثلًا ومدرِّسين في القرى والبلدات، ولكي ينفحوا في مواطن ومواطنة المنطقة حبَّ بلدهما الفعلي، ذلك الشعور العارم الذي يغمر قلب كلِّ سوري وسورية أصلًا، والذي لن يكتمل حقًّا ويؤتي ثماره إلَّا عندما يتعلَّم المواطنون العاديون الاهتمام بقراهم وأوابدها والعناية بمظهرها والحفاظ عليها وعلى خدماتها وطرقاتها ونظافتها وما إلى ذلك. والمواطن العادي حسَّاس ومستجيب وملتزم إذا وجد أنَّ المدرِّس أو المثل مخلصٌ وصادق.

وقد كان في سورية قبل الثورة والحرب العديد من المؤسَّسات الأهلية والجمعيات غير الحكومية المهتمَّة بالثقافة والتراث في مختلف المناطق الأثرية، مثل جمعية «العاديات» في حلب و«أصدقاء دمشق» في دمشق، و«متطوِّعي عمريت» في طرطوس، أو «جماعة دير مار موسى الحبشي» في النبك وغيرها، التي بدأت بجهود فردية أو من مجموعة صغيرة، والتي أعطى الكثير منها ثمارًا واعدة، على الرغم من صغر المشاريع وتفرُّقها وانعدام الغطاء القانوني اللازم لتأطيرها، أو الرؤية الشاملة لتعميم تجربتها. وقد أنجبت الحرب جمعيات جديدة تُعنى بالتراث السوري المهدَّد، اغتنت تجربتها بنشاطها في المحافل الدولية، وبتعاونها مع مؤسَّسات أكاديمية عالمية، وتعلَّمت من خلال ذلك التعاون الأساليب الحديثة في الاعتناء بالآثار، وأساليب تجميع المعلومات وتوثيقها وفرزها وتصنيفها وتبويبها والاستفادة منها على أكثر من منحى. هذه الجمعيات، مثل «جمعية حماية الآثار السورية» (APSA) أو جمعية «سوريون من أجل التراث» وغيرها ممَّن يعمل بصمت على الأرض، في سبيل حماية ما يمكن حمايته (SIMAT) من آثار سورية، ستكون مهيَّأة تمامًا للعب أدوار مختلفة بعد الحرب في التعريف بالآثار وترغيب الناس بحمايتها، وإرشادهم إلى أفضل الطرق لجعلها جزءًا من حياتهم ومن ثقافتهم وانتمائهم.

**أهمِّية الاقتصاد**

ولكنَّ الأهمَّ من هذا وذاك، تحديدًا بعد التخريب الشديد الذي عانت منه منطقة المدن الميِّتة، ضرورة تنظيم برامج إعادة تأهيل وتدريب وتعليم، تفتح لمواطني هذه القرى المنسيَّة آفاقًا اقتصادية تربطهم بالمنطقة، وتربط المنطقة بهم، لخلق دعامات اقتصادية متنوِّعة، ووجود انساني وسكَّاني ووظيفي متكامل وملتزم، لا يعتاش فقط على نموِّها المأمول كنقطة جذب سياحي، بل يؤطِّره ويدعمه ويكيِّفه لحاجة السكَّان ومصلحتهم على المدى الطويل، ووفق ثقافتهم وأساليب عيشهم وتأمين حياتهم ورخائهم. وهناك حاجة ملحَّة أيضًا لإدخال نظام مصرفي متناسب وموارد المنطقة وإمكانيات مجتمعاتها القروية البسيطة، التي زادتها الحرب

والتخريب فقرًا، نظام هدفه إتاحة المجال أمام هؤلاء السكَّان لتطوير مواردهم وتنويعها، بالاقتراض الميسَّر والمريح، تحديدًا على طريقة الإقراض المتناهي الصغر (Credit–Micro) أي ذلك الذي يمنح مجموعة متكافلة من المقترضين الفقراء (الذين ترفض البنوك العادية عادةً إقراضهم) قرضًا مشتركًا يقتسمونه فيما بينهم لتنفيذ مشاريعهم الشخصية وتطويرها، ويتكافلون جميعًا على سداده، يؤديّ المقتدر منهم حصَّة المتخلِّف، وتبقى عجلة الإقراض دائرة. يمكن لهذا المشروع أن يستفيد من الخبرات المتميِّزة والتجربة الناجحة لبنك جرامين Grameen Bank في بنغلادش، الذي أسَّسه الدكتور محمد يونس، الحاصل على جائزة الآغا خان للعمارة الإسلامية في ثمانينات القرن العشرين، وعلى جائزة نوبل عام 2006، كاعتراف بفضله في إدراج الفئة المحرومة في النظام المصرفي، عن طريق الإقراض المتناهي الصغر، وفي إثباته أنَّ الفقراء يمكن أن يتحوَّلوا إلى مستثمرين فعَّالين ومسؤولين مادِّيًا إذا توافر لهم المناخ المناسب، ومُنحوا الثقة التي يستحقُّونها. وقد ساعد الدكتور يونس على إدخال نظامه المصرفي المبتكر في بؤر فقر كثيرة في العالم، بما فيها مناطق السود مدقعي الفقر في لوس أنجلس وواشنطن دي سي في الولايات المتَّحدة الأمريكية، ونجح نظامه في إنعاش الاقتصاد المحلِّي في العديد من هذه المناطق في إعادة الثقة والأمل بالمستقبل إلى سكَّانها. وأنا على يقين بأنَّ نظامًا كهذا سينعش الاقتصاد المحلي في منطقة القرى المنسيَّة وفي غيرها من المناطق الفقيرة والواعدة في بلادنا في المستقبل، ويسمح بتطوير مشاريع استثمارية يبقى ريعها وعطاؤها في المنطقة، بدل أن تلتهمه الاستثمارات الدولية العابرة للقارَّات.

برامج الدعم الاقتصادية والمصرفية هذه يمكنها أن تستعيد بعضًا من أساس المنطقة الاقتصادي في العهد الكلاسيكي وتطوِّره بما يتلاءم مع العصر الراهن، وتسوِّقه لدعم المنطقة وتنميتها. وليس هناك أفضل من تنمية زراعية في منطقة القرى المنسيَّة، تُعيد إليها بعضًا من أسس نهضتها الكلاسيكية. فهناك مثلًا زراعة الزيتون وعصر الزيت، التي عادت للانتعاش عالميًا، تحديدًا وأنَّ العالم اليوم، في بحثه عن الجديد والصحِّي والقليل الدسم، يستهلك كمِّيات هائلة من زيت الزيتون، ما دعم اقتصاد ايطاليا وإسبانيا واليونان الزراعي، وما يمكنه أن يحقِّق النتيجة نفسها في سورية (وهو قد بدأ مؤخَّرًا بذلك قبل أن تقضي الحرب على كلِّ تطوير). ويجب ألَّا تتوقَّف عملية تطوير زراعة الزيتون وعصره عند توسيع رقعة الأرض المزروعة، أو زيادة إنتاجيتها، أو تسهيل طرق تجميع محاصيلها، أو مكننة إنتاج الزيت فيها، وإخضاعه لمعايير الجودة العالمية المتعارف عليها، وهي خطوات ابتدأت مؤخَّرًا ويجب تدعيمها وتطويرها، بل يجب أن تتجاوز ذلك المستوى الانتاجي البدائي وتلج عالم التجارة والتسويق من أوسع أبوابه، عن طريق التعليب

والعرض والدعاية وابتكار القصص والصور التي ترسّخ صلة الزيت السوري بجذوره الكلاسيكية واستعمال الأسماء المرتبطة بالذاكرة الجمعية والعميقة الجذور في تسميته وتسويقه محليًا وعالميًا. ويجب على الاقتصاد المحلِّي أيضًا أن يبدأ بتصنيع منتجات زيتية كالصابون والكريمات المطرِّية للبشرة والخلطات الصحِّية، وغيرها من المنتجات التي تلاقي استحسانًا اليوم عند المستهلكين العالميين، والتي تعود بريع أكبر بكثير من مجرد بيع الزيت كزيت.

وكذلك الحال بالنسبة لزراعة أشجار الفواكه المتنوّعة، من مشمش وكرز ولوز ورمان وما شاكل ذلك مما يمكن تصديره طازجًا، أو معقودًا بعد تعليبه بطرق جذّابة وتسويقه على الأساس الترغيبي الصحِّي نفسه، بما فيه من إحياء للحنين إلى ماضي حضارتنا الذهبي، الذي يمثِّله الشرق الهيلينستي بالنسبة للغربي المعاصر، بل وحتَّى لكلِّ انسان مشبع بالثقافة الكلاسيكية، التي تُقدَّم دائمًا على أنَّها ركَّزت على الانسان المتوازن مع بيئته والمبدع من ضمن ثقافته. بل وربما أمكننا تجاوز الإحراج الديني والسماح بتطوير صناعة النبيذ، ربما للتصدير أو الاستهلاك في المناطق ذات الغالبية غير المسلمة مع المحافظة الدينية السائدة، انطلاقًا من إحياء الذاكرة والعاطفة الذي يستغلُّ تاريخ وعمارة وسمعة القرى المنسيَّة في تسويق منتجاتها في الأسواق الغربية الأوروبية والأمريكية التي يؤمل أن يأتي منها السائحون. ولا يمكننا بالنتيجة إلَّا أن نلحَّ ونؤكِّد على قيمة التصنيع والتسويق الزراعي في دعم اقتصاد القرى المنسيَّة، بالإضافة إلى سياسة البرامج التدريبية والاستثمار التنموي، اللذين يمكنهما أن يساهما بمساعدة فلَّاحي المنطقة على تحويل إنتاجهم الزراعي من محصول ضئيل ذي تسويق محلي وضعيف إلى منتج عالمي المعايير والجاذبية، يعتمد على أصالة وأهمِّية المنطقة في خلق أسواق جديدة لنفسه، ويضيف إلى صورة المنطقة عاملًا جديدًا يمكن استخدامه في تنميتها وفي تسويقها خارجيًا وداخليًا على كافَّة الأصعدة الزراعية والصناعية الصغيرة والسياحية. ويمكن كذلك أن يشجِّع السكَّان المحلِّيين على إقامة تعاونيات إنتاجية ومعارض ومسابقات ومهرجانات صغيرة تحتفل بالمحاصيل في مواسمها، وتجذب الزوَّار من خارج المنطقة. ويمكن كذلك أن تقدِّم لهم المساعدة المالية والفنِّية والآثارية، لكي يفتحوا محلَّات تجارية أو مطاعم ومقاهٍ صغيرة في القرى نفسها، ربما تُنشأ بعضها في بعض الأوابد التي كانت وظيفتها تجارية أساسًا، يعرضون ويبيعون فيها محاصيلهم المعلَّبة والمغلَّفة بطرق جذَّابة، في جوٍّ مشبع بالتواصل مع الماضي، أو يقدِّمون المأكولات المحضَّرة من محاصيل المنطقة والمستلهَمة من تاريخها والحاملة لأسمائها، ممَّا يدعم صورة المنطقة في ذهن الزائر الوطني والسائح العالمي على حدٍّ سواء، ويخلق رابطًا إضافيًا بينها كواقع وكتراث وكمصدر رزق محترم وبين سكَّانها.

ليس هذا الاقتراح بجديد أو خارج عن المألوف. فكلٌ من يزور المدن التاريخية التي حُوِّلت إلى مناطق جذب سياحي في العالم الغربي وبعض العالم المتوسِّطي اليوم يلاحظ أنَّ السياحة فيها هي واحدة من النشاطات الاقتصادية المتاحة، وأنَّ أنجح المشاريع هي تلك التي أمَّنت حياة أبناء المنطقة من خلال إدماجهم بعملية تسويقية كبيرة تُستثمر فيها كلُّ المنتجات الزراعية والحرفية والفولكلورية، ويُترك لكلٍّ منهم اختيار المورد الأفضل له، أو ذلك الذي يتقنه أكثر من غيره. فهناك العديد من المدن السياحية التي تحوَّلت بعضُ طرقاتها لأسواق صغيرة تنتج وتبيع بضائع متميِّزة ونابعة من اقتصادها في إيطاليا وإسبانيا وفرنسا والمغرب وتونس وبريطانيا والولايات المتَّحدة، مع أنَّها أيضًا تحتوي على مخازن ومشاغل كبرى لشركات عالمية عملاقة متخصِّصة في التسويق السياحي. ما يحتاجه الأمر هو ترتيب الأولويات بالنسبة للاستثمار، وتوزيع الموارد بشكل يضمن العدل تجاه سكَّان المنطقة، وهيكلة الضرائب بطريقة تفضِّل تشجيع الاستثمار المحلِّي وتحميه وتؤمِّن له الخدمات الضرورية، على شرط أن يلتزم بمعايير الجودة والنظافة والجاذبية، التي تضمن رضا الزوَّار، وأن يُعيد استثمار ريع العمل في تنمية وجوده وزيادة خدماته وتحسينها. بمعنى آخر، ما يجب على السلطات المسؤولة القيام به هو إنجاز قانون استثمار خاصٍّ بصغار المستثمرين، وإعادة هيكلة ضريبية تسمح لهم بالتنافس في سوق شبه مفتوحة، يمكن بسهولة أن تسيطر عليها شركات جبَّارة تملك من الطاقات والخبرات ورأس المال أكثر ممَّا يملك المستثمر المحلِّي الصغير. بل ويمكن لهذا التخطيط الاستثماري والضريبي أن يجد صيغًا متكاملة تأخذ بالاعتبار حاجات وإمكانيات الطرفين، وتؤمِّن لكلٍّ منهما مناخًا وبيئة مناسبة للاستثمار والنموِّ.

**المحافظة على الآثار**

على الصعيد الآثاري والسياحي، تفتقر منطقة القرى المنسيَّة إلى الكثير، بالإضافة إلى معالجة ما طرأ عليها من تدمير خلال الحرب، ما سيستلزم تدخُّلًا سريعًا وإنقاذيًا في حالة المباني المتضرِّرة والمهدَّمة. ولكنَّ تطوير هذه المنطقة بعد إعادة تأهيلها سكَّانيًا وترميم ما تخرَّب منها، سيتطلَّب برنامجًا آثاريًا متكاملًا يغطِّيها كلها، ويأخذ بعين الاعتبار الترابط بين مكوِّناتها المعمارية والبيئية والسكَّانية. هناك أوَّلًا حاجة ملحَّة لقواعد معلومات عامَّة أوَّلية، على الأرض وفي الكومبيوتر ومراكز البحث والتخطيط، لحصر أوابدها ورسمها ومقارنتها وتبويبها وتنظيم وتثبيت مخطَّطات قراها المساحية، التي تحدِّد المهجور والمسكون منها والقائم والمهدَّم والمختلط والقابل للاستثمار والهشِّ الذي يجب ترميمه والمحافظة عليه،

وما يمكن وما لا يجوز عمله. هذه القاعدة المعلوماتية يمكنها أن تعتمد على ما أنجزه الفريق الفرنسي بقيادة جورج تات وجان بيير سوديني، وكذلك الفريق الفرنسيسكاني من الآباء پينيا وكاستللانا وفرنانديز الذين نشروا أربعة تقارير مسهبة في وصف مواقع القرى المنسيَّة في أربعة من تقسيماتها الطبيعية والإدارية: جبال باريشا والعلى والوسطاني والدويلي. وقد بدأت مطلعَ الألفيَّة الثالثة وقبل الثورة برامج آثارية هادفة وممولة بغالبيتها من مصادر خارجية، مثل الاتِّحاد الأوروبي، تهدف إلى إنجاز مثل هذا المشروع. فقد كان هناك مثلًا برنامج تطوير السياحة الثقافية، CTDP، وهو واحد من مشاريع الاتِّحاد الأوروبي الذي كان يروِّج برنامج تطوير السياحة الثقافية في سورية بصفتها قبلة هذا النوع من السياحة، ويحسِّن فعاليَّة التشغيل، ويزيد واردات المشتغلين في السياحة، ويخلق فرص توظيف جديدة في القطاع، كما يقول موقعه الإلكتروني: http://www.delsyr.ec.europa.eu/ab/eu_and_syria/project/1.htm.

هذا المشروع الذي نُفِّذ بين عامي 2002 و2007 بالتعاون مع المديرية العامَّة للآثار والمتاحف في سورية، في كلٍّ من دمشق وتدمر والمدن الميِّتة كان تدريبيًا وتخطيطيًا بالدرجة الأولى، ولا أعلم ما كانت عليه نتائجه العملية والملموسة.

كان هناك أيضًا مشروع سترابون-سورية، http://www.syria.strabon.org، الذي موَّله الاتِّحاد الأوروبي كذلك (وهو كان مهتمًّا بالمحافظة على منطقة المدن الميِّتة لأسباب عدَّة، بعضها مرتبط بما أسلفت ذكره من تماهي التاريخانية الغربية مع تراث الكلاسيكية المتأخِّرة والمسيحية المبكرة في سورية والشرق القديم عمومًا). أدارت هذا المشروع «مؤسَّسةُ بيت علوم الإنسان» في باريس (La Fondation Maison des Science de l'Homme). وهو مشروع بدأ العمل به عام 2002، كان يهدف إلى وضع نظام معلوماتي متعدِّد اللغات ومتنوِّع الوسائل الإعلامية لتوثيق التراث الثقافي والسياحة في حوض البحر الأبيض المتوسِّط. وقد استلمت كلِّية الهندسة المعمارية في جامعة حلب الجزء السوري منه، وقامت وحدة الدراسات المعمارية والبيئية في كلِّية الهندسة المعمارية التابعة للجامعة بنشر مجموعة بحوث متنوِّعة على شبكة الانترنت عن المدن الميِّتة، تشمل بحثًا تاريخيًا بالعربية موثَّقًا بالصور والمخطوطات والخرائط عن المدن الميِّتة ككل، بالإضافة إلى بحوث موسَّعة بالفرنسية والإنجليزية عن الكنائس في سورية، وثلاث دراسات لثلاثة مواقع مهمَّة: كنيسة سمعان وبراد وبرج حيدر، تشمل مسحًا طبوغرافيًا وآثاريًا ووظيفيًا لكلٍّ من هذه المواقع الثلاثة، يبيِّن المباني الأثرية والمباني السكنية الحديثة وحال التربة والماء والموقع. وقد قام بتحضير كافَّة النصوص والمخطَّطات والصور

المتعلِّقة بهذه البحوث فريقٌ من جامعة حلب تحت إشراف الدكتورين سلوى سقال وعبد الغني الشهابي. وهناك أيضًا مشروع رائد آخر، تمَّ نهاية عام 2007، بإنشاء ثلاثة دروب للمشاة في المدن المنسيَّة في محافظة حلب، تمتدُّ لمسافة 60 كم. موَّلت المشروعَ «الوكالةُ السويسرية للتنمية والتعاون»، ونفَّذته المديرية العامَّة للآثار والمتاحف، واستمرَّ لمدَّة سنة ونصف. تضمَّن المشروع تأهيل ثلاثة دروب: الأوَّل يربط بين مناطق براد، كفرنبو، برج حيدر، خراب شمس، وكالوتا. والثاني يربط بين مناطق بناسطور، سنخار، سرقانية، باطوطة، شيخ سليمان، كفرنتين. والثالث يربط بين مناطق شيخ بركات، قاطورة، رفادة، ست الروم، دير سمعان، وقلعة سمعان (ولو أنّي أشكُّ الآن بوجود هذه الدروب بعد القصف العنيف الذي تعرَّضت له المنطقة بين 2012 و2015 من قبل طيران ومدفعية جيش النظام السوري). وقد ظهرت مواقع عديدة مؤخَّرًا على الانترنت، معظمها أوروبية، تجمع معلومات وصورًا وخرائط لمواقع القرى المنسيَّة وعموم المناطق الأثرية السورية، وتوثِّق التخريب الحاصل كما يفعل موقع UNOSAT، برنامج التطبيقات العلمية للأقمار الصناعية، التابع لمعهد الأمم المتَّحدة للتدريب والبحوث (UNITAR)، الذي ينشر دوريًا تقارير مصوَّرة ومعلوماتية عن الأضرار التي تتعرَّض لها المناطق الأثرية في سورية:

http://unosat.web.cern.ch/unosat/unitar/downloads/chs/FINAL_Syria_WHS.pdf.

ولكن، ما سيلزمنا فعلًا بعد وضع السلاح، وعودة المحاربين إلى الحياة المدنية، ونشوء الحكومة المأمولة، هو إنشاء هيئة (أو مؤسَّسة أو مجموعة) مهمَّتها التنسيق بين كلِّ الهيئات العاملة على توثيق وتخطيط القرى المنسيَّة، ونابعة من مؤسَّسات الدولة السورية ومنظَّمات المجتمع المدني في آن واحد.

بالإضافة للتوثيق والتخطيط، ولأجل تطويرها سياحيًا وآثاريًا، ما زالت القرى المنسيَّة بحاجة إلى دراسات آركيولوجية معمَّقة وعامَّة، لكي تحدِّد ما يمكن السماح بفتحه للاستثمار، سياحيًا كان أو غيره، وما يجب المحافظة عليه كحديقة أركيولوجية مغلقة للدارسين الذين يعملون على زيادة معرفتنا بهذه المنطقة الغنية فنِّيًا وتاريخيًا. أمَّا في القرى التي ستفتح للسياحة والاستثمار، فيجب إجراء مسح طبوغرافي لكلِّ قرية يحدّد المباني الأثرية فيها، لكي ينشأ حولها حرم يُمنع فيه البناء أو الزراعة أو إعادة استعمال أحجارها في البناء، حتَّى تلك المدمَّرة أو المنهارة، تحت طائلة الغرامة أو السجن. ثمَّ يحدَّد أعمال الترميم المطلوبة، أو التي سيُحتاج إليها في المستقبل، لإعادة تأهيل الموقع بمختلف مبانيه الأثرية، ويوضع مخطَّط تنظيمي مناسب للتوسُّع السكَّاني والخدماتي المستقبلي للقرية، في موقع بعيد عن الموقع الأثري الذي لن يُسمح بالبناء فيه

للسكَّان بعد ذلك. ثمَّ تُشقُّ الطرق وتُعبَّد أو تُمهَّد وتُنظَّم بحيث تخدم المواقع الأثرية والتوسُّعات الحديثة لجميع القرى الأثرية، وتجهَّز بالإشارات الطرقية لتسهيل زيارتها وتخديمها.

كما يجب القيام بعملية مسح شامل لإنجاز المطلب الأساسي لأيِّ مشروع سياحي ثقافي يحترم نفسه: خرائط عامَّة ومفصَّلة مع أسماء كلِّ المواقع اليوم وعندما كانت آهلة وعامرة إذا كانت معروفة، (كما يفعل الأطلس الرقمي للإمبراطورية الرومانية في جامعة «لند» في السويد http://dare.ht.lu.se/places/123.html) وكتب ودراسات للزائر المتعمِّق وغير المتعمِّق مع أشكال توضيحية معمارية، ومجموعة متكاملة من الإشارات واللوحات الإرشادية للزائر، المحتوية على المعلومات الأثرية الضرورية للراغبين بمعرفة تاريخ الموقع، بالعربية وبلغات أوروبية (الإنجليزية والفرنسية مثلًا)، تحوي أسماء المواقع ومسافاتها وارتباطها بشبكة الطرق والدروب وبعض المعلومات التاريخية والأثرية العامَّة عنها، بما فيها مخطَّطات مبانيها ورسومات توضيحية لزخارفها وفسيفسائها الذي لم يعد موجودًا، ما يسهِّل الحركة والسياحة والمعرفة فيها. ويمكن أيضًا التفكير ببرامج تثقيفية وتدريبية لتعليم الفلَّاحين المقيمين في منطقة القرى المنسيَّة أفضل الطرق للاهتمام ببقايا هذه الأوابد والمحافظة عليها معماريًا بأبسط الطرق، بما أنَّها قد أثبتت صلابتها ومقاومتها خلال القرون الثلاثة عشر السابقة. ويمكن حتَّى أن يُسمح، بعد دراسات مساحية وتنظيمية وآثارية وأركيولوجية ومعمارية إنشائية متعمِّقة، باستغلال بعض المباني في بعض القرى المنسيَّة اقتصاديًا على مستوى بسيط، كمنازل وفنادق ومشاغل ومطاعم ومقاه وما شابهها في عملية تبادل منفعي بين القيمة الفنِّية والتاريخية التي تمثِّلها عمارة القرى المنسيَّة وبين كلفة المحافظة عليها وترميمها التي يمكن تعويضها من مردود استغلال بعضها على يد سكَّانها أوَّلًا، بدلًا من فتحها مباشرة ومن دون قواعد ناظمة للاستثمارات الخارجية، عالمية كانت أو وطنية، التي ستأخذ مردود الاستثمارات خارجها، ولا تترك لتطويرها أو لسكَّانها إلَّا القليل.

### المدن الميِّتة: رؤية لمستقبلها

في الختام، سأقدِّم صورة سريعة ومختصرة بالضرورة لما يمكن أن تصبح عليه المنطقة إذا تمَّ استغلالها بطريقة متكاملة، تحافظ على توازنها البيئي والآثاري والتاريخي والإنساني والخدماتي والسياحي. تعتمد هذه الخطَّة بالدرجة الأولى على رفع الوعي الثقافي والعملي للسكَّان، لكي يتعلَّموا هم أنفسهم ضرورة المحافظة على الأثار الرائعة التي يعيشون بين ظهرانيها، وعلى تأمين خدمات اقتصادية ومصرفية تساعدهم على النهوض ببيئتهم واستغلالها بشكل حسَّاس. وهي،

وإن بدت مثالية وخيالية للوهلة الأولى، تحديدًا في ظلِّ الحرب القاتم، ولكنَّها في الحقيقة ممكنة التطبيق وقليلة الكلفة وعالية المردود على المدى الطويل. والأهمُّ من ذلك، هي عادلة وموجَّهة لخدمة الاقتصاد والمجتمع المحلِّيين بالدرجة الأولى، من دون أن تنسى الإمكانيات الكبيرة للسياحة، تحديدًا الثقافية منها. المنطقة ككلٍّ ستخضرُّ وتينع بسبب الاستثمار الزراعي، تحديدًا الزيتون والأشجار المثمرة، كما كانت في الفترة الكلاسيكية المتأخِّرة. وستبدو القرى المنسيَّة فيها كالدرر البيضاء المنثورة على خلفيَّة من القطيفة الخضراء والموصولة ببعضها بشبكة من الخيوط السوداء أو الرمادية المتشعِّبة. بعض القرى المنسيَّة سيصير متاحف في الهواء الطلق، مزوَّدة بكلِّ المعلومات التاريخية التي توثِّق حياتها وتقرِّبها من زائر اليوم، ومجهَّزة بكلِّ الخدمات السياحية الخفيفة الضرورية للزائر الذي سيقضي يومه في زيارة وتفحُّص معالمها. وبعض هذه القرى سيبقى خرابًا كما هو، ولكنَّه سيصبح محميًّا، وسيزوَّد ببعض حوامل المعلومات للزائر الراغب في معرفة المزيد. وبعض هذه القرى سيجدَّد ويحوَّل إلى مناطق خدمات متكاملة، فيها الفنادق والمطاعم والمحترفات وبعض البيوت المسكونة بقربها، التي يجب أن توضع ضوابط بيئية ومعمارية لشكلها ومظهرها بما يتلاءم مع تراث المكان وألوانه ومواد بنائه. وبعضها سيبقى كما هو اليوم، أي بيد السكَّان المحلِّيين الذين اتَّخذوا من بعض هذه الأوابد الصامدة المتينة المأوى، وهو ما كانت قد بُنيت لأجله في المقام الأوَّل، فلا جدوى من الاحتجاج على تركها بيد ساكنيها بعد أن استثمروا وعاشوا حياتهم فيها، مع العمل على توعيتهم بقيمتها التاريخية والفنِّية، ومساعدتهم على تزويدها بوسائل الراحة والتقنيات الحديثة، من دون المساس بعمارتها الأصلية أو زخارفها. ولكنَّ القرى كلَّها، ما عدا تلك المخصَّصة أصلًا لتكون متاحف في الهواء الطلق، لن تتحوَّل إلى متاحف، بل ستبقى قرى زراعية أوَّلًا، أثرية وثقافية ثانيًا، مع التأكيد على احترام تاريخها وآثارها. أي أنَّ القرى القديمة والجديدة في المنطقة، التي أُقيمت في القرنين التاسع عشر والعشرين، ستنضوي معًا تحت لواء هويَّة زراعية إنتاجية وصناعية صغيرة وحرفية، تدعمها وتُضفي عليها مسحة رائعة من الرومانسية الفنِّية أوابدُها وتاريخها وقراها المنسيَّة وأبراجها المعزولة، وتلك النصب الفريدة التي تظهر أحيانًا على تلالها على شكل عمود أو عمودين مع تيجان أيونية أو كورنثية رائعة (Distyle) أو الصومعات والمقابر المنحوتة في حواف صخورها، والتي تشكِّل أساس جذبها السياحي الثقافي.

ستأتي السياحة كشبكة متربِّعة فوق القاعدة الزراعية الأصلية، ومتكاملة مع محاورها، ومستفيدة منها، ومتفاعلة معها. شبكة الطرق المعبَّدة المطلوبة ستصل لأهمِّ المواقع، وتسمح لوسائط النقل الكبيرة من باصات وسيارات كبيرة بالوصول والتوقُّف في مواقع مخصَّصة. الكثير

من هذه الطرق الرئيسة قد عُبِّد في السنوات الأخيرة قبل الثورة بالفعل، ولو أنَّه لم يوصَّل بشبكة من الطرق الفرعية التي تسمح بالوصول للمواقع الأصغر أو المهدَّدة أكثر، والتي يجب المحافظة عليها من دون تدخُّل المواصلات السريعة وما تجرُّه معها من تطوير وتغيير. بدلًا من الامتداد بالطرق المعبَّدة إلى كلِّ موقع ممكن زيارته، من الممكن التفكير بشبكة مواصلات ثانوية تتيح للسائح الفرد أو للمجموعات الصغيرة الوصول من دون أن ترهق الموقع. يمكن أن تتكوَّن هذه الشبكة الثانوية من دروب معبَّدة للمشاة أو الدرَّاجات أو حيوانات كالخيل والبغال وربما الجمال أيضًا، تصل إلى كلِّ واحدة من القرى المنسيَّة، في مخطَّط موضوع أصلًا لإرضاء رغبة العديد من الناس بممارسة الرياضة، مع تأمين الدافع والهدف من المشي أو ركوب الدراجة أو الخيل من مكان لآخر، ومع تزويد هذه الدروب بالخدمات اللازمة، من استراحات وحاملات معلومات ومراكز إسعاف أوَّلي ومحلَّات صغيرة تؤمِّن الضروري من أكل وشرب، ممَّا سيخلق بدوره مصادر رزق للسكَّان المحلِّيين. أي أنَّ الزراعة والسياحة يمكن أن تكونا متكاملتين وظيفيًا وفراغيًا واقتصاديًا. ولنا في منطقة پروڤانس (Provence) في جنوب فرنسا نموذج يمكن الاستفادة منه في تخيُّل مستقبل منطقة القرى المنسيَّة، وإن كانت هناك فروق مهمَّة، لعلَّ أبرزها أنَّ عدد القرى المنسيَّة أكثر من عشرة أضعاف المواقع الأثرية في پروڤانس، وأنَّها كلُّها صغيرة وملمومة، وبالتالي يمكن الوصول إليها مشيًا أو على البغال والحمير أو الدرَّاجات، ويمكن الجمع في زيارتها بين متعة المشاهدة والدرس ومتعة المشي أو الرياضة الخفيفة. وستأتي مع السياحة مشاريع لإعادة إحياء صناعاتٍ ازدهرت في الماضي، كصناعة الجرار لخزن الزيت والنبيذ، أو كنحت الحجر الذي ما زال مزدهرًا في بعض قرى المنطقة وفي حلب، والذي يمكن أن يوضع في خدمة النموِّ العمراني المرتقب والمخطَّط، وكصناعة لوحات الفسيفساء التي غطَّت أرضيات كنائس ومنازل المنطقة في الماضي، وكبعض الصناعات اليدوية، تحديدًا تلك التي اشتهرت بها بعض القرى في المنطقة كدارة عزة من بسط ونسيج وملابس، يمكن لها أيضًا أن تطوَّر بما يلبِّي الأذواق الجديدة السائدة، ويخلق فرص عمل جديدة للحرفيين والمصمِّمين.

وسيكون هناك ازدهار ذوقي في نوعية المحترفات التي ستسوِّق منتجات الزراعة والصناعة المحلِّية، وفي المطاعم التي ستقام في المنطقة، والتي سيتمتَّع فيها الزائر بالمأكولات المحضَّرة بالمنتجات المحلِّية، والتي تحمل أريج الماضي الذي جاء لزيارته أساسًا وعبق التراث العريق من الطبخ منذ البيزنطيين وحتَّى اليوم. يمكن أيضًا أن تُقام مدرسة فندقية ومدارس لإعادة إحياء المطبخ البيزنطي، الذي يشكِّل أساس مطابخ المنطقة كلِّها، من تركيا إلى مصر حتَّى اليوم، والذي ما زال بحاجة لإعادة اكتشاف وإعادة استثمار. ويمكننا أن نتخيَّل مطاعم صغيرة

متخصِّصة في منتوجات المنطقة وفي الإحياء المطبخي تقدِّم للسائح الجوَّال الفرصة ليتذوَّق أطايب الطعام المفعم بعبق الماضي وروعة الطبيعة المحيطة التي أنتجته. وأن نساعد سكَّان المنطقة على أخذ المبادرة في هذا المجال أيضًا، ليُحييوا هم هذا المطبخ ويروِّجوا أطايبه كما هي الحال في المناطق السياحية في جنوب فرنسا وإيطاليا وإسبانيا واليونان وبعض من تركيا، حيث يفضِّل السائحون المطاعم المحلِّية لتجذُّرها في المطبخ المحلِّي واعتمادها على المنتج المحلِّي الطازج. والحال نفسه فيما يخصُّ الخدمات الفندقية التي يمكنها أن تراعي شروط المنطقة وتستفيد من سمعتها وتاريخها وحتَّى طراز عمارة الفنادق القديمة فيها التي آوت الحجَّاج في العهد المسيحي المبكر. هنا يمكن أن يقيم السائح بين أوابد هذه القرى المنسيَّة، ربما في بعض المنازل الكبيرة والأديرة المرمَّمة، لكي تكون التجربة متكاملة وطبيعية وأقلَّ تأثيرًا على توازن البيئة المحلِّية من مشاريع السياحة الضخمة التي تتطلَّب تشويهًا للبيئة لخدمتها. وسيقضي هذا السائح الثقافي معظم وقته في زيارات مطوَّلة للمواقع الأثرية، متنقِّلًا بينها على راحته، مشيًا على الغالب، لجمع السياحة التراثية والطبيعية والرياضة والثقافة معًا. أمَّا أولئك السائحون الذين يفضِّلون المجمَّعات السياحية الضخمة، فسيكون لهم ما يريدون في مواقع مخصَّصة على أطراف القرى المنسيَّة، مثل إدلب وأريحا ومعرَّة النعمان، حيث يمكن أن تنشأ فنادق كبيرة من درجات الأربع والخمس نجوم، أو مجمَّعات فندقية مع خدمات متنوِّعة تمنح المقيم فيها ما اعتاد عليه السائح في هذه الأيام من خدمات وترفيه ورياضة وتسوُّق.

إقصاء المراكز السياحية الكبيرة عن القرى المنسيَّة نفسها سيحقِّق هدفين. فهو أوَّلًا سيخلق مجالات اقتصادية جديدة ووظائف خدمية في هذه المراكز المدنية، التي يمكنها أن تستوعب هذه المشاريع الكبرى وأن تستفيد منها. وهو ثانيًا سيخفِّف الضغط على القرى المنسيَّة التي لا تسمح بيئتها الهشَّة بتطوير مشاريع كبيرة تستلزم استقطاع أراض كبيرة ويمكن أن تشوِّه خطَّ السماء فيها عندما تناطح أوابدها الأفق.

ويجب أن يبقى الهدف الأسمى من هذه الخطَّة إنسان المنطقة المقيم أوَّلًا والزائر ثانيًا. فالمقيم والمنتمي هو صاحب الحقِّ الأوَّل ومتحمِّل المسؤولية الأهمُّ في الحفاظ على القرى المنسيَّة والعمل على عودة ألقها. وهو الرأسمال الحقيقي للمنطقة، الذي يجب الاهتمام بتثقيفه وازدهاره ورخائه في سبيل أن تستعيد منطقة قرى جبل البلعاس عزَّها القديم، الذي وصفه الفيلسوف الأنطاكي الشهير ليبانيوس (Libanius) في كتابه أنتيوخيكوس (Antiochikos) الذي يُعتبر أغنية حبٍّ لأنطاكية كتبها دفاعًا عن المدينة وهي تودِّع الوثنية وتستقبل المسيحية: «ها

هنا قرى ودساكر عديدة وعامرة بالسكَّان أكثر ممَّا في العديد من المدن، والتي تتمتَّع بالعديد من المهن والوظائف كما في المدن الكبيرة، والتي تؤمِّن لسكَّانها امكانية تبادل منتجاتهم في السوق، بحيث يبيعون ما يزيد عن حاجتهم ويشترون ما لا ينتجون». وهذا تمامًا ما أدعو إليه في مشروع الإحياء الزراعي-الثقافي-السياحي في هذا الكتاب. ولكنِّي مدرك تمام الإدراك لدقَّة المعادلة التي أقترحها، من حيث التوازن بين الاستثمار الاقتصادي والخطط الاقتصادية والمحافظة على تراث القرى المنسيَّة المعماري والعمراني الذي أدعو إليه والرخاء السكَّاني الذي أضعه في المقام الأوَّل تمامًا كما لاحظ تلميذ ليبانيوس المفضَّل، الذي بزَّ أستاذه بفصاحته وعمق تفكيره، القدِّيس وكبير أساقفة القسطنطينية والأنطاكي الأصل يوحنا الذهبي النطق (St. John Chrysostom) والذي أتى ليضيف البعد الإنساني لوصف سكَّان هذه القرى في مواعظه الانطاكية بقوله: «الناس الذين يعملون بالزراعة يعيشون بسلام، إنَّ حياتهم متواضعة ومحترمة». لعلَّ هذه الصفات تُستعاد بحلَّة معاصرة في القرى المنسيَّة بعد حلول السلام فيها وفي سورية، بحيث تبدأ عملية تنميتها وتطويرها بالروح الإنسانية نفسها التي جبلتها أصلًا.

## المراجع المستخدمة

### المراجع العربية

- أثاناسيو، متري هاجي. موسوعة بطريركية أنطاكية التاريخية والأثرية 6 مجلدات، دمشق وجونيه، بدون ناشر، 1997.

- حجار، عبد الله، ويوحنا ابراهيم. كنيسة القدِّيس سمعان العمودي وآثار جبل سمعان وحلقة. حلب: دار ماردين، 1995.

- خير، صفوح. سورية: دراسة في البناء الحضري والكيان الاقتصادي. دمشق: وزارة الثقافة، 1985.

- زكريا، أحمد وصفي. جولة أثرية في بعض البلاد الشامية. دمشق: المطبعة الحديثة، 1934.

- عبد الكريم، مأمون. استيطان وهجرة القرى الأثرية في شمال سورية خلال العصرين الروماني والبيزنطي، مجلة دراسات تاريخية. دمشق: جامعة دمشق، العددان 105-106 (2009): 5-31.

- عبد الكريم، مأمون. سرجيللا: قرية أثرية في شمال سورية من العصرين الروماني والبيزنطي، مجلة دراسات تاريخية، دمشق: جامعة دمشق، العددان 115-116 (2011): 89-123.

- عبد الكريم، مأمون. التنقيبات الأثرية في قرية الرويحة في الكتلة الكلسية شمالي سورية، مجلة الوقائع الأثرية في سورية، دمشق: المديرية العامة للآثار والمتاحف، العدد 6 (2012): 117-145.

- عبد الكريم، مأمون. القرى الأثرية في الكتلة الكلسية شمال سورية، بيروت: المعهد الفرنسي لدراسات الشرق الأوسط، 2011.

- ليلا، عفاف. زخرفة السواكف في جنوبي الكتلة الكلسية في شمالي سورية خلال العصر البيزنطي (العمارة السكنية)، دمشق: المديرية العامة للآثار والمتاحف، 2014.

المراجع باللغات الأوروبية

- Addleshaw, G W. O. *The Ecclesiology of the Churches of the Dead Cities of Northern Syria.* London: Ecclesiological Society, 1973.
- Allen, Terry. *A Classical Revival in Islamic Architecture.* Wiesbaden: Dr. Ludwig Reichert Verlag, 1986.
- Allen, Terry. *Ayyubid Architecture* (an electronic publication-ISBN 0-944940-02-1) http://sonic.net/~tallen/palmtree/ayyarch/ch11.htm#architects
- Baccache, Edgar and Georges Tchalenko. *Eglises de Village de la Syrie du nord, Bibliotheque Archeologique et Historique.* Paris: Librairie orientaliste P. Geuthner, 1979.
- Ball, Warwick. *Syria: A Historical and Architectural Guide.* New York: Interlink Books, 1997.
- Berchem, Max van, and Edmond Fatio. *Voyage en Syrie.* Le Caire: Institut francais d'archeologie orientale, 1914.
- Bernal, Martin. *Black Athena: The Afroasiatic Roots of Classical Civilization* 3 vols. (New Brunswick, N.J.: Rutgers University Press, 1987-2006.
- Biscop, Jean-Luc et al. *Deir Déhès: monastère d'Antiochène* (BAH 148). Beyrouth: Institut Français d'Archéologie du Proche-Orient, 1997.
- Burckhardt, John Lewis. *Travels in Syria and the Holy Land.* London: John Murray, 1822.
- Burns, Ross. *Monuments of Syria: An Historical Guide.* London; New York: I.B. Tauris, 1992.
- Burton, Richard Francis, and Charles F. Tyrwhitt Drake. *Unexplored Syria. Visits to the Libanus, the Tulul El Safa, the Anti-Libanus, the Northern Libanus, and the 'Alah.* London: Tinsley Bros., 1872.
- Butler, Howard Crosby (ed.). *Architecture and other arts* (The Publications of an American Archaeological Expedition to Syria in 1899–1900, Part 2). New York: The Century Co. & London: William Heineman, 1904.
- Butler, Howard Crosby, Enno Littmann, and William Kelly Prentice. *Syria: Publications of the Princeton University Archaeological Expeditions to Syria in 1904-1905 and 1909*, Leiden: Brill, 1907-10.
- Butler, Howard Crosby. *Early churches in Syria: fourth to seventh centuries*, edited and completed by E. Baldwin Smith, Princeton: The Department of Art and Archaeology of Princeton University, 1929.
- Casana, Jesse. "The Late Roman Landscape of the Northern Levant: A View From Tell Qarqur and the Lower Orontes River Valley." *Oxford Journal of Archaeology* 33, 2 (2014): 193-219.
- Dalrymple, William. *From the Holy Mountain: A Journey among the Christians of the Middle East.* New York: Henry Holt and Co., 1998.
- Dussaud, Rene. *Topographie Historique de la Syrie Antique et Medievale.* Paris: Librairie orientaliste P. Geuthner, 1927.
- Eddé, Ann-Marie and Jean-Pierre Sodini. "Les villages de Syrie de Nord du VIIe au XIIIe siècle." In *Les Villages dan l'empire byzantine (IVe-XVe siècle),* edited by Cecile Morrison et al., Paris: Lethielleux, 2005.

- Eskhult, Mats. "Lost in the City: An Essay on Christian Attitudes towards Urbanism in Late Antiquity," *The Urban Mind Cultural and Environmental Dynamics* edited by Paul J.J. Sinclair et. al, Uppsala University, Sweden, Department of Archaeology and Ancient History, 2010, 311-28.
- Fortescue, Adrian. *Eastern Churches Trilogy: The Lesser Eastern Churches*. Piscataway, NJ: Gorgias Press, 2001, based on the 1913 edition.
- Fortescue, Adrian. *Eastern Churches Trilogy: The Orthodox Eastern Church*. Piscataway, NJ: Gorgias Press, 2001, based on the 1929 edition.
- Foss, Clive. "The Near Eastern countryside in Late Antiquity. A review article." In *The Roman and Byzantine Near East: Some recent archaeological research, Journal of Roman Archaeology*: Supplementary Series Number 14 (1995): 213–234, 276–278.
- Foss, Clive. "Dead Cities of the Syrian Hill Country." *Archaeology* 49 (1996): 48-53.
- Foss, Clive. "Syria in Transition, A.D. 550–750: An Archaeological Approach," *Dumbarton Oaks Papers* 51 (1997): 189–269.
- Fowden, Elizabeth Key. *The Barbarian Plain: Saint Sergius between Rome and Iran*. Berkeley: University of California Press, 1999.
- Fowden, Garth. *Empire to commonwealth: Consequences of monotheism in late antiquity*. Princeton, N.J.: Princeton University Press, 1993.
- Fowden, Garth. *Before and After Muhammad: The First Millennium Refocused*. Princeton, N.J.: Princeton University Press, 2014.
- Garrett, Robert. *Topography and Itinerary, Part I of the Publications of an American Archaeological Expedition to Syria in 1899-1900*, 1914.
- Grabar, Oleg. *Formation of Islamic Art*, New Haven and London: Yale University Press, 1973.
- Guidetti, Mattia. *In the Shadow of the Church: The Building of Mosques in Early Medieval Syria*, Leiden: E.J. Brill, 2016.
- Humphrey, John H. *The Roman and Byzantine Near East: Some Recent Archaeological Research, Journal of Roman Archaeology. Supplementary Series; No. 14, 31*. Ann Arbor, MI: Journal of Roman Archaeology, 1995.
- Kennedy, Hugh. "The last century of Byzantine Syria: a Reinterpretation," *Byzantinische Forschungen* 10 (1985): 141–183.
- Kennedy, Hugh. "From *polis* to *madina*: urban change in late antique and early Islamic Syria," *Past and Present* 106 (1985): 3–27.
- Kennedy, Hugh. "Recent French archaeological work in Syria and Jordan: a review article," *Byzantine and Modern Greek Studies*, 11 (1987): 245–253.
- Kennedy, Hugh. *The Byzantine and Early Islamic Near East*. Variorum Collected Studies Series. London: Ashgate, 2006.
- Kidner, Frank L. "Christianizing the Syrian Countryside: An Archaeological and Architectural Approach." In *Urban Centers and Rural Contexts in Late Antiquity*, edited by Thomas S. Burns and John W. Eadie. East Lansing: Michigan State University Press, 2001, 349-79.

- Lassus, Jean. *Sanctuaires chrétiens de Syrie: Essai sur la genese, la forme et l'usage liturgique des édifices du culte chretien en Syrie, du iiie siècle à la conquéte musulmane*. Paris: P. Geuthner, 1947.
- Lightfoot, J.L., *Lucian On the Syrian Goddess: Edited with Introduction, Translation and Commentary*. Oxford: Oxford University Press, 2003.
- Mathews, Thomas F., Nina G. Garsoian, and Robert W. Thomson. *East of Byzantium: Syria and Armenia in the Formative Period*. Washington, D.C.: Dumbarton Oaks, 1982.
- Mattern, Joseph. *A Travers les villes mortes de Haute Syrie*. Beirut: Université Saint Joseph, 1933.
- Mattern, Joseph. *Villes Mortes de Haute Syrie*. Beirut: Imprimerie Catholique, 1944.
- Meijer, Diederik J. W. *A Survey in Northeastern Syria*. Istanbul: Nederlands Historisch-Archaeologisch Instituut te Istanbul, 1986.
- Mouterde, Rene, and A. Poidebard. *Le Limes de Chalcis; Organisation de la Steppe en haute Syrie romaine*. Paris: P. Geuthner, 1945.
- Parry, Oswald H. *Six Months in a Syrian Monastery: Being the Record of a Visit to the Head Quarters of the Syrian Church in Mesopotamia with Some Account of the Yazidis or Devil Worshipers of Mosul and El Jilwah, Their Sacred Book*. Piscataway, NJ: Gorgias Press, 2001, based on the 1895 edition.
- Peña, Ignacio, Romuald Fernández, and Pascal Castellana. *Inventaire du Jebel Baricha: recherches archeologiques dans la region des villes mortes de la Syrie du nord*. Milano: Franciscan Printing Press, 1987.
- Peña, Ignacio, Romuald Fernández, and Pascal Castellana. *Inventaire du Jebel el-Ala: recherches archeologiques dans la region des villes mortes de la Syrie du nord*. Milano: Franciscan Printing Press, 1990.
- Peña, Ignacio, Romuald Fernández, and Pascal Castellana. *Inventaire du Jebel Wastani: recherches archeologiques dans la region des villes mortes de la Syrie du nord*. Milano: Franciscan Printing Press, 1999.
- Peña, Ignacio, Romuald Fernández, and Pascal Castellana. *Inventaire du Jébel Doueili: recherches archéologiques dans la région des villes mortes de la Syrie du nord*. Milano: Franciscan Printing Press, 2003.
- Peña, Ignacio. *The Christian Art of Byzantine Syria*. London: Garnet, 1997.
- Rodinson, Maxime. "De l'archéologie à la sociologie historique: notes méthodologiques sur le dernier ouvrage de G. Tchalenko," *Syria* 38 (1961): 170–200.
- Sodini, Jean-Pierre et al. "Déhès (Syrie du nord), Campagnes I–III (1976–1978): recherches sur l'habitat rural," *Syria* 57 (1980):1–304.
- Strube, Christine. *Die "Toten Städte": Stadt und Land in Nordsyrien während der Spätantike* 2. Aufl. Mainz: Philipp von Zabern, 2000.

- Tabbaa, Yasser. "Survivals and Archaisms in the Architecture of Northern Syria." *Muqarnas* 10 (1993): 29-41.
- Tabbaa, Yasser. *Constructions of Power and Piety in Medieval Aleppo*. University Park, Pa.: Pennsylvania State University Press, 1997.
- Tabbaa, Yasser. *The Transformation of Islamic Art during the Sunni Revival*. Seattle: University of Washington Press, 2001.
- Tate, Georges. *Les campagnes de la Syrie du Nord du iie Au viie siècle: Un exemple d'éxpansion démographique et économique dans les campagnes à la fin de l'antiquite*. Paris: P. Geuthner, 1992.
- Tate, Georges. "Expansion d'une société riche et égalitaire: les paysans de la Syrie du Nord du IIe au VIIe siècle," *Académie des Inscriptions et Belle-Lettres: Comptes rendus des séances de l'année*. 1997: 913–941.
- Tchalenko, Georges. *Églises Syriennes a Bema*. Paris: P. Geuthner, 1990.
- Tate, Georges. *Villages antiques de la Syrie du Nord*. 3 vols. Paris: P. Geuthner, 1953-58.
- Thomas, David. (ed.). *Syrian Christians under Islam: The First Thousand Years*. Leiden: Brill, 2001.
- Vogue, Melchior marquis de, and William Henry Waddington. *Syrie Centrale: Architecture civile et réligieuse du Ier Au viie siècle*. Paris: Noblet et Baudry, 1865.
- Volney, C. F. *Travels through Egypt and Syria, in the Years 1783, 1784, and 1785. Containing the Present Natural and Political State of Those Countries, Their Productions, Arts, Manufactures, and Commerce; with Observations on the Manners, Customs, and Government of the Turks and Arabs*. New York: Printed and sold by John Tiebout, 1798.
- Wharton, Annabel Jane. *Refiguring the Post Classical city: Dura Europos, Jerash, Jerusalem, and Ravenna*. Cambridge: Cambridge University Press, 1995.
- Wickham, Chris. *Framing the Early Middle Ages: Europe and the Mediterranean 400-800*. Oxford: Oxford University Press, 2005.
- Witakowski, Witold. "Why Are the So-Called Dead Cities of Northern Syria Dead?" *The Urban Mind Cultural and Environmental Dynamics* edited by Paul J.J. Sinclair et al. Uppsala University, Sweden: Department of Archaeology and Ancient History, 2010, 295-310.